불꽃 속에서
문학을 피우다

불꽃 속에서 문학을 피우다

죽음과 삶 사이, 펜으로 새긴 진짜 이야기

초 판 1쇄 2025년 05월 21일

지은이 주진복
펴낸이 류종렬

펴낸곳 미다스북스
본부장 임종익
편집장 이다경, 김가영
디자인 윤가희, 임인영
책임진행 김은진, 이예나, 김요섭, 안채원, 장민주
표지 일러스트 엘리먼트디자인, 조안나

등록 2001년 3월 21일 제2001-000040호
주소 서울시 마포구 양화로 133 서교타워 711호
전화 02) 322-7802~3
팩스 02) 6007-1845
블로그 http://blog.naver.com/midasbooks
전자주소 midasbooks@hanmail.net
페이스북 https://www.facebook.com/midasbooks425
인스타그램 https://www.instagram.com/midasbooks

ⓒ 주진복, 미다스북스 2025, *Printed in Korea*.

ISBN 979-11-7355-236-6 03810

값 19,000원

미다스북스는 다음세대에게 필요한 지혜와 교양을 생각합니다.

죽음과 삶 사이, 펜으로 새긴 진짜 이야기

불꽃 속에서
문학을 피우다

주진복 지음

미다스북스

추천사

이 책은 단순한 에세이가 아닙니다. 36년간 소방관으로 살아온 저자의 생생한 경험과 통찰이 녹아 있는 삶의 기록입니다. 예측할 수 없는 위험 속에서 배운 생명의 소중함과 도전 및 성장의 이야기가 진솔하게 담겨 있습니다. 저자는 글쓰기를 통해 자신의 여정을 돌아보며, 독자들에게 삶의 방향성과 가치에 대한 질문을 던집니다.

특히, 저자의 다양한 경험은 독자들이 자신의 삶을 돌아보고 각자의 삶 속에서 새로운 가능성을 발견할 수 있도록 이끌어 줍니다. 또한, 글쓰기가 삶을 깊이 성찰하고 세상과 연결되는 방법임을 깨닫게 해줍니다.

이 책은 독자들에게 인생을 계획하고, 그 안에서 의미를 찾아가는 여정에 동참할 수 있도록 도와줍니다. 인생의 길에서 고민하거나 새로운 시작을 꿈꾸는 이들에게 이 책은 귀중한 동반자가 될 것입니다.

— 부아c, 『마흔, 이제는 책을 쓸 시간』 저자

주진복 작가님은 36년간의 소방관 생활을 마치고 작가의 삶을 시작하신 분입니다. 소방관이 위험한 불을 무릅쓰고 현장에 뛰어드는 이유는 그곳에 누군가의 생명이 있다는 확신 때문입니다. 글을 쓰는 작업 또한 마찬가지입니다. 나의 글이 누군가에 전해지고, 그에게 도움이 되리라는 확신으로 펜을 들고, 타자를 치는 것이지요. 주 작가님은 사람의 생명을 살리는 소방관이나 글로서 영향력을 행사하는 작가나 모두 '누군가를 위하는 마음'이 필요하다고 말합니다.

그는 50대 중후반에 직장 내에서 뇌출혈 사고를 겪었습니다. 그 이후 죽음에 대해 깊이 고민하게 되었죠. 언제 어디서 어떻게 죽을지 모른다는 깨달음을 통해 삶에 무엇 하나 남기고 가야 하지 않겠냐는 성찰까지 도달했습니다. 생존 이상의 의미를 얻었습니다. 그 시작이 바로 글쓰기였지요. 이후 자신의 삶을 기록하기 위하여 수필집을 출간했습니다.

그에게 삶의 전반전은 화마와 싸우며 남을 살리기 위한 투쟁의 시기였습니다. 퇴직 이후 후반전은 자기 자신을 위해 살고, 세상에 무언가를 남기기로 결심했습니다. 주 작가님이 선택한 길은 바로 독서와 글쓰기였습니다.

주진복 작가님은 58세에 글쓰기를 시작했고 59세에 인생을 담은 수필집을 출간했습니다. 이제 두 번째 책을 이렇게 내게 되었습니다. 독서와 글쓰기를 시작한 지 불과 3년밖에 안 된 상황에서 거둔 성과입니다. 그는 누구나 세상에 들려줄 이야기가 내면에 존재한다고 강조합니다. 단지 필요한 것은 자신감과 용기입니다.

글쓰기의 저항감은 바로 완벽에 대한 추구입니다. 특히 작가의 벽을 높게 생각하는 경향이 강합니다. 하지만 본인의 경험이 책의 중심이 된다면 그 문턱이 그리 높지 않습니다. 내 경험은 유일하니까요. 내가 살면서 느낀 감정은 나 자신만이 제대로 알 뿐입니다. 진솔하게 자신의 생각과 감정을 표현하는 데 초점을 맞춰야 합니다. 내 경험과 감정이 누군가에게 위로가 될 수 있다는 믿음을 가져야 한다고 주진복 작가님

불꽃 속에서 문학을 피우다

은 말합니다.

소방관은 화마와 싸우다가 언제 세상과 떠날지 모르는 직업입니다. 주 작가님은 세 번의 큰 사고로 죽음의 문턱을 경험했지요. 그런 경험을 통해 어떻게 살고, 어떤 삶으로 생을 마감해야 할지 깨달았습니다. 그는 엔딩 노트를 통해 미리 작별 인사를 준비해 보라고 권합니다. 이런 기록을 통해 여생을 어떻게 살아가야 할지 성찰하게 됩니다. 특히 소방관은 외상 후 스트레스 장애를 겪을 수 있는 직업군입니다. 주 작가님은 독서와 글쓰기를 통한 마음 수련으로 외상 후 '성장'을 겪을 수 있다는 발상의 전환을 보여줬습니다.

저자는 소방서장을 끝으로 퇴직했습니다. 그는 퇴직은 새로운 시작이라는 점을 주장합니다. 100세를 준비하는 시대입니다. 2막, 3막의 인생은 자신이 얼마나 삶을 주도적으로 이끌어 나가는지에 따라 다릅니다. 퇴직 후에도 계속 꾸준히 배우는 자세가 요구됩니다. 저자는 그동안 경험해 온 것을 남들과 공유하고 연결해야 한다는 사실을 본서에서 알려줍니다. 우리 삶에 대하여 쓸거리는 많습니다. 개인의 삶을 기록하고, 내 흔적을 남기는 데 책 쓰기는 탁월한 가치를 발합니다. 그런 면에서 본서는 여러 사람들에게 동기 부여가 될 수 있는 책입니다.

– 임진강(데미안), 『처음으로 공부가 재밌어지기 시작했다』 저자

저자는 36년간 소방관으로 살아오면서 얻은 삶의 지혜를 이 책에 담았다. 꾸준히 읽고 쓰며 내공을 쌓아 온 노력으로 인생 2막을 준비하는 사람들에게 자신의 길을 찾도록 돕고, 다시 시작할 용기를 준다. 저자의 글을 읽다 보면 모든 순간에서 삶의 의미를 발견할 수 있음을 알게 된다. 또 무엇보다 중요한 것은 꾸준히 성장하며 나다운 삶을 살아가는 것임을 깨닫게 된다. 지금 이 순간을 잘 살아내기 위해, 더 나은 내일을 위해 이 책을 펼쳐보면 좋겠다.

- 허지영, 『퍼스널 브랜딩의 모든 것』 저자

저자를 처음 만난 것은 코로나 시절 제가 진행하는 전자책 공저 수업이었습니다. 바쁜 일정에도 수업에 잘 참여하고, 정성껏 초고도 작성했습니다. 원고를 검토하면서 인생을 먼저 살아가는 선배님의 경험을 배울 수 있었습니다.

저는 『불꽃 속에서 문학을 피우다』의 저자를 기꺼이 추천합니다. 이 원고는 저자의 인생 경험을 바탕으로 삶의 불확실성과 순간의 소중함을 깊이 있게 다루고 있습니다. 독자들에게 삶을 의식적으로 살아가는 가치와 의미를 잘 전달하고 있습니다.

이 원고는 저자의 인생에 큰 변화를 가져온 세 가지 사건—연탄가스 중독, 차량 사고, 뇌출혈—을 생생하게 묘사하고 있습니다. 생명의 연약함과 그로부터 얻을 수 있는 삶의 교훈을 강조합니다. 이와 같은 생생한 경험담은 독자들에게 삶에 대한 진지한 성찰과 공감을 불러일으킵니다.

특히 인생의 후반부에 글쓰기를 시작한 저자의 이야기는 나이와 상관없이 용기와 꾸준함으로 꿈을 실현할 수 있다는 희망적인 메시지를 줍니다. 몇 권의 종이책과 전자책을 성공적으로 출간하고 온라인에서 활발히 소통하는 그의 모습은 독자들에게 강력한 동기 부여가 됩니다.

저자의 진정성과 경험이 어우러진 이 책은 삶의 전환점에서 새로운 목표를 찾고 있는 독자들에게 매우 유익할 것입니다. 이 책이 많은 이들에게 영감과 용기를 줄 것이라 확신하며 적극 추천합니다.

- 황상열, 『닥치고 책 쓰기』 저자

소방관은 생명을 구하는 사람입니다. 소방관의 삶은 매일같이 예상치 못한 위험과 맞서며 인생과 자연의 소중한 교훈을 깨닫는 여정입니다. 이 책, 『불꽃 속에서 문학을 피우다』는 36년간 소방관으로 헌신하며 삶과 죽음의 경계를 경험한 한 소방관의 고백이자, 새로운 길을 향한 도전입니다.

저자는 연탄가스 중독, 차량 추락, 뇌출혈이라는 세 번의 죽을 고비를 넘기며, 단순한 생존을 넘어 삶의 의미를 찾고자 했습니다. 그리고 그 답을 '글'에서 발견했습니다. 그는 자신의 경험을 기록하면서, 글이 가지고 있는 치유의 힘을, 그 기적을 경험했을 것입니다.

그가 써 내려간 글에는 생과 사를 오간 순간들의 치열함과, 삶을 마주하는 태도에 대한 깊은 성찰이 스며있습니다. 그리고 이 책은 한 사람이 자신의 한계를 뛰어넘어 어떻게 성장할 수 있는지를 보여주는 기록이자, 우리가 삶 속에서 마주하는 '계획되지 않은 여정'을 어떻게 받아들이고 나아가야 하는지에 대한 깊은 통찰을 담고 있습니다.

퇴직 후에도 문학을 통해 또 다른 방식으로 사회에 기여하고자 하는 저자의 도전이 더욱 빛이 납니다. 이 책이 많은 이들에게 삶의 통찰과 영감을 주기를 바랍니다.

- 김승룡 강원소방본부장

사람을 알고 책을 구매하는 시대라고 합니다. 그렇다면, 이 책은 제가 자신 있게 추천할 수 있습니다. 왜냐하면, 단순한 소개가 아니라 저자가 성장하는 과정을 가까이에서 직접 지켜보았기 때문입니다. 저자는 58세에 본격적으로 독서와 글쓰기를 시작했습니다. 주변에서는 늦은 도전이라며 우려의 시선도 있었을 겁니다. 하지만 흔들리지 않았습니다. 오히려 그 시선을 자신을 단단하게 만드는 힘으로 바꾸었습니다. 저자는 꾸준한 노력으로 자신을 브랜딩하며 글을 쓰고, 독서를 이어갔습니다. 새벽

1시에도 트위터에서 소통하고, 매일 블로그에 글을 올리며, 인스타그램과 스레드에 자신의 생각을 기록합니다. 단순히 배우는 것에서 멈추지 않습니다. 배운 것을 실천하는 사람입니다.

36년간 소방관으로 근무하며 저자의 몸에 밴 희생과 봉사 정신은 이번 책에서도 묻어납니다. 저자는 책의 각 장마다 핵심 메시지를 한 줄 요약으로 정리했습니다. 그리고 독자들도 같은 방식으로 생각하고 실천할 수 있도록 유도합니다. 읽는 것에서 멈추지 않고, 마음에 머무르는 것에서 멈추지 않고, 생각하는 것에서 멈추지 않고, 기록하고 실행하기를 바랍니다.

이 책이 전하는 메시지는 명확하고 강렬합니다. "당신도 할 수 있습니다."

저자에게 소방관이라는 직업은 운명이었을지도 모릅니다. 타인을 위해 살아온 그는, 이제 작가로서 또 다른 방식으로 세상을 돕고자 합니다. 그렇기에 이 책은 단순한 자기계발서가 아닙니다. 저자의 삶과 철학, 그리고 행동하는 태도가 고스란히 녹아 있습니다.

마지막으로, 저자는 우리에게 질문을 던집니다. "58세에 시작해서 해낼 수 있었습니다. 그렇다면, 당신도 할 수 있지 않을까요?" 이 질문에 대한 답은, 여러분이 이 책을 펼치는 순간부터 시작될 것입니다.

– 더블와이파파(김봉수), 『마흔에 깨달은 인생의 후반전』 저자

불꽃 속에서 문학을 피우다

프롤로그

36년 동안 소방관으로 일하며, 스스로의 길을 미리 계획하지 못한 채, 인생의 흐름에 따라 살아왔다. 그러나 돌이켜보면, 그 길들은 어쩌면 필요한 여정이었다. 이 책은 그 여정의 중요한 순간들을 기록한 것이며, 내가 겪은 다양한 경험과 소중한 깨달음을 담고 있다. 소방관으로서의 삶은 매일이 새로운 도전이었고, 그 속에서 생명의 소중함을 배우고 위험과 마주하는 법도 익혔다. 이 책을 통해 독자들이 자신의 삶을 재평가하고, 새로운 방향을 모색하는 데 도움이 되기를 바란다.

1. 꿈과 현실 사이의 선택

어린 시절, 교사로서의 삶을 꿈꾸었다. 강단에 서서 수많은 학생들에게 지식을 전수하고, 그들의 성장에 기여하는 모습을 상상하면 마음이 따뜻해졌다. 그러나 인생은 항상 계획대로 흐르지 않는다. 당시 살던 집 앞 철길 건너에 소방서가 있었다. 매일 소방차 사이렌 소리에 취해 하루 일과를 시작하였다. 그것이 소방관의 길을 선택하게 된 동기였다. 이 선택은 당시에는 단순히 직업의 변화로 보였지만, 나중에 돌아보니 인생을 크게 바꾼 결정이었다.

소방관으로서의 하루하루는 예측 불가능하고 위험했다. 불에 타는 집에서 사람들을 구출하고, 교통사고 현장에서 생명을 구하는 일은 교사로서의 평화로운 일상과는 너무나 달랐다. 그러나 이 길에서 책으로는 배울 수 없는 귀중한 경험을 쌓았다. 사람들의 생명과 안전을 지키는 일은 무척이나 큰 책임감을 동반했지만, 그만큼 큰 보람도 주었다.

이러한 경험을 통해 꿈과 현실 사이에서 배움의 중요성과 현실의 가혹함을 깨달았다. 꿈은 우리를 이끄는 북극성과 같지만, 현실은 때때로 그 길을 바뀌게 하는 파도와 같다. 나는 결국 꿈을 잃지 않으면서도 현실을 받아들이고, 그 속에서 성장하는 법을 배웠다. 이처럼 종종 예상치 못한 방향으로 삶이 흐르게 된다. 이러한 선택과 변화가 우리를 더욱 강하게 만들고, 새로운 가능성을 열어주는 것이다.

2. 인생의 전환점

36년 동안 소방관으로 일하며 목격한 수많은 위험 상황은 단순한 직업적 경험이 아니라, 삶과 죽음의 경계를 오가는 강렬한 현장 교육이었다. 그중에서도 특히 세 번의 큰 사고는 내 삶을 근본적으로 변화시켰다.

첫 번째는 연탄가스 중독 사고였다. 소방관 시험 합격 후, 임용 대기 중 집에서 잠자다가 깨진 구들장 사이로 새어 나온 일산화탄소 가스를 마시고 119구급차로 병원에 이송되어 사경을 헤맨 적이 있었다. 나는 생명이 한순간에 끊어질 수 있음을 절감했다.

두 번째는 차량 추락 사고였다. 소방관이 된 후, 신임 소방 공무원 기본 교육 과정 중 빗길 차량 20미터 계곡 추락으로 나는 그 자리에서 또 한 번 생명의 끈을 놓을 뻔했다.

마지막으로는 직장 내에서 뇌출혈로 인한 위기였다. 이 사고는 신체적 한계와 건강의 소중함을 다시 한번 생각해 볼 기회를 주었다.

이러한 시련들은 내게 삶이 단순한 생존 이상의 의미를 지닌 것임을 깨닫게 해주었다. 이제 '내일은 없다.'라는 신념을 가슴에 품고, 매일을 소중히 살고자 다짐했다. 이 경험들은 내 삶을 재평가하게 했으며, 예전에는 그다지 중요하지 않게 생각했던 독서와 글쓰기를 새로운 시선으로 바라볼 수 있게 해주었다. 나는 독서와 글쓰기를 통해 새로운 길을 알게 되었다. 독서는 새로운 지평을 열어주었고, 글쓰기는 내 생각과 감정을 정리하고, 그것을 다른 이들과 공유하는 수단이 되었다.

지금 나는 경험을 통해 얻은 통찰을 나누며, 삶의 소중함을 일깨우고 있다. 또 강의와 글을 통해 사람들에게 '오늘을 살아라.'라는 메시지를 전달하고 있다. 삶은 연약하지만, 그럼에도 불구하고 그 안에는 무한한 가능성이 숨어 있다. 그 메시지를 다른 이들에게 깨닫게 하기 위해서 메시지를 전하는 것이다. 이러한 활동을 통해, 내가 겪은 시련이 다른 누군가에게는 삶의 의미를 찾는 계기가 되기를 바란다.

내 이야기는 단순한 경험담이 아니라, 삶의 철학이자, 오늘을 어떻게 사느냐에 대한 깊은 생각을 담고 있다. 앞으로도 계속해서 사람들에게 삶의 가치를 일깨우고, 오늘을 살아가는 법을 공유하고자 한다.

3. 글쓰기의 시작

지난 2022년 1월초, 춘천소방서장으로 부임하면서, 직원들과의 원활한 소통을 위해 글을 쓰기 시작했다. 당시는 코로나19의 확산 시기로, 대면 소통이 어려워서 직장 내 메신저를 활용해 삶과 공감 글을 쓰기 시작했다. 이 과정에서 글쓰기가 새로운 표현 형태가 되었음을 깨달았다.

글을 쓸수록, 내가 가진 경험과 지식이 체계적으로 정리되는 것을 느끼게 되었고, 글쓰기는 단순한 소통을 넘어 스스로를 이해하고 성장시키는 중요한 도구가 되었다. 이에 자극받아 블로그를 개설하고, 온라인에서 활동하는 여러 작가들과 교류하기 시작했다. 그들의 글에서 얻은 영감과 피드백은 내 글쓰기 스타일과 생각에 큰 영향을 미쳤다.

특히, 글을 통해 공공의 안전과 소방의 중요성을 전달하려는 의도가 점점 더 확고해졌다. 이 과정을 통해 소방서장으로서의 역할과 책임을 더 깊이 이해하게 되었고, 그 경험을 더 많은 사람들과 공유하고자 퇴직을 2년 앞둔 시점에서 첫 종이책인 수필집을 출간한 바 있다. 이 책은 36년간 소방관으로 근무하면서 살아온 삶, 여러 사건과 그로 인한 성찰, 또한 앞으로의 비전에 대한 이야기를 담고 있다.

이 모든 과정에서 글쓰기는 단순한 소통 수단을 넘어, 새로운 창의적 표현의 형태로 자리 잡았으며, 이는 나뿐만 아니라 많은 이들에게도 유익을 제공할 수 있는 가치를 창출하게 되었다. 나는 이것을 자랑스럽게

불꽃 속에서 문학을 피우다

생각한다. 글과 내적인 성찰, SNS을 통해 외부와의 소통을 동시에 이루었고, 이는 내 삶과 일에 큰 변화를 가져왔다. 글쓰기는 삶의 일부, 아니 전부일지도 모르겠다. 앞으로도 이 길을 계속해서 가고자 한다.

4. 독자와의 공감대 형성

이 책은 5장을 제외한 각 장마다 현자들의 깊은 명언을 인용하여 독자들에게 영감을 주려 했다. 또한, 직접적인 내 경험을 이론적 지식과 결합함으로써, 독자들이 이 책의 내용을 실생활에 쉽게 적용할 수 있도록 노력했다.

각 장은 독자들이 자신의 경험과 연결시켜 생각해볼 수 있는 구체적인 사례와 이야기를 포함하고 있다. 예를 들어, 첫 장은 글쓰기를 통해 인생의 방향을 모색하며, 그 과정에서 마주한 선택과 그것이 가져온 변화를 담고 있다.

5. 계획되지 않은 삶의 계획

내 삶은 계획된 것이 아니었다. 어쩌면 대부분의 우리 삶이 그렇지 않을까? 유년 시절부터 학업, 직장, 가정 등의 틀 속에서 살아가지만, 그 틀 안에서도 예측하지 못한 변수들이 끊임없이 우리를 기다린다. 이러한 예측 불가능한 여정 속에서 난 많은 것을 배우고 성장했다. 이 책은 그 여정을 기록한 것이며, 독자들에게도 계획되지 않은 삶 속에서 의미를 찾고, 나아갈 방향을 제시하고자 한다.

평생 독서와 글쓰기를 즐기지 않았지만, 어느 시점에서부터 이러한 활동이 큰 위안과 성찰의 기회를 제공한다는 것을 깨달았다. 늦깎이로서의 독서와 글쓰기는 새로운 세계를 열어주었다. 이 경험을 통해 100세 인생을 준비하고 있으며, 이를 통해 얻은 교훈은 모든 연령대의 독자들에게 귀중한 참고가 될 것이다.

계획되지 않은 여정 속에서 난 아래와 같이 성장을 이루었다.

첫 번째, 재난 현장에서 즉각적인 판단과 행동으로 침착함과 결단력을 키웠다.

두 번째, 삶과 죽음을 가까이에서 마주하며 공감 능력을 길렀다.

세 번째, 동료와 협력하며 목표를 이루고 리더십을 배웠다.

네 번째, 생명 구조를 통해 삶의 가치를 새롭게 느끼고 감사함을 배웠다.

다섯 번째, 전문성을 키우고 환경 변화에 적응하며 성장했다.

여섯 번째, 긴박함 속에서도 일상과 자연에서 평온과 행복을 찾았다.

독서를 통해 다양한 인생을 간접적으로 경험했다. 독서를 시작한 지 불과 3년밖에 되지 않아 많은 책을 접하지 못했지만, 주로 자기계발서 위주로 책을 읽었다. 이제 에세이 작가로 등단한 만큼 앞으로 철학서, 심리학서 등 다양한 분야의 책을 탐독하면서 다른 이들의 인생을 통해 삶을 조명할 것이다. 글쓰기는 생각을 정리하고, 감정을 표현하는 수단이 되었다. 이 과정에서 진정으로 원하는 것이 무엇인지, 어떤 가치가 중요한지 점점 더 명확하게 깨달았다.

현대 사회에서 100세 인생은 더 이상 특별한 일이 아니다. 이러한 길고 긴 인생을 준비하기 위해 지속적인 자기 계발과 건강 관리를 중시했다. 독서와 글쓰기는 내게 정신적, 정서적 안정감을 제공했으며, 우리가 나이를 먹어갈수록 지속적인 학습과 자기 표현을 하는 것이 '삶의 질을 높이는 데 필수적이다.'라는 것을 깨달았다.

내 경험을 통해 독자들에게 계획되지 않은 삶 속에서도 의미를 찾을 수 있다는 메시지를 전달하고자 한다. 삶은 종종 우리가 예상하지 못한 방향으로 흐를 때가 많다. 그러나 중요한 것은 '그 변화와 도전을 어떻게 받아들이느냐?'이다. 이러한 변화를 통해 성장하고, 새로운 목표를 세우며, 계속해서 삶의 의미를 찾는 과정을 기록했다.

삶은 우리가 계획한 대로만 흘러가지 않으며, 예상치 못한 죽음이나 어려움과 마주할 수도 있다. 그럼에도 불구하고 우리는 멈추지 않고 성장하고 변화할 수 있다. 이것이 필자가 전하고 싶은 핵심 메시지이다.

목차

첫걸음, 생각의 날개를 펼쳐라 ———————————— 1장

네 걸음, 경험을 지혜로 바꿔라 ─────── 4장

다섯 걸음, 내면의 길을 찾아라 ———————— 5장

1장

첫걸음,
생각의 날개를
펼쳐라

세 번의 큰 사고로 죽음을 경험하면서
어떻게 인생을 살아야 하는 게 정답인지
고민하다가 삶의 방향과 깊이를 깨달았다.

정년퇴직 2년을 앞둔 시점,
내 나이 58세에
블로그와 브런치 등을 통해
글쓰기를 시작하게 된다.

01

58세에 시작된 새 도전

"삶이 있는 한 희망은 있다."

– 키케로

❯ 절망 속에서도 삶의 가치와 희망을 잃지 말라는 강한 메시지이다.

나는 가난한 탄광촌 광부의 아들로 태어나서 성장했다. 인생 1막인 학교에서는 그럭저럭 중간 정도 하는 성적을 받았다. 남들보다 잘생기지도 않았고 특별히 뭐 잘하는 것도 없었다. 어찌어찌 대학에 합격을 하였으나 등록금이 없어 대학 진학을 포기하고 막노동 등 일선 현장으로 뛰어들어 돈 버는 게 목적인 삶이 시작되었다. 왜? 가난하기 때문에…. 그렇게 살던 당시, 내가 살던 집 앞 철길 건너에 소방서가 있었다. 늘 사이렌 소리에 취해 하루 일과를 시작했다. 이것이 계기가 되어 소방공무원 시험에 응시, 합격을 하여 공직자의 길을 걷게 되었다.

이후 세 번의 큰 사고로 죽음[1]을 경험하면서 어떻게 인생을 살아야 하

---

1 첫 사고인 연탄가스 중독에서부터. 빗길 운전으로 20미터 높이의 계곡에서 추락했던 두 번째 사고, 뇌출혈로 인한 세 번째 사고에 이르기까지.

는 게 정답인지 고민하다가 삶의 방향과 깊이를 깨닫게 되었다. 늦은 감은 있지만 요즘은 100세 시대라고 한다. 재수 없으면 120세…. 정년퇴직 2년여 앞둔 시점, 내 나이 58세에 블로그와 브런치 등을 통해 글쓰기를 시작하게 됐다. 좀 더 깊이 있는 삶의 의미를 찾아보고자 온라인 세계에 참여하여 진심을 가진 글쓰기 멘토 여러분을 만났다. 이것이 바탕이 되어 두 권의 공저 전자책과 한 권의 개인 전자책을 출간할 수 있었다.

글쓰기와 독서는 불가분의 관계를 갖고 있다. 우리가 글을 쓰는 것은 머리에서 생각을 정리하여 종이에 적거나 타이핑을 하는 것이다. 머리에 많은 지식들이 쌓여 있어야 필요할 때 꺼내서 글을 쓸 수가 있다. 그래서 독서의 중요성을 강조하는 것이다.

혹자는 "독서가 밥 먹여 주냐."라고 한다. 그 말이 맞을 수도 있다. 그러나 정답은 아니다. 책이 밥을 먹여 주지는 않더라도 하나의 인격체로 살아가는 지표가 되는 것은 분명하다. 독서의 본질은 새로운 지식과 지혜를 얻어 지금보다 똑똑한 나를 만들어 주는 것이다.

요즘 우리 사회에서는 경제적 자유를 많이 외치고 있다. 경제적 자유의 정의는 사전에서 '경제생활에서 각 개인이 스스로의 의지로 행동할 수 있는 자유'라고 한다. 즉, 지출, 저축, 시간 등에서 자유를 누리는 것이다. 다시 말해, 자동으로 수익이 발생하는 구조를 만들어 노동 없이도 돈이 들어오고, 그 수익이 지출을 초과할 때 경제적 자유를 얻었다고 할 수 있다.

어떤 이들은 돈만 중요한 게 아니라고 말한다. 돈이 많아도 시간을 자신의 의지대로 사용할 수 없다면 경제적 자유를 누리는 게 아니라고 주장한다. 예를 들어 50억 이상의 자산을 보유한 경우, 더 이상 돈을 벌지 않아도 평생 돈 걱정 없이 살 수 있지만, 만약 시간이 자유롭지 않다면 그 또한 경제적 자유는 아닐 것이다.

사업이든 투자든 돈을 계속 벌고 있고, 돈을 버는 데 집중한 나머지 시간을 자유롭게 사용하지 못한다면, 경제적 자유를 얻지 못하게 된 것이다. 재산 증식에 계속 집중하느라 시간에 지배되어 살고 있다면 경제적 자유를 누리지 못하는 것이다.

요약하면, 경제적 자유는 ①돈 걱정 없이 자신이 하고 싶은 것은 무엇이든 할 수 있는 것, ②기대 수명까지 경제적 문제를 전혀 겪지 않고 살 수 있는 것, ③무언가에 얽매이지 않고, 24시간을 내 마음대로 사용할 수 있는 것이다.

그러면 시간의 자유를 제외하고 얼마의 돈이 있어야 경제적 자유를 누릴 수 있을까? 독자 여러분 각자의 계획과 고민이 있을 것이다. 나는 늦었다고 생각한 나이 58세에 금융 문맹에서 탈출하여 주식도 투자하고 독서와 글쓰기를 하는 등 2년여 만에 나만의 브랜드를 구축할 수 있었다. 그렇다고 거창한 것은 아니다. 자그마한 나의 자산인 종이책 한 권을 출간하게 되었을 뿐이다.

당신은 자신이 쓰는 글이 어디에 기록·저장된다고 알고 있는가? 지난 2022년 8월 26일 춘천 구봉산 전망대 커피 거리 인근에 위치한 네이버 데이터센터에 다녀온 적이 있었다. 우리나라 국가기밀 정보부터 글쓰는 모든 기록물들이 저장되는, 폭탄이 떨어져도 망가지지 않는, 보안이 철저한 엄청난 시설이었다. 당시 관계자에게 물었다. 네이버 블로그에 남긴 글이 영원히 저장되느냐고 물었더니, 돌아온 답은 '네, 그렇습니다.'였다.

지난 2023년 8월 18일 출간된 필자의 인생 책 『죽음의 문턱을 세 번씩 넘나든 현직 소방서장의 메시지』도 여기에 영원히 기록·저장되는 것이다. 몇백 년이 지난 후, 우리의 후손들이 인터넷 검색하다가 "앗! 할아버지 책이 아직도 남아있네." 이런 시기가 올 수도 있다는 것이다. 우리가 죽고 난 다음에 말이다. 책 한 권 출간하면 이렇게 뿌듯한 감정과 기분을 느낄 수 있으니, 그것을 누가 알겠는가. 본인만이 알 것이다. 베스트셀러가 중요한 게 아니고, 결과 즉, 성과물이 말해 주는 것이다. 독자 여러분도 용기를 가지길 바란다. 우리가 죽고 나면 돈도 명예도, 또 최근 뉴스를 도배하고 있는 권력 다툼들도 다 소용없다는 것이다.

그래서 죽기 전에 후회 없는 삶을 살기 위해서, 나는 오늘 "최선을 다하자."라는 메시지를 던지는 것이다. 책 읽고 글 쓰는 전직 소방관 새내기 작가는 오늘도 독자 여러분과 진심을 나누기 위해 달려가고 있다.

필자의 한 문장 **죽기 전에 후회 없는 삶을 살기 위해 오늘 최선을 다하자.**

....

당신의 한 문장은?

02

훔침에서 시작된 글쓰기

"모든 글은 다른 글의 모방에서 시작된다."

– T.S. 엘리엇

❯ 모든 창작 행위는 이미 존재하는 무언가에서 영감을 받는다.

세상에는 무수한 글들이 있다. 소설, 시ㆍ에세이, 인문, 건강, 경제ㆍ경영, 자기 계발, 정치ㆍ사회, 역사ㆍ문화 등 국내ㆍ외 도서들이다. 또 세상 사회는 글들의 천국이다. 물론 말도 중요하겠지만, 이러한 말을 문서화하는 것이 글이다. 글이 없는 세상은 존재하지 않을 것이다. 직장 사회는 모든 게 문서로 이루어진다. 왜 말로 해도 되는데 귀찮게 굳이 글로 표현해야 할까? 컴퓨터 자판 두드리고, 수기로 쓰느라 손가락 아프게 말이다. 하기야 손가락을 움직이니 뼈 건강에는 좋을 듯하다.

그러나 중요한 것 한 가지가 있다. 한 나라의 흥망성쇠는 기록으로 남겨야 한다는 것이다. 아니면 "존재가치가 없어진다."라는 거니까. 가령 대한민국의 역사를 기록하지 않으면 있으나 마나 한 것이 되며 이 세상에서 사라질 것이다. 더불어 "우리도 글을 쓰지 않으면 존재가치가 없다."라고 감히 말해 본다. 마찬가지로 개인의 역사를 기록하지 않으면 그 존재가 무의미해진다. 그래서 홍수의 물결처럼 세상의 모든 글들을 기록으로 남겨 길이길이 보전하는 것이다.

그러면 어떻게 글을 써야 하나? 조금 글을 쓰는 사람들의 표현을 빌리면 "그냥 쓰면 돼, 아무거나."라고 말한다. "그냥 뭘 쓰냐고? 어떻게 쓰냐고?"라고 일반 사람들은 답답한 마음에 이렇게 내질러 본다.

여기서 글 쓰는 방법 하나 소개하겠다. 우리 개인들은 세상에 태어나서 기본적인 학습을 받는다. 또한 대부분의 사람들은 직장이라는 사회에서 오랜 기간 동안 전문적인 학업을 이어간다. 월급이라는 것을 받아 가면서 말이다. 새내기 신입사원으로 직장에 취업하면 아무것도 모른다. 직장 사회는 전문적인 스킬을 배우는 곳이어서 그렇다. 그럼 어떻게 배워야 하나? 당연히 전임자 · 상사 또는 책으로부터 배워야 하는 것이다. 즉 모방 학습을 시작하는 단계라고 보면 된다. 처음부터 잘 아는 사람은 없다. 내가 안 해 봤기 때문에 어려운 것이 아니라 낯선 것이다.

나는 학창 시절의 기본적인 학습을 거쳐 소방관이라는 직장 사회에 뛰어들었다. 그리고 헌신이라는 소명의식을 배우고 오롯이 국민들의 안전을 지키는 일에만 열중해 왔다. 가족과 나 개인의 삶은 후순위로 미루고 처음 글을 쓰기 시작한 것은 내 나이 58세, 퇴직을 2년 앞두고 시작했다. 사람들은 말한다. "나이 먹고 무슨 글을 써. 지가 뭐 잘났다고!" 이렇게 이야기하는 뒷담화들이 내 귀로 들려왔다. 그것 때문에 처음엔 살짝 열이 받았다. 그러나 내가 누구인가? "해불양수(海不讓水)"의 좌우명으로 무장한 나였다. 절대 자랑은 아니다. 삶의 기본 원칙인 것이다.

불꽃 속에서 문학을 피우다

본격적으로 글을 쓰게 된 계기는 2022년 1월 초부터 직장에서 직원들에게 "업무 외 어떻게 살아야 하는지에 대한 삶의 글" 등을 써서 전 직원에게 보내고 피드백을 통해 소통을 했던 것이다. 그 이후로 글쓰기에 필(feel)을 받아 2022년 2월 16일 블로그를 처음 시작하였다.

이후 온라인 세계에서 훌륭하신 분들의 글을 훔치고 또 책 속의 글들을 모방하면서 나의 글로 만들어 나가기 시작했다. 그 성과에 힘입어 공저 전자책 두 권과 개인 전자책 한 권을 출간하게 되었고, 내 개인 역사에 길이 빛날 종이책 에세이, 수필집을 발간하게 되었다.

필자의 한 문장 글을 쓰지 않으면 존재가치가 없다.

....

당신의 한 문장은?

03

글에도 혼이 담겨야 진짜가 된다

"열정 없이 어떤 일도 위대해질 수 없다."

– 스콜피노

❯ 열정은 동기 부여, 품질 향상, 창의성, 지속성, 영감, 성장을 촉진한다.

당신은 장인(匠人)이 뭐라고 생각하나? 장인은 숙련된 기술자를 의미한다. 어렵게 생각할 필요가 없다. 진정한 장인은 자신의 분야에 대해서 끊임없이 배우는 사람이다. 지난 2024년 5월 18일 TV 모 프로그램에 국수 장인이 등장했다. 30년 동안 국수와 함께 익어 온 사장님의 청춘, 면에 진심인 갓생[2]이자 이 시대의 장인이다. 진행자가 사장님께 질문을 했다. 선생님께 국수란? "나에게 국수란 없어서는 안 될 물건", "그야말로 국수는 내 삶이니께."

글을 쓰는 사람은 어떻게 하면 장인 정신을 기를 수 있을까? 장인 정신을 키우는 몇 가지 방법을 소개하겠다. 첫 번째, 자신의 일에 대한 열정

---

2 '갓(God)'과 '인생(生)'을 합친 합성어로, 열심히 사는 인생을 일컫는 신조어

과 자부심을 가지는 것이 중요하다. 두 번째, 세심한 주의를 기울여 일을 처리하고 완성도를 높이는 노력을 해야 한다. 세 번째, 지속적인 학습과 성장을 추구해야 한다. 네 번째, 자신의 일에 대한 책임감과 성실함을 가지고 지속적으로 개선하려고 노력해야 한다.

글쓰기는 쉬운 작업일 수도 어려운 작업일 수도 있다. 자신 내면의 생각에 '글쓰기는 쉬워.'하면 쉽다. 반면에 '글쓰기는 어려운 숙제야.'하면 어렵다. 그러면 글쓰기를 방해하는 요소는 뭐가 있을까? 첫 번째, 아이디어 부족이 있을 수 있다. 글을 쓰다 보면 새로운 아이디어를 찾기가 어렵다. 두 번째, 집중력이 부족해서 쉽게 산만해진다. 환경적인 요소 등으로 몰입해서 글을 쓸 수가 없다. 세 번째, 자기 평가와 불안감도 글쓰기를 방해할 수 있다. 자신의 글이 마음에 들지 않거나 다른 사람의 평가를 걱정하는 경우이다.

글쓰기에 도움이 되는 팁을 나의 경험을 곁들여서 몇 가지 소개한다.

첫 번째, 일정한 글쓰기 습관을 만드는 것이다. 매일 일정한 시간을 정해서 글을 쓰는 습관을 기르면 창의성과 표현력이 향상될 수 있다. 나는 새벽, 오전, 오후, 저녁 시간대에 글을 써 봤는데 오전과 늦은 저녁 시간이 좋았다. 새벽에는 2시간 정도 책 읽는 시간으로 효과가 있는 것 같다.

두 번째, 현자(賢者)들의 다양한 글을 읽는(훔치는) 것이다. 다른 사람들의 글을 읽으면서 어휘력과 문장 구조에 대한 영감을 얻을 수 있다. 나는 아직 독서에는 내공이 없지만, 현재는 글쓰기와 자기계발서 책을 주로 읽고 있다. 향후 철학, 심리학, 뇌 과학, 다이어트 관련 등 다양한 분야의 책을 접해 볼 계획이다.

세 번째, 아이디어를 기록한 습관을 가져야 한다. 아이디어가 떠오를 때마다 메모를 해두고 필요할 때 활용을 해야 한다. 나는 아이디어 발굴은 일상생활에서 늘 하고 있다. 가끔씩 마을 길 산책을 통해 글감을 떠올려 보기도 한다. 아이디어는 여기저기 널브러져 있는 메모지와 스마트폰에 기록을 한다. 마구잡이로 산재해 있던 아이디어는 매일 하루 일과를 마칠 때 별도 생각 노트에 정리를 한다.

장인 정신은 글쓰기뿐만 아니라 다른 그 어떤 분야에서든 성공을 이루기 위한 중요한 가치 중 하나다. 30년 동안 꾸준히 한길만 걸어온 국수 장인처럼 글쓰기도 지속적인 연습과 학습을 통해서만 성장할 수 있다. 글을 잘 쓰기 위해서는 한 문장이라도 매일 써야 한다. 매일 쓰는 거외에는 왕도가 없다. 본인이 쓴 글이 마음에 들지 않더라도 남이 알아주지 않더라도 말이다. 쓰면서 고치고 또 고치다 보면 글쓰기 능력이 향상되고 자신감이 생긴다. 그렇게 일상에 글쓰기를 습관화시키면 글이 삶이되고 삶이 글이 되는 것이다.

그 무엇보다 중요한 것은 피로 쓰는 글이어야 한다는 것이다. 실제 몸으로 체험한 살아 있는 글을 써야만 독자들에게 울림을 줄 수 있는 감동의 글이 발현될 수 있다. 여기까지만 실행한다면 당신은 인플루언서 작가가 될 수 있다.

불꽃 속에서 문학을 피우다

필자의 한 문장 글쓰기는 매일 쓰는 것 외에는 왕도가 없다.

당신의 한 문장은?

04

매일 쓰면 삶이 변한다

"글쓰기는 목소리의 그림이다."

― 볼테르

❯ 글쓰기는 저자의 내면 소리를 외부로 드러내는 과정이다.

블로그에 1일 1포[3] 하기 위해 매일 글을 써 왔다. 컴퓨터 앞에 앉았다. "내가 글을 왜 쓰고 있지."라며 반문해 보았다. 당신은 왜 글을 쓰나? 나를 비롯해서 수많은 사람들은 각기 글을 쓰는 이유가 있을 것 같다. 우리가 글을 쓰는 주요 이유에 대해서 알아보겠다.

첫 번째, 의사소통을 위해 글을 쓴다. 글쓰기는 멀리 떨어진 사람들과의 소통 수단이다. 편지, 이메일, 소셜 미디어 게시 글 등은 모두 글쓰기를 통해 이루어진다. 글을 통해 자신의 생각과 정보를 다른 사람과 공유하게 된다.

두 번째, 기록을 위해 글을 쓴다. 일기나 회고록을 작성함으로써 우리

---

3 블로그에 하루에 한 번 포스트(글)를 올린다는 뜻.

불꽃 속에서 문학을 피우다

의 경험과 감정을 기록한다. 이는 시간이 지나도 소중한 기억을 간직할 수 있게 해주며, 이를 후대에 전달하는 데 중요한 역할을 해준다.

세 번째, 표현을 위해 글을 쓴다. 시, 소설, 에세이 등 다양한 형태의 글쓰기를 통해 내면의 감정과 상상력을 표현한다. 글쓰기는 자신을 표현하는 창의적인 방법이다.

네 번째, 학습과 이해를 위해 글을 쓴다. 글을 쓰는 과정에서 정보를 정리하고, 새로운 지식을 체계적으로 습득한다. 이는 학업과 연구, 직장 생활에서도 중요한 역할을 한다. 글쓰기는 복잡한 개념을 이해하고, 논리적으로 사고하는 능력을 길러준다.

다섯 번째, 치유를 위해 글을 쓴다. 글쓰기는 감정을 표현하고 스트레스를 해소하는 데 효과적이다. 자신의 감정을 정리하고, 마음의 평화를 찾을 수 있다.

여섯 번째, 영향력을 행사하기 위해 글을 쓴다. 글을 통해 자신의 생각과 주장을 널리 알리고, 타인에게 영향을 미친다. 블로그, 칼럼 등을 통해 사회적 이슈에 대한 의견을 제시하고, 변화를 촉구할 수 있다.

글쓰기는 단순한 취미 이상의 힘을 가진 활동이다. 우리의 생각을 명확하게 정리하고, 감정을 표현하며, 타인과의 소통을 돕는 중요한 도구이다. 그러면 글쓰기를 통해 인생이 어떻게 바뀔 수 있는지 살펴보겠다.

첫 번째, 글쓰기는 자기 성찰을 도와준다. 일기를 쓰거나 에세이를 작성하면서 자신의 내면을 들여다볼 수 있다. 이는 자기 이해를 깊게 하고, 자신의 감정과 생각을 정리하는 데 큰 도움이 된다. 꾸준히 글을 쓰다 보면 자신이 무엇을 원하는지, 어떤 가치를 중요하게 여기는지 명확해진다. 이러한 자기 성찰은 인생에서 더 나은 결정을 내리고, 삶의 방향을 설정하는 데 중요한 역할을 하게 되는 것이다.

두 번째, 글쓰기는 스트레스 해소에 효과적이다. 누구나 일상 속에서 다양한 스트레스를 받는다. 이를 표현하지 않고 쌓아두면 몸과 마음에 부정적인 영향을 미친다. 그러나 글쓰기를 통해 이러한 스트레스를 표현하면 마음이 가벼워지고, 문제를 더 객관적으로 바라볼 수 있다. 또 글쓰기 하면서 자신도 몰랐던 감정이나 생각을 발견하기도 한다.

세 번째, 글쓰기는 창의력을 향상시켜 준다. 글을 쓰면서 새로운 아이디어를 떠올리고, 이를 논리적으로 구성하는 훈련을 하게 된다. 이는 창의력뿐만 아니라 문제 해결 능력도 키워준다. 직장 사회의 기획서나 학교 논문 작성 등에서도 창의력은 중요한 요소이다. 꾸준한 글쓰기를 통해 이러한 능력을 기를 수 있다.

네 번째, 글쓰기는 타인과의 소통을 강화하는 데 중요한 요소가 된다. 좋은 글은 독자에게 감동을 주고, 생각을 공유하게 한다. 글쓰기를 통해 자신의 생각과 감정을 표현하는 능력이 향상되면, 말로 하는 소통에서도 자신감을 가지게 된다. 이는 대인 관계를 개선하고, 더 나은 인간관계를 형성하는 데 도움이 된다.

다섯 번째, 글쓰기는 전문성을 높여 준다. 특정 주제에 대해 깊이 있게 글을 쓰는 과정에서 지식을 쌓고, 이를 체계적으로 정리하게 된다. 이는 직업적 성공에도 긍정적인 영향을 미치게 된다. 블로그나 책을 통해 자신의 전문 지식을 공유하면, 해당 분야에서의 신뢰도와 인지도가 높아진다.

요약하면 글쓰기는 인생을 변화시키는 강력한 도구인 것이다. 자기 성찰, 스트레스 해소, 창의력 향상, 소통 능력 강화, 전문성 증대 등 다양한 면에서 긍정적인 영향을 미친다. 글쓰기를 꾸준히 실천함으로써 더 나은 삶을 살아갈 수 있다.

결론적으로 나는 3년여 기간 동안 블로그에 글을 써 왔다. 이것이 계기가 되어 전자책 3권과 종이책 1권을 출간할 수 있었다. 그동안 나의 삶에도 많은 변화가 있었다. 인생 전반전은 타인(국민)을 위한 삶이었다.

그러나 인생 후반전은 이제 시작이지만, 독서와 글쓰기가 삶의 일부가 되었다. 아니, 전부가 아닌지 모르겠다. 여기에 더해 지금 쓰고 있는 것이 두 번째 종이책이다. 생을 마감하는 날까지 글쓰기를 할 것이다. 당신도 지금 즉시 컴퓨터 앞에 앉아 펜이나 키보드로 자신의 이야기를 써 보기 바란다.

> **필자의 한 문장** 글쓰기는 자기 성찰과 창의력 향상, 소통 능력 강화를 돕는다.
>
> ....
>
> 당신의 한 문장은?

05

영감은 기다림이 아니라 발견이다

"사람은 누구나 영감을 얻고 싶어 한다. 그리고 흔히들 영감이란 가끔씩 번개처럼 나타났다가 갑자기 사라져버리는 것이라고 생각한다. 그래서 그 찰나의 순간을 잘 포착해야만 영감을 얻을 수 있다고 믿는다."

– 김종원

❯ 영감을 얻으려면 일상에서 작은 것들을 주의 깊게 살피고 기록하는 습관이 필요하다.

글 쓰는 사람들 세계에서는 글을 잘 쓰기 위해 영감을 얻어야 된다고 이야기한다. 그러면 영감(靈感, Inspiration)이 뭔지 그 의미에 대해서 알아보겠다. 영감은 새로운 아이디어, 창의적인 사고, 열정과 동기부여를 주는 힘을 의미한다. 또 영감은 우리가 일상적인 루틴에 사로잡히지 않고 독특하고 창의적인 아이디어를 생각해낼 수 있도록 도와준다.

나는 평시에 글을 쓰면서도 늘 고민한다. 오늘은 어떤 글을 쓸까, 내일은 어떤 글을 쓸까 하면서 말이다. 이렇게 고민하고 걱정하는 이유는 뭘까? 뭘 써야 하는지 글감이 생각나지 않기 때문이다.

나는 여기서 글감을 글 재료라고 표현을 하겠다. 당신은 글을 쓰기 위해서 어떤 재료를 구하고 활용하는지? 글쓰기는 우리 삶의 많은 부분에서 중요한 역할을 한다. 좋은 글을 쓰기 위해서는 단순히 글을 쓰는 기술도 의미가 있지만, 다양한 글쓰기 재료를 얻는 것이 대단히 중요하다.

글쓰기 재료를 얻을 수 있는 몇 가지 방법에 대해 알아본다.

첫 번째, 독서다. 책을 읽는 것은 새로운 아이디어와 영감을 얻는 데 큰 도움이 된다. 다양한 주제의 책을 읽으면 자신의 시야를 넓히고, 새로운 관점을 접할 수 있다. 예를 들어, 소설을 읽으면 상상력을 자극하고, 에세이를 읽으면 다른 사람들의 경험과 생각을 배우게 된다. 또한, 전문 서적을 통해 특정 주제에 대한 깊이 있는 지식을 쌓을 수 있다.

두 번째, 관찰이다. 주위 사람들과 환경을 주의 깊게 살펴보면 많은 흥미로운 이야기를 발견할 수 있다. 사람들의 행동, 대화, 표정 등을 관찰하면 다양한 캐릭터와 상황을 상상할 수 있다. 길거리를 걷다가 마주치는 풍경, 카페에서 들려오는 대화, 공원에서 뛰어노는 아이들 모두가 글쓰기 재료가 될 수 있다.

세 번째, 경험이다. 직접적인 경험은 글에 깊이를 더해준다. 여행을 통해 새로운 문화를 접하고, 다양한 사람들을 만나면 글의 배경과 캐릭터 설정에 큰 도움이 된다. 새로운 활동에 도전하거나, 일상에서 벗어나 색다른 경험을 하는 것도 좋은 글쓰기 재료가 된다. 경험을 통해 얻은 감정과 생각을 글로 표현하면 독자들에게 더욱 생생하게 다가갈 수 있다.

네 번째, 인터뷰다. 다른 사람들과의 대화를 통해 다양한 관점을 배울 수 있다. 전문가나 특정 주제에 대해 깊이 있는 지식을 가진 사람들을 인 터뷰하면 그들의 경험과 지식을 글에 녹여낼 수 있다. 또한, 주변 사람들의 이야기를 듣고 기록하는 것도 좋은 방법이다.

다섯 번째, 리서치다. 주제에 대해 깊이 있는 조사를 하면 정확하고 풍부한 내용을 쓸 수 있다. 인터넷, 도서관 등을 통해 필요한 정보를 찾아보고, 이를 바탕으로 글을 작성하면 신뢰성 있는 글을 쓸 수 있다. 리서치를 통해 얻은 자료는 글의 논리적 구조를 강화하고, 독자들에게 유용한 정보를 제공할 수 있다.

여섯 번째, 일기 쓰기다. 일상생활에서의 생각과 느낌을 기록하면 글쓰기에 큰 도움이 된다. 일기를 통해 자신의 감정을 솔직하게 표현하고, 일상의 소소한 사건들을 기록하면 글의 소재로 활용할 수 있다. 또한, 일기는 글쓰기 연습의 일환으로 꾸준히 글을 쓰는 습관을 기르는 데도 유용하다.

위와 같은 방법들을 활용하면 다양한 글쓰기 재료를 얻을 수 있다. 독서, 관찰, 경험, 인터뷰, 리서치, 일기 쓰기 등 다양한 방법을 통해 얻은 재료를 잘 활용하면 독자들에게 감동을 주고, 공감을 얻는 글을 쓸 수 있다.

필자의 한 문장	글쓰기를 위해서는 다양한 글쓰기 재료를 얻는 것이 중요하다.

당신의 한 문장은?

06

당신이 아직 글을 쓰지 못하는 까닭

"아무것도 쓰지 않으면 아무것도 얻지 못한다."　　　− 제임스 알렌

❯ 글쓰기는 삶에 긍정적인 변화를 이끄는 중요한 행위이다.

사람들은 왜 글을 쓰지 않을까? 나는 이런 질문을 던져 볼 처지는 아니라고 생각한다. 나 역시 최근 2년 전까지 독서는 물론 글도 제대로 써 보지 않았으니까 말이다.

그러면 우리나라 사람들 중 글을 쓰지 않는 인구는 몇 명이 될까? 인터넷에 검색해 보니 대한민국 사람들 중 글을 쓰지 않는 인구에 대한 정확한 통계는 찾지 못했다. 다만 몇 가지 관련된 자료와 추정치를 통해 유추해 볼 수는 있다.

첫 번째, 한국인의 독서율과 글쓰기 연관성을 고려해 볼 수 있다. 문화체육관광부의 2023년 국민 독서 실태 조사 결과, 종합 독서율은 43.0%로 나타났다. 종이책으로 한정하면 32.3%로 떨어진다. 이는 약 57~68%의 성인이 책을 전혀 읽지 않는다는 것을 의미한다. 독서율이 낮은 사람

들은 글쓰기도 자주 하지 않을 가능성이 크다.

두 번째, 블로그나 SNS 활동과 글쓰기를 연관 지어 볼 수도 있다. 무려 80억이 넘는 전 세계 인구 중 60% 이상이 소셜 미디어를 이용하고 있다. 우리나라는 정확한 통계를 알 수 없지만 대략 80% 정도의 국민이 SNS를 이용하는 것 같다. 그러나 대부분 짧은 글이나 이미지, 동영상 공유가 주를 이루며, 긴 글을 쓰는 사람들은 상대적으로 적다.

세 번째, 글쓰기 능력에 대한 자신감 부족과 관련된 연구도 참고할 수 있다. 여러 연구에서 한국인들의 글쓰기 능력에 대한 자신감이 낮다는 결과가 나온다. 이는 많은 사람들이 글쓰기를 어려워하고, 실제로 글쓰기 활동에 적극적으로 참여하지 않을 가능성을 내포한다. 이 모든 요소들을 종합해 볼 때, 대한민국 성인 중 적어도 30%에서 40% 정도는 글쓰기를 거의 하지 않는다고 추정할 수 있다.

그런데, 글을 쓰는 사람은 계속 쓴다. 왜? 얻는 게 많으니까. 사람들이 글을 안 쓰는 이유는 다양하다. 여러 가지 이유로 많은 이들이 글쓰기를 꺼린다. 그 이유를 몇 가지 알아보자.

첫 번째, 시간 부족이다. 현대 사회는 바쁘고 빠르게 돌아간다. 직장, 학업, 가사일 등 일상생활에서 해야 할 일들이 많아 글쓰기에 할애할 시간이 부족하다. 그래서 많은 사람들이 글을 쓰고자 하는 열망이 있어도 현실적으로 글을 쓸 시간이 없는 경우가 많다.

두 번째, 자신감 부족이다. 글쓰기는 자신의 생각과 감정을 표현하는 과정이다. 그러나 많은 사람들이 자신의 글쓰기에 자신감을 갖지 못한다. '내가 쓴 글이 별로일까?', '다른 사람들이 어떻게 생각할까?'등의 고민이 머리를 지배하면 글쓰기를 시작하기조차 어렵다.

세 번째, 글쓰기 능력 부족이다. 많은 사람들은 글을 잘 쓰기 위해서는 특별한 재능이 필요하다고 생각한다. 학교에서 글쓰기를 배웠지만, 실제로 활용할 기회가 적었다면 글쓰기 능력에 대한 자신감이 떨어질 수밖에 없다. 또한, 문법이나 맞춤법 등에 대한 부담감도 글쓰기를 어렵게 만든다.

네 번째, 동기 부족이다. 글쓰기를 위해서는 내적 동기가 필요하다. 그러나 많은 사람들은 글쓰기에 대한 명확한 목표나 동기를 찾지 못한다. 글쓰기를 통해 얻을 수 있는 성취감이나 기쁨을 경험하지 못했기 때문에 자연스럽게 글쓰기에 대한 흥미를 잃게 된다.

다섯 번째, 디지털 환경의 영향이다. 현대 사회는 디지털 기기에 많이 의존하고 있다. 스마트폰, 컴퓨터 등 디지털 기기는 우리의 삶을 편리하게 만들지만, 동시에 우리의 집중력을 분산시킨다. 특히, SNS나 인터넷을 통해 즉각적인 정보를 얻는 것에 익숙해지면 깊이 있는 글쓰기에 집중하기 어려워진다.

여섯 번째, 완벽주의다. 많은 사람들은 완벽한 글을 쓰고자 하는 욕구가 강하다. 그러나 완벽한 글은 존재하지 않는다. 완벽을 추구하다 보면 오히려 글쓰기에 대한 부담감이 커져 시작조차 못 하는 경우가 많다.

일곱 번째, 문화적 요인도 무시할 수 없다. 한국 사회에서는 학업이나 업무 능력에 비해 글쓰기 능력을 중요하게 여기지 않는 경향이 있다. 글쓰기가 중요한 커뮤니케이션 수단임에도 불구하고, 이를 위한 체계적인 교육이나 훈련이 부족하다.

불꽃 속에서 문학을 피우다

이처럼 사람들은 여러 가지 이유로 글쓰기를 어렵게 느끼고, 꺼리게 된다. 그러나 글쓰기는 자신의 생각을 정리하고 표현하는 데 매우 유용한 도구이다. 글쓰기를 통해 자신의 내면을 탐구하고, 다른 사람들과 소통할 수 있는 능력을 키우는 것이다. 따라서 글쓰기에 대한 두려움을 극복하고 꾸준히 나만의 글쓰기를 시도해보는 것은 어떨까?

필자의 한 문장 글을 쓰는 사람은 계속 쓴다.

당신의 한 문장은?

07

책 한 권이 새로운 길을 연다

"책이 없는 방은 영혼이 없는 몸과 같다."   — 키케로

❯ 책이 없는 공간은 비어 있는 듯하고, 삶의 깊이와 의미가 사라진다.

   많은 사람들은 궁금해한다. 책을 읽으면 밥 먹여 주는지 말이다. 책을 읽는 행위 자체가 직접적으로 밥을 먹여 주지는 않는다. 단지, 책을 통해 얻는 지식과 기술은 궁극적으로 밥을 먹여 줄 수 있다.

   디지털 시대에도 지혜로운 사람들은 여전히 책 읽기의 중요성을 강조하고 있다. 원하는 지식은 스마트폰 하나로 쉽게 습득할 수 있다. 유튜브 채널에서는 몇백 페이지의 책을 마치 읽은 것처럼 단 몇 분 만에 요약해 준다. 현대인은 업무와 일상에 바쁘고 지친 일상에서 독서하기란 쉽지만은 않다. 그래도 해야 된다. 왜? 부자가 되기 위해서 말이다. 꼭 금전의 부자만은 아니라는 것을 이해해 주기 바란다.

   독서가가 모두 부자가 되진 않았지만, 부자들에게는 '지독한 독서가'라는 공통점이 있다. 우리가 아무리 바빠도 일론 머스크, 제프 베이조스,

빌 게이츠, 워런 버핏보다 바쁠까? 워런 버핏과 먹는 점심 한 끼는 46억 원의 가치가 있다는 소식이 회자되고 있다. 큰 사람이 되고 싶다면 큰 물가로 가라는 말처럼 부자가 되고 싶다면 부자와 어울려야 한다. 그런데 일반 서민이 슈퍼 리치와 어울리기는 하늘의 별 따기만큼 현실성 없는 이야기다. 그러나 누구나 부자와 어울릴 수 있는 단 한 가지의 방법이 있다. 바로 '독서'인 것이다.

'책 읽기'는 저자와의 만남이라고 해도 과언이 아니다. 책을 읽으면 저자의 생각하는 방식을 쉽게 알아낼 수 있다. 워런 버핏과 만나고 싶다면 그의 저서들을 읽으며 그의 생각을 엿듣고 워런 버핏처럼 행동해 보는 것이다. 또한 수 세기 전의 현자들과 책 속에서 만나보는 것이다. 그들의 자고 나란 환경, 버릇, 습관, 성공할 수밖에 없었던 이유들을 저자에게 직접 들어 보는 것이다.

세상에 보다 빠르고 쉬운 길은 없다. 두꺼운 책을 한 페이지로 요약한 글이나 영상으로 책을 읽은 것 같은 기분은 느낄 수 있다. 그러나 결코 책 읽기 본연의 가치를 가져갈 수는 없다. 패스트푸드와 조미료 맛에 익숙해진 사람은 자연 본연의 맛이 나는 슬로푸드에서 맛을 찾기 어렵다. 자극적인 음식에서 맛을 좇는 자는 당뇨, 비만, 고혈압과 같은 성인병을 앓게 된다. '독서도 마찬가지다.'라는 것을 알아야 한다. 한 작품을 소화하기 어려워 한 페이지로 요약된 짧은 글과 영상만 찾는 사람의 뇌와 마음은 어떨까? 그래 맞다. 단기 쾌락 정서에 머무르게 될 뿐이다.

우리가 책을 읽다 보면 저자의 생각을 진리처럼 여기고 숭배하는 사람을 만나게 된다. 하지만 이 또한 위험하다고 할 수 있다. 책은 진실이 아

닌 한 개인의 의견일 뿐이다. 책을 읽고 생각을 하지 않는 사람은 세상이
라는 무대에서 영원히 관중으로 남아있게 된다. 책을 읽고 저자에게 질
문을 하고 스스로에게 또 물어보시기 바란다. 이것이 바로 능동적 독서
라는 것이다.

워런 버핏은 새로운 주식을 사고 싶다면 그 이유를 글로 써보라고 권
한다. 우리가 안다고 생각했던 주제를 막상 글로 써보면 쉽게 글이 써지
지 않거나 모호한 적이 많을 것이다. 이처럼 글쓰기는 메타 인지에 좋은
방법이다. 책을 읽은 후 책에 관한 내용을 글로 쓰는 행위는 책의 내용을
더욱 단단하고 명확하게 잡아 줄 것이다. 여기서 주의해야 할 것은 책의
내용을 그대로 베껴 쓰는 것이 아니라는 점이다. 책을 그대로 베끼는 것
을 필사라고 하는데 그 또한 의미는 있겠지만, 자신만의 언어로 재창조
하는 것이 더욱 중요하다.

대부분의 사람들은 남은 자투리 시간에 독서를 하거나 그럴 계획을 갖
고 있다. 그러나 부자들은 먼저 독서 시간을 확보한다. 매일 아침이나 이
른 새벽에 최소 한 시간 이상 독서하는 습관을 가진다. 남는 시간에 독서
를 하려고 하다 보면 시간은 절대 주어지지 않는다. 매일 독서하는 시간
은 에너지가 충만해야 하며 어떠한 방해도 받지 않아야 한다. 아무리 바
쁠지라도 매일 정해진 시간에 독서하는 습관을 가져보는 것이다. 독서라
는 행위에 하루 중 한 시간이나 내어주는 일은 아주 어렵고 좀이 쑤실 것
이다. 그러나 매일의 한 시간이 미래의 시간적 자유를 만든다면 한 번쯤
해봄 직한 습관이지 않겠는가?

이제 책이 궁극적으로 삶에 큰 영향을 미칠 수 있다는 것을 알게 되었

을 것이다. 책을 읽는 것은 우리의 삶과 사고방식에 긍정적인 변화를 가져온다. 정보의 홍수 속에서 살아가는 현대 사회에서, 우리는 왜 책을 읽어야 하는지에 대해 진지하게 생각해볼 필요가 있다.

첫 번째, 책은 지식의 보고(寶庫)이다. 당신도 다 알겠지만 우리는 책을 통해 역사, 과학, 문학 등 다양한 분야의 지식을 습득할 수 있다. 이는 우리의 시야를 넓히고, 세상을 보다 깊이 이해할 수 있도록 도와준다.

두 번째, 책은 비판적 사고를 길러준다. 책을 읽는 과정에서 저자의 주장과 근거를 분석하고, 이를 바탕으로 자신의 생각을 정리하게 된다. 이것은 우리가 논리적 사고와 문제 해결 능력을 기르는 데 매우 중요하다.

세 번째, 책은 우리의 상상력과 창의력을 자극한다. 소설이나 시와 같은 문학 작품은 우리의 상상력을 자극하고, 새로운 아이디어를 떠올리게 한다. 그 새로운 아이디어는 창의적인 문제 해결과 혁신적인 생각을 하는 데 큰 도움이 된다.

네 번째, 책은 정서적 안정감을 제공한다. 책을 읽는 동안 다른 세계로 빠져들어 일상의 스트레스와 걱정을 잠시 잊을 수 있다. 우리의 정신 건강에 매우 긍정적인 영향을 미친다는 것이다. 예를 들어, 감동적인 소설을 읽으면서 주인공의 감정에 공감하고, 이를 통해 자신의 감정을 해소할 수 있다.

다섯 번째, 책은 사회적 상호작용을 촉진한다. 책이라는 매개체를 통해 다른 사람들과의 대화 주제를 얻고, 이를 통해 더 깊이 있는 대화를 나눌 수 있다. 이는 우리의 대인 관계를 향상시키는 데 큰 도움이 된다. 예를 들어, 독서 모임에 참여하면서 다양한 사람들과 책에 대한 생각을 나누고, 새로운 친구를 사귈 수 있다.

여섯 번째, 책은 시간과 공간을 초월한 여행을 가능하게 한다. 책을 통해 다른 시대, 다른 문화, 다른 공간을 경험할 수 있다. 그 경험은 우리의 삶을 풍요롭게 하고, 더 넓은 시각을 갖게 한다. 예를 들어, 역사 소설을 읽으면서 과거의 사건들을 생생하게 경험할 수 있다.

나는 그다지 많은 책을 읽지 못했다. 이유는 책 읽는 습관이 잘 안 되어 있었다. 그래서 강제성을 부여해서 미라클 모닝으로 조금씩 책을 읽고 있다. 앞서 이야기한 것처럼 책은 우리의 삶에 매우 긍정적인 요소인 것이다.

결론적으로 책은 지식을 제공하고, 비판적 사고를 길러주며, 상상력과 창의력을 자극한다. 또 정서적 안정감을 제공하며, 사회적 상호작용을 촉진하고, 시간과 공간을 초월한 여행을 가능하게 한다. 이 좋은 것을 왜 안 하나? 반드시 책을 읽는 습관을 길러야 한다. 그래야 좀 더 나은 삶을 살아갈 수 있다. 이 글을 통해 한 번 더 다짐해 보는 것은 어떨까?

필자의 한 문장 책을 읽는 것은 우리의 삶과 사고방식에 많은 긍정적인 영향을 미친다.

당신의 한 문장은?

불꽃 속에서 문학을 피우다

08

첫 문장이 어렵다고 멈추지 마라

"작가의 첫 번째 원고는 자신을 이해하는 과정이다."

– 에드워드 호퍼

❯ 첫 초고는 자신을 발견하는 여정이라는 것이다.

우리가 책을 읽는 이유는 지식 습득, 사고력 향상, 자기 계발 등 다양한 이유가 있을 것이다. 그러나 이러한 읽기는 우리가 쓰지 않으면 내용을 잊어버리기 쉽다. 그래서 책을 읽은 후에는 글쓰기를 통해 내용을 정리하고 자신의 언어로 표현하는 것이 중요하다. 이는 기억력을 높이고, 읽은 내용을 오래 간직하는 데 도움이 된다.

그러면 당신은 글쓰기를 하는 이유가 뭐라고 생각하나? 그냥 나만 보기 위해서인가 아니면 내가 가진 지식과 경험을 더 많은 사람들과 나누기 위해서인가? 나만 보기 위한 것은 '일기'라는 형식으로 글을 쓰는 것이다.

궁극적으로는, 대부분의 사람들이 글쓰기를 통해 책을 쓰고자 할 것이다. 우리가 책을 쓰는 과정은 단순한 글쓰기와는 달리, 더 많은 시간과 노력이 필요하다. 자신의 이름을 건 책이 출간되었을 때 느끼는 성취감은 이루 말할 수 없을 것이다. 책을 쓰는 것은 나의 목소리를 더 넓은 세상에 전하는 강력한 방법이다. 인터넷과 디지털 미디어가 발달한 현대 사회에서도, 책은 여전히 중요한 역할을 하고 있다. 책은 나의 이야기를 역사에 영원히 남길 수 있는 매체이다.

그런데 말이다. 우리가 책을 다 쓰고 나면 중요한 과정이 있다. 바로 퇴고가 기다리고 있다. 퇴고 과정은 글의 완성도를 높이고 독자의 이해를 돕는 데 매우 중요하다. 퇴고를 통해 내용의 일관성, 문법과 표현, 구조와 형식을 철저히 검토함으로써, 더 나은 책을 만들어낼 수 있다.

나의 사례를 이야기하면, 나는 수필집인 종이책 출간 당시 많은 퇴고 과정을 거쳤다. 첫 번째는 나 자신, 즉 작가의 퇴고 과정으로 수없이 읽고 고치고 수정을 거듭했다. 두 번째는 출판사와 계약 진행한 후 교정·교열(맞춤법, 띄어쓰기, 오탈자 수정) 작업을 하게 된다. 기본적으로 출판사 교정 팀에서 세 차례 이상 교정 후 편집팀에서 한 차례 더 수정을 하면 책이 완성이 된다.

20세기 미국 문학을 대표하는 작가인 어니스트 헤밍웨이는 자신의 작품을 완벽하게 다듬기 위해 수없이 퇴고를 거듭했다고 알려져 있다. 대표적으로 그의 소설 『무기여 잘 있거라』의 경우, 그는 결말을 39번이나 다시 썼다고 한다. 이처럼 그는 문장의 구조와 단어 선택에 있어 매우 엄격하게 자기 검열을 했다. 독자들에게 전달되는 감정과 의미를 최대한 정확하게 표현하려 노력했다. 헤밍웨이는 퇴고를 통해 문장의 간결함과 명확함을 추구했다. 그는 불필요한 단어와 장황한 설명을 배제하고, 핵심적인 내용만을 담으려 했다. 그의 또 다른 작품『노인과 바다』에서도 그는 비슷한 방식으로 퇴고를 거듭했다. 출간 전 그는 이 작품을 여러 차례 수정하며, 문장 하나하나를 세심하게 다듬었다. 이를 통해『노인과 바다』는 단순한 어부의 이야기가 아닌, 인간의 존엄성과 자연과의 투쟁을 상징하는 깊이 있는 작품으로 완성될 수 있었다.

헤밍웨이는 퇴고에 대해 이렇게 말했다. '첫 초고는 항상 쓰레기다.' 첫 초고는 글쓰기 과정에서 처음으로 완성한 원고를 의미한다. 이는 작가가 자신의 아이디어와 생각을 처음으로 글로 옮긴 버전이다. 일반적으로 완벽하지 않고 여러 차례 수정과 퇴고를 요하는 것이다. 헤밍웨이는 그가 처음 쓴 글을 결코 그대로 두지 않고, 철저한 퇴고 과정을 통해 작품을 완성해 나갔다. 그의 이러한 자세는 문학적 완성도를 높이는 데 크게 기여했다. 또 그의 작품들이 오늘날까지도 사랑받는 이유 중 하나이다.

결론적으로, 헤밍웨이는 퇴고 과정을 통해 자신의 작품을 끊임없이 다듬고 완성해 나갔다. 그는 문장의 간결함과 정확성을 추구하며, 독자들에게 깊은 감동을 주는 작품을 만들어냈다. 그의 철저한 퇴고 과정은 그의 문학적 성취를 이루는 중요한 요소였다.

왜 많은 작가와 창작자들은 '첫 초고는 쓰레기다.'라고 말하는 것일까? 이는 창작 과정에서 매우 중요한 역할을 한다고 한다.

첫 번째, 첫 초고는 아이디어를 자유롭게 펼치는 단계다. 처음부터 완벽한 글을 쓰려는 시도는 창의성을 억제할 수 있다. 첫 초고에서는 생각나는 대로 글을 쓰면서 아이디어를 마음껏 표현하는 것이 중요하다. 이 과정에서 문장 구조나 문법적 오류는 크게 신경 쓰지 않는다. 중요한 것은 아이디어의 흐름과 창의적인 발상이다. 이러한 자유로운 표현이 없으면 작품은 생명력을 잃고 딱딱해질 수 있다.

두 번째, 첫 초고는 자기 검열 없이 작성하는 것이 핵심이다. 만약 첫 초고를 쓸 때부터 완벽함을 추구한다면, 스스로를 검열하게 되어 글쓰기 자체가 어려워질 수 있다. 아이디어가 떠오르자마자 '이건 너무 평범해.'라거나 '이건 이상해 보일 거야.'라고 생각하면 창작의 즐거움을 잃게 된다는 것이다. 첫 초고는 이러한 자기 검열을 넘어, 있는 그대로의 생각을 담아내는 것이다.

세 번째, 첫 초고는 초석이다. 아무리 쓰레기 같아 보여도 첫 초고 없이는 두 번째, 세 번째 초고도 없다. 첫 초고는 마치 건물의 기초와 같다. 기초가 흔들리면 건물 전체가 무너지듯, 첫 초고가 없으면 작품 자체가 존재할 수 없다. 첫 초고를 기반으로 수정하고 다듬어가는 과정에서 작품은 점점 완성도를 높여간다. 첫 초고가 쓰레기처럼 보이는 이유는 바로 그것이 아직 가공되지 않은 원석이기 때문이다.

네 번째, 첫 초고는 배움의 과정이다. 글을 쓰면서 자신이 무엇을 잘못하고 있는지, 어떤 점이 부족한지를 파악하게 된다. 이러한 배움의 과정을 통해 글쓰기 실력은 향상된다. 첫 초고가 완벽하지 않다는 사실을 받아들이고, 그것을 개선해 나가는 과정에서 작가로서의 성장도 이루어진다. 마치 운동을 통해 근육을 키우듯, 첫 초고를 쓰고 수정하는 과정을 반복하면서 글쓰기의 근육도 강해진다.

다섯 번째, 첫 초고는 감정의 투영이다. 첫 초고에서는 자신의 감정과 생각을 솔직하게 표현할 수 있다. 수정 과정에서 감정은 다듬어지고, 논리적 구조가 더해지면서 보다 세련된 글로 변모한다. 첫 초고가 없다면 이러한 감정의 표현은 시작될 수 없다. 첫 초고는 작가의 내면을 그대로 드러내는 거울과 같다.

여섯 번째, 첫 초고는 시간의 축적이다. 첫 초고를 쓰는 과정은 시간과 노력을 필요로 한다. 이 시간을 통해 작가는 자신만의 스타일을 발견하게 된다. 첫 초고가 쓰레기처럼 느껴지더라도, 그 과정에서 얻은 경험과 교훈은 결코 헛되지 않는다. 이는 마치 연습 경기와도 같다. 본 경기를 위해 필요한 모든 준비와 연습을 쌓아가는 과정인 것이다.

결론적으로, '첫 초고가 쓰레기다.'라는 말은 작가와 창작자들에게 큰 위안을 준다. 완벽하지 않아도 된다는 사실을 인식하고, 자유롭게 초고를 쓰라는 것이다. 그 안에는 보석 같은 아이디어와 감정이 담겨 있다. 이러한 첫 초고를 바탕으로 두 번째, 세 번째 초고를 거쳐 마침내 완성도 높은 작품이 탄생한다. 따라서 첫 초고는 그 자체로 소중한 의미를 가진다. 그 쓰레기 속에 무한한 가능성이 숨어 있다는 것이다. 우리 함께 책 쓰기 초고를 써 보시지 않겠는가?

필자의 한 문장 첫 초고는 그 자체로 소중한 의미를 가진다.

당신의 한 문장은?

09

결핍을 버리면 글이 달라진다

"완벽한 글을 쓰려는 부담을 버려라. 쓰면서 생각하고, 수정하면서 발전시켜라."

― 어니스트 헤밍웨이

❯ 글쓰기는 처음부터 완벽할 필요 없이, 점차 발전해나가는 과정이다.

글쓰기란 단순히 생각이나 정보를 전달하는 작업이 아니다. 그것은 자기 자신과의 깊은 대화이며, 내면의 결핍을 직시하고 극복하는 과정이다. 이러한 결핍은 자신감 부족, 불안, 자기비판 등 여러 형태로 나타난다. 이들을 극복하지 않으면 진정한 의미 있는 글을 작성하기 어렵다. 그렇다면 이 글쓰기 결핍을 어떻게 극복할 수 있을까? 이 글에서는 결핍을 이해하고 이를 극복하는 방법에 대해서 알아보겠다.

결핍이란 무엇인가? 결핍이란, 자신의 부족한 점을 인식하고 이를 해결하지 못하는 상태를 말한다. 많은 사람들이 글을 쓸 때 겪는 가장 큰 장애물 중 하나가 바로 '결핍'이다. 글을 쓰려는 이들은 종종 "내가 글을 잘 쓸 수 있을까?"라는 의문에 시달린다. 이러한 결핍은 글을 작성하는 데 있어 큰 장애물이 될 수 있다. 많은 이들이 결핍을 핑계로 글쓰기를 멀리한다. 그러나 결핍은 오히려 내면을 깊이 들여다보게 하고, 성장을 이끄는 자양분이 된다.

글쓰기 결핍을 내던지고, 글을 쓸 수 있는 몇 가지 방법이다.

첫 번째. 작은 목표 설정하기다. 갑자기 하루에 몇천 자를 쓰겠다고 하면, 시작하기도 전에 부담감이 생길 수 있다. 대신, 하루에 100자나 200자씩 짧게 글을 쓰는 목표를 세워보는 것이다. 이처럼 작은 목표를 달성하면 성취감을 느낄 수 있다. 점차 글쓰기에 대한 두려움이 줄어들 것이다. 이 작은 성취들이 쌓이면 더 큰 목표를 달성할 수 있는 원동력이 된다.

두 번째. 일상의 경험 활용하기다. 글쓰기 결핍의 원인 중 하나는 글감 부족일 수 있다. 특별한 이야기를 써야 한다는 압박감 때문에 글을 시작하기 어렵다면, 일상의 경험을 활용하는 것이다. 일기 쓰기, 하루 동안 있었던 일 중 기억에 남는 순간을 기록하는 것처럼 간단한 방법도 좋다. 일상 속에서 발견할 수 있는 작은 이야기들이 모여 글이 되고, 글이 모여 창작의 큰 줄기를 이루게 된다. 자신의 일상에서 글감을 찾아보는 연습을 하다 보면 글쓰기 결핍에서 벗어나는 데 큰 도움이 될 것이다.

세 번째. 다양한 독서로 영감 얻기다. 독서는 글쓰기 결핍을 극복하는 데 있어 매우 효과적인 방법이다. 다양한 장르의 책을 읽고, 다른 사람의 글을 통해 새로운 아이디어를 얻을 수 있다. 특히, 자신이 쓰고자 하는 분야와 관련된 책을 읽으면 더 많은 영감을 받을 수 있다. 또한, 독서를 통해 글쓰기의 다양한 스타일과 표현 방법을 배우고, 이를 자신의 글쓰기에 적용해 볼 수 있다. 다른 작가들이 어떻게 생각을 전개하고 글을 구성하는지 배운다면, 글을 쓰는 과정이 한결 수월해질 것이다.

네 번째. 자유롭게 쓰기다. 글쓰기 결핍에 빠지는 또 다른 이유는 완벽주의다. 처음부터 완벽한 글을 써야 한다는 압박감 때문에 아예 시작조차 하지 못하는 경우가 많다. 이럴 때는 자유롭게 글을 써보는 것이 좋다. 글의 주제나 구조에 너무 신경 쓰지 말고, 머릿속에 떠오르는 대로 생각을 글로 풀어내 보는 것이다. 이 과정을 통해 생각이 정리되고, 글쓰기에 대한 부담이 줄어든다. 첫 번째 초고는 언제나 수정과 보완이 필요하다. 완벽하지 않아도 된다는 마음가짐으로 글쓰기를 시작해 보는 것이다.

다섯 번째. 꾸준한 글쓰기 습관 들이기다. 글쓰기 결핍에서 벗어나려면 꾸준한 연습이 필요하다. 글쓰기는 근육과도 같아서, 자주 사용하지 않으면 약해진다. 매일 조금씩이라도 글을 쓰는 습관을 들이면, 글쓰기 결핍에서 벗어나 더 쉽게 글을 쓸 수 있게 된다. 블로그에 짧은 글을 올리거나, SNS에 생각을 공유하는 등 다양한 방법으로 글쓰기 습관을 길러보는 것이다. 중요한 것은 꾸준함이다. 시간이 지나면 글쓰기가 자연스러워지고, 결핍에서 완전히 벗어날 수 있을 것이다.

여섯 번째. 글쓰기 환경 조성하기다. 조용하고 편안한 공간에서 글쓰기를 시작하면 집중하기가 훨씬 수월하다. 주변을 정리하고, 글쓰기 도구를 준비한 후, 자신에게 맞는 글쓰기 환경을 찾아보는 것이다. 음악을 듣거나, 차 한 잔을 준비하는 등 글쓰기에 도움이 되는 루틴을 만들어보는 것도 좋다. 이러한 환경에서 글을 쓰면 집중력이 향상되고, 글쓰기 결핍에서 벗어나는 데 도움이 된다.

나는 글쓰기 근육이 전혀 없었다. 학창 시절 공부도 그럭저럭 잘하지 못했다. 특히 국어 과목 점수는 형편없었다. 대학 때 국문학과도 아니고 딱딱한 법학과 출신이었다. 글쓰기와는 연관되는 게 하나도 없었다. 글쓰기 어려움을 떠나 글쓰기 결핍은 심각할 수준에 있었던 것이다.

그럼에도 불구하고 30대, 40대, 50대 후반도 아닌 정확히 58세의 나이에 글을 쓰기 시작했다. 아무 이유 없이 글을 쓰기 시작한 것은 아니었다. 지금으로부터 5년 전인 2019년 11월 직장 내에서 뇌출혈 사고가 발생했다. 이 사고를 계기로 죽음에 대해 깊이 고민을 하게 되었다. 언제 어디서 어떻게 죽을지 모른다는 깊은 깨달음을 얻은 것이다.

그래서 기왕 이 세상에 왔으면 "죽기 전에 뭔가 하나 남기고 가야 하지 않겠는가."라고 스스로 질문을 해 보았다. 하여, 노화된 기억을 억지로 끄집어내어 나의 삶을 기록하게 되었다. 그렇게 기록된 나의 인생이 수필집으로 출간되었다. 역사에 길이길이 보존될 것이다.

결핍은 글쓰기를 방해하는 가장 큰 요소 중 하나다. 그러나 이 결핍을 인정하고 받아들일 때, 비로소 진정한 글쓰기가 가능해진다. 완벽함을 추구하기보다는 솔직하게 자신의 생각과 감정을 표현하는 것에 중점을 두어야 한다. 글쓰기는 근육과도 같아 사용하지 않으면 점점 약해진다. 매일 조금씩, 꾸준히 써 내려가며 글쓰기 결핍에서 벗어나야 한다. 무엇보다 글을 통해 자신만의 목소리를 찾는 것이 중요하다.

필자의 한 문장 결핍은 글쓰기를 방해하는 가장 큰 요소 중 하나다.

당신의 한 문장은?

10

글 한 줄은 누군가의 삶을 바꾼다

"누군가의 마음을 위로하는 글 한 줄이 그들의 삶을 바꿀 수 있다."

— 마야 안젤루

❯ 작은 글 한 줄이 누군가의 인생을 변화시킬 수 있음을 기억해야 한다.

소방관은 언제나 국민의 안전을 지키기 위해 최전선에서 헌신하는 존재다. 불 속으로 뛰어들고, 위험한 상황에서도 주저하지 않는 그들의 마음에는 하나의 공통된 목표가 있다. 바로 '누군가를 지키기 위해서'이다. 이런 소방관의 마음은 글을 쓰는 사람들에게도 큰 영감을 줄 수 있다.

글을 쓰는 일은 단순히 생각을 나열하는 것이 아니다. 누군가의 마음을 위로하고, 힘들 때 따뜻한 위안을 주며, 그 사람의 삶에 긍정적인 영향을 미치는 일이기도 하다. 소방관이 불 속에서 사람을 구할 때처럼, 글 쓴이는 그들의 이야기를 통해 독자들의 마음을 구원할 수 있다.

소방관이 불 속으로 들어가는 것은 쉽지 않은 결정이다. 그들은 자신의 안전보다도 더 중요한 것이 있다는 것을 알기 때문에 주저 없이 행동한다. 글쓰기도 마찬가지이다. 자신의 경험과 감정을 솔직하게 꺼내어 누군가에게 위로가 될 수 있다는 믿음이 있어야만 좋은 글이 탄생할 수 있다. 내가 쓴 글이 누군가에게 힘이 될 수 있다면, 그 한 사람을 위한 마음이 더 큰 파장을 불러일으킬 수 있다.

소방관이 불길 속을 헤치는 이유는 생명을 지키겠다는 확신 때문이다. 글쓰기도 같다. 막막하고 의심이 밀려올 때도 있지만, 누군가의 삶에 닿아 변화를 일으킬 수 있다는 믿음이 계속 글을 쓰게 만든다.

소방관의 마음속에는 항상 '누군가를 위하는 마음'이 자리하고 있다. 그 마음이 그들을 앞으로 나아가게 하고, 불 속에서도 끝까지 버티게 만든다. 글을 쓰는 사람들도 이와 같은 마음을 가져야 한다. 단순히 내 이야기를 나누는 것이 아니라, 이 글이 누군가에게 위로가 되고 힘이 되기를 바라는 마음이 필요하다. 글쓰기는 결국 소통의 과정이다. 독자와의 대화를 통해 그들의 마음을 어루만지고, 그들의 삶에 따뜻한 빛을 비추는 것이다.

우리가 글을 쓸 때, 그 글이 어떤 변화를 일으킬지는 모른다. 소방관이 불 속에서도 결코 포기하지 않는 것처럼, 글 쓰는 사람도 결코 그들의 펜을 내려놓아선 안 된다. 글은 누군가에게 위로가 되고, 때로는 그 사람의 인생을 바꿀 수도 있다. 작은 문장 하나가, 그 사람의 마음에 불씨를 지필 수 있다.

나는 36년 경력의 전직 소방관이다. 지난 2024년 12월 31일 정년퇴직을 했다. 1988년 9월 1일 "88서울 올림픽 공식 지정 소방관(조크)"으로 임용되었다. 신임 직원일 때는 소방관이 국민을 위하는 마음을 가져야 하는 건지 잘 몰랐다. 그냥 공무원 신분으로 안정적인 직장인이 되었다는 것이 기쁠 뿐이었다. 하지만 차츰 재난 현장에서 인명을 구조하고 아픈 사람을 응급 처치하면서 소명 의식이 생겨났다. 모든 재난 현장에는 늘 위험이 도사리고 있다.

그럼에도 불구하고 소방관은 "First in, Last out(가장 먼저 들어가고, 가장 늦게 나온다)"이라는 구호를 가슴에 품고 불구덩이 속으로 뛰어들어 간다. 그러다가 불확실한 재난 환경에서 다수의 동료 및 선·후배 직원을 하늘나라로 보내야 하는 아픔을 겪었다. 이제는 실제 현장에서가 아니라 글 세계에서 국민 즉, 독자들에게 경험을 나누어 주려 한다. 마치 소방관이 국민들의 안전을 지키는 예쁜 마음을 가진 것처럼, 글을 통해서도 아름다운 마음을 가지려고 하는 것이다.

결국, 글을 쓴다는 것은 소방관이 불 속에서 국민을 지키는 마음을 갖는 것과 같다. 누군가의 마음을 지키고, 그들의 삶에 긍정적인 변화를 일으키기 위한 과정인 것이다. 소방관이 국민들의 안전을 위해 헌신하는 것처럼, 글을 쓸 때에도 누군가를 위하는 마음을 가져야 한다. 그것이야말로 진정한 글쓰기의 목적이자 가치인 것이다.

필자의 한 문장　글을 쓴다는 것은 소방관이 불 속에서 국민을 지키는 마음을 갖는 것과 같다.

당신의 한 문장은?

불꽃 속에서 문학을 피우다

11

작은 용기로 시작하는 책 쓰기

"첫 문장을 쓰기 전까지는 작가가 될 수 없다."   – 앤 라모트

❯ 실행은 변화를 만들고, 두려움을 이겨내는 용기는 시작의 힘을 보여준다.

책을 쓴다는 것은 많은 사람에게 막연한 꿈처럼 다가온다. 내가 과연 책을 쓸 수 있을까?'라는 생각에 망설이게 되고, 스스로의 부족함부터 돌아보게 된다. 그러나 책 쓰기는 누구나 도전할 수 있는 일이다. 그 시작은 대단한 준비나 지식이 아닌, 작은 용기와 꾸준함에서 비롯된다.

책을 쓴다는 것은 또한 나의 이야기를 세상에 전하는 일이다. 세상을 살아가며 수많은 경험을 하고, 그 안에서 다양한 감정과 생각을 품게 된다. 그 경험과 생각들이 모여 한 권의 책이 될 수 있다. 그렇기에 책을 쓰는 데 특별한 자격이 필요한 것은 아니다. 누구나 자신의 이야기를 할 자격이 있다. 중요한 것은 지금 시작하는 마음이다.

책을 쓰는 첫걸음엔 완벽을 향한 부담이 따르기 마련이다. 하지만 처음부터 완벽한 글은 없다. 글쓰기란 수정과 퇴고를 거듭하는 여정이다.

중요한 것은 부족함을 두려워하지 않고, 그 안에서 한 걸음씩 나아가는 용기다.

　나 또한 처음 책 쓰기를 시작할 때 많은 두려움과 걱정이 있었다. 어떻게 이야기를 풀어가야 할지, 내 글이 과연 읽는 이에게 감동을 줄 수 있을지 고민했다. 가장 큰 걸림돌은 내 안에 있었다. "아직 준비가 안 됐어.", "좀 더 배운 후에 시작해야지."같은 생각들이 나를 가로막았다. 그러나 그 생각에서 벗어났을 때, 비로소 글쓰기는 시작되었다. 중요한 것은 완벽함이 아닌, 지속적으로 쓰는 것이다.

　책을 쓰는 과정은 마치 긴 여행과도 같았다. 처음에는 낯설고 어디로 가야 할지 몰랐다. 한 발자국씩 나아가다 보면 길이 보이기 시작했다. 책 쓰기는 한 번에 끝내는 작업이 아니었다. 하나의 아이디어에서 출발해, 그것을 확장하고 다듬는 과정을 통해 점차 완성됐다. 이 과정에서 중요한 것은 꾸준함과 인내심이었다. 하루에 한 문장이라도 쓰고, 그 문장이 쌓여 어느새 책의 형태가 잡히기 시작했다.

　특히 책을 쓴다는 것은 나 자신의 생각을 정리하는 좋은 기회가 되었다. 평소에는 스쳐 지나가는 생각들이 글로 정리되면서 더 깊은 통찰로 이어지기도 했다. 그런 과정에서 나는 내 자신을 더 잘 알게 되었다. 내가 어떤 가치를 중요하게 생각하는지, 어떤 이야기를 하고 싶은지 글을 통해 깨닫게 되었다. 책 쓰기는 나만의 내면을 탐구하는 여정이었다.

　책 쓰기를 시작하기 위해 필요한 것은 대단한 재능이 아니다. 무엇보다 중요한 것은 꾸준히 쓰고자 하는 의지와, 자신의 이야기에 대한 자신감이다. 남들과 비교할 필요는 없다. 각자의 경험과 생각은 고유한 것이며, 그것을 책으로 풀어내는 것은 그 자체로 큰 의미가 있다. 지금 부족하다고 느끼더라도, 그 부족함이 오히려 더 진솔한 이야기를 만들어 낼 수 있다.

책을 쓰는 일은 단순히 이야기를 기록하는 것이 아니다. 그것은 나와 세상을 연결하는 중요한 창구이다. 내가 쓴 글이 누군가에게 닿아 그들의 생각과 감정에 영향을 줄 수 있다는 것은 멋진 일이다. 내가 경험한 것, 내가 느낀 것이 다른 이에게 새로운 시각과 위로를 줄 수 있다. 이는 글을 쓰는 자만이 느낄 수 있는 보람이며, 책 쓰기를 통해 얻는 큰 기쁨이다.

지금 바로 책 쓰기에 도전해 보자. 내 나이 59세에 첫 종이책을 썼고, 지금 쓰고 있는 것이 바로 두 번째 책이다. 처음에는 서툴고 부족할지라도, 그 속에서 점점 더 나은 글을 쓸 수 있을 것이다. 당신의 이야기는 이미 충분히 가치가 있다. 이제 그 이야기를 세상에 들려줄 때가 되었다. 당신의 내면에 있는 자신감과 용기를 끄집어내 보기 바란다.

> **필자의 한 문장** 중요한 것은 완벽함이 아닌, 지속적으로 쓰는 것이다.
>
> ··
>
> 당신의 한 문장은?

12

글로 삶을 풀어내는 용기를 가지자

> "끝까지 포기하지 않으면 어떤 일도 가능하다."　　　　- 토마스 에디슨

❯ 끈기로 끝까지 노력하면 어떤 어려움도 극복할 수 있다.

누구나 저마다의 삶을 살며 크고 작은 이야기를 가슴에 품고 있다. 그 이야기들이 모여 우리의 인생을 이룬다. 이 소중한 경험들을 글로 풀어내는 것은 결코 쉬운 일은 아니다. 글을 쓴다는 것은 자신을 솔직히 마주하고, 내면의 깊숙한 부분을 드러내는 행위이기 때문이다. 그 과정에서 때로는 두려움과 망설임이 생기기도 한다. 그럼에도 불구하고, 자신의 이야기를 글로 풀어내는 용기를 가져야 한다.

　우리가 글을 쓰는 이유는 다양하다. 때로는 자신을 이해하기 위한 수단으로, 때로는 타인과 공감하기 위해서 글을 쓴다. 혹은 나만의 이야기를 기록하고 싶어서일 것이다. 어떤 이유이든 글은 우리의 내면을 표현하는 도구가 된다. 그러나 그 과정에는 용기가 필요하다. 생각과 감정을 글로 옮기다 보면, 과거의 아픔이나 후회가 다시 떠오를 수 있다. 또는

지금의 자신을 어떻게 표현해야 할지 막막할 때도 있다. 그럼에도 용기를 내어 자신의 이야기를 세상에 꺼내놓는 것은 매우 값진 일이다.

삶을 글로 표현하는 것은 나 자신을 치유하는 과정이기도 하다. 살아가면서 많은 감정을 경험한다. 기쁨과 슬픔, 사랑과 상실, 성취와 실패. 이런 다양한 감정들이 얽히고설켜 우리 삶을 만들어간다. 그것들을 그대로 가슴에 묻어둔다면, 시간이 흐를수록 그 무게는 점점 더 커지게 된다. 글을 쓰며 자신의 감정을 표현하는 것은 그 무게를 덜어내는 하나의 방법이다. 글로 표현된 감정은 더 이상 내 안에서만 맴돌지 않고, 종이 위에 놓여 새로운 의미를 찾게 된다.

또한, 글은 타인과 소통하는 중요한 수단이기도 하다. 모두 서로 다른 삶을 살지만, 공통된 경험과 감정을 가지고 있다. 글을 통해 나의 이야기를 전하고, 타인과 감정을 나누는 순간 서로 연결된다. 글로써 타인의 마음에 닿을 수 있다는 것은 그 자체로 큰 힘이 된다. 때로는 내가 쓴 글이 다른 사람에게 위로가 되기도 하고, 새로운 시각을 열어줄 수도 있다. 이는 글이 가지는 가장 큰 매력 중 하나이다.

물론 글을 쓰는 것은 쉬운 일이 아니다. 처음에는 어디서부터 시작해야 할지 막막하고, 자신이 쓴 글이 과연 가치가 있는지에 대한 의문이 생길 수 있다. 중요한 것은 완벽함을 추구하기보다는 솔직함을 담아내는 것이다. 나의 이야기, 나의 감정을 진솔하게 표현하는 것이 글쓰기의 첫걸음이다. 누구나 처음부터 잘 쓰는 것은 아니니, 조금씩 자신의 목소리를 찾아가는 과정을 즐기면 된다.

삶을 글로 풀어낸다는 것은 쉽지 않다. 그 안에는 용기가 필요하다. 그 용기가 있을 때, 비로소 진정한 소통을 할 수 있게 된다. 글쓰기는 나를 돌아보고 삶의 가치를 깨닫게 한다. 또한, 그 글을 통해 타인과 마음을 나누고, 서로의 삶에 힘이 될 수 있다는 것은 글쓰기의 큰 보람이다. 그러니 주저하지 말고, 용기를 내어 글을 쓰자. 그 글이 나 자신에게는 위로가 되고, 타인에게는 공감과 영감이 될 것이다.

나는 3년 전인 58세에 정신이 번쩍 들어 책 읽기와 글쓰기를 시작했다. 엄마 뱃속에서 나올 때부터 서사가 시작된다. 유년 시절을 거쳐 학창 시절, 성인이 되기까지 각자의 이야기가 있다. 우리 삶에서 가장 많은 부분을 차지하는 이야기는 성인이 된 후, 사회에 발을 디딘 순간부터 현재까지이다. 삶의 과정에서는 기쁨과 슬픔, 평안과 고통, 즐거움과 괴로움, 행복감과 외로움 등이 있다. 이 모든 것이 삶의 이야기이고, 이를 스토리텔링으로 풀어내야 한다. 즉, 글로 풀어 종이에 기록으로 남겨야 추억인 것이고 의미가 있다. 글로 남기지 못한 채 머릿속에만 담아 두는 삶은 답답함과 고립감을 자초한다. 제발 그러지 말기 바란다.

> **필자의 한 문장** 글쓰기는 나를 돌아보고 삶의 가치를 깨닫게 한다.
>
> 당신의 한 문장은?

불꽃 속에서 문학을 피우다

13

실패는 끝이 아니라 시도했다는 증거다

"우리가 가장 두려워하는 것은 실패가 아니라, 시도하지 않는 것이다."

— 조안나 드 마르코

❯ 시도를 통해 얻는 경험과 배움이 중요하다는 교훈이다.

사람은 모두 실패를 두려워한다. 실패는 패배나 좌절로 느껴질 수 있다. 그러나 실패는 끝이 아니라 시도의 결과일 뿐이다. 실패는 도전의 증거이며, 그 과정에서 얻은 경험이 더 나은 결과로 이어진다. 실패는 멈추는 것이 아니라 계속 나아가고 있다는 의미이다. 실패는 배움의 여정이다.

많은 사람들이 성공하기까지 수많은 어려움을 겪었다. 성공한 사람들도 많은 시행착오를 경험했다. 그들은 실패를 두려워하지 않고, 이를 통해 배우고 성장했다. 실패를 통해 문제 해결과 앞으로 나아갈 방향을 배운다. 첫 시도에서 완벽한 성공은 드물다. 실패는 더 나은 방법을 찾아가는 데 도움을 준다. 한 번의 실패는 더 나은 결과를 위한 지침이 될 수 있다. 토마스 에디슨은 전구 발명 과정에서 수천 번의 실패를 경험했다. 그는 "나는 실패한 것이 아니라, 전구가 작동하지 않는 방법을 발견한 것"이라고 말했다. 이처럼 실패는 잘못된 길이 아니라 더 나은 길을 찾는 과정이다.

실패는 피해야 할 두려움이 아니다. 오히려 아무것도 시도하지 않는 것이 진짜 실패일 수 있다. 도전하지 않으면 가능성도, 변화도 없다. 결국 멈춘 자리에 머무는 것이 가장 큰 실패다. 반면, 실패하더라도 시도한 사람은 성장할 수 있다. 실패는 단순한 결과일 뿐이다. 그 결과로부터 무엇을 배우고 다시 일어설지가 중요하다. 성공은 끊임없는 시도와 실패를 극복한 이에게 주어진다. 실패를 두려워하면 성공의 길은 멀어진다.

실패는 때로 마음에 깊은 흔적을 남긴다. 기대가 무너질 때 좌절도 크다. 그러나 그 아픔은 내면을 단련하는 시간이다. 상처를 견뎌낸 후, 우리는 더 단단한 자신을 만나게 된다. J.K. 롤링은 〈해리 포터〉 시리즈를 출판하기 전, 여러 출판사에서 거절당했다. 많은 사람들이 그녀의 글을 인정하지 않았지만, 그녀는 포기하지 않았다. 결국 그녀는 출판에 성공하고 세계적인 작가가 되었다. 만약 롤링이 거절과 실패 앞에서 멈췄다면, 지금의 성공은 없었을 것이다.

실패는 누구에게나 찾아온다. 그러나 실패할 때마다 자신을 성찰하고 새로운 길을 모색하는 사람은 다시 일어설 수 있다. 결국 실패를 어떻게 마주하느냐에 따라 성장의 방향이 결정된다. 긍정적인 사람은 실패를 배움과 기회로 바라본다. 반면, 부정적인 사람은 실패를 좌절로 받아들이고 나아가기를 두려워한다. 실패를 두려워하기보다는 극복 방법을 생각해야 한다. 실패는 최종 목적지가 아니라 더 나은 길로 향하는 이정표일 뿐이다. 실패를 긍정적으로 받아들이고 성장하려는 자세가 필요하다.

58세에 퇴직 준비로 글쓰기를 시작했다. SNS를 통해 소통하며 3년간 전자책 3권과 종이책 1권을 출간했다. 매일 미라클 모닝으로 자기 성찰과 글쓰기에 집중했다. 시도하지 않았다면 아무것도 이룰 수 없었을 것이다. 100세 인생을 준비하며 실패를 두려워하지 않았다. 실패는 새로운 시작이기 때문이다.

결론적으로, 실패는 우리가 무엇인가를 시도했다는 증거다. 시도하지 않고 멈추는 것보다는 실패를 겪더라도 앞으로 나아가는 것이 중요하다. 실패를 통해 강해지고 발전한다. 결국에는 성공에 이르게 될 것이다. 그러니 실패를 두려워하지 말자.

필자의 한 문장 실패는 우리가 무엇인가를 시도했다는 증거다.

....

당신의 한 문장은?

14

책을 읽으면 반드시 성공할 수 있다

"25세에 죽고 75세가 되어서야 묻히는 사람들도 있다."

— 벤자민 프랭클린

❯ "25세에 죽는다."라는 것은 마음이나 꿈, 열정이 죽어버린 상태를 의미한다. "75세가 되어서야 묻힌다."라는 것은 그런 상태로 오랜 시간을 살아가다가 결국 삶을 마감한다는 의미이다. 생물학적 생명이 아닌, 꿈과 열정을 추구하며 의미 있는 삶을 살아야 한다는 경고다.

가령, 대부분의 사람들은 "먹고 살기 힘든데, 책 읽을 시간이 어디 있어."라고 다양한 이유와 각자의 생각으로 핑계를 대곤 한다. 이유를 몇 가지 더 살펴보겠다.

첫 번째, 바쁜 생계 때문이다. 긴 노동 시간 속에서 책을 읽는 것은 사치처럼 느껴진다.

두 번째, 디지털 콘텐츠의 확산 때문이다. 짧고 자극적인 영상들이 즉각적 재미를 주어 독서 필요성을 약하게 만든다.

세 번째, 즉각적 보상을 선호하기 때문이다. 책은 성과가 바로 보이지 않지만, 게임 등은 즉시 보상을 주기에 매력적이다.

네 번째, 인내력 부족 때문이다. 긴 글을 읽는 인내심이 약해져 책 완독이 부담스럽게 느껴진다.

다섯 번째, 정보 과부하와 선택의 어려움 때문이다. 현대 시대는 많은 정보가 있어 정보와 책 중 무엇을 선택할지 고민하게 된다.

여섯 번째, 독서 환경 부족 때문이다. 조용한 공간이 없거나 독서 문화가 없으면 책에 쉽게 소원해진다.

이러한 이유로 많은 사람들이 책의 필요성을 느끼지 못하고 독서를 멀리한다.

"책을 읽지 않는 것은 핑계에 지나지 않는다."라는 사례 하나를 소개한다.

독서를 위한 여건이 부족해도, '일론 머스크'는 독서를 통해 성공한 사례이다. 머스크는 어린 시절부터 책을 통해 지식을 쌓았다. 당시 교육 기회는 지금보다 훨씬 제한적이었다. 남아프리카공화국에서 자란 그는 집안과 학교의 한계 속에서도 매일 책을 읽어 지식을 쌓았다. 특히 공상과학, 물리학, 엔지니어링 서적에 빠져 과학적 사고와 상상력을 키웠다. 로켓 공학도 독학해, 스페이스X 설립에 큰 기반이 되었다. 머스크의 사례는 독서가 바쁜 일상에서도 큰 자양분이 될 수 있음을 보여준다. 핑계 대신 독서를 택한 그는 꿈을 실현하며 독서의 가치를 입증했다.

또 책을 읽으면 성공할 수 있는지, 워런 버핏의 사례도 소개한다. 그는 매일 5~6시간 독서에 투자하며 수천 권의 책을 읽었다. 이 습관 덕분에 금융과 투자, 경영에 대한 깊은 지식을 쌓아 세계적인 투자자이자 억만 장자가 되었다. 워런 버핏은 독서의 힘을 깊이 이해한 인물이었다. 그의 하루는 조용한 아침으로 시작되고, 그는 그 시간을 독서라는 소중한 기회에 투자했다. 그는 커피를 마시며 집중할 수 있는 시간이 얼마나 중요한지 잘 알고 있었다.

버핏은 투자와 경제, 경영 관련 책을 주로 읽었다. 관심 분야의 책을 통해 전문성을 키우고 필요한 정보를 쉽게 얻었다. 그는 믿을 수 있는 친구나 동료의 추천 책을 소중히 여겼다. 이러한 책들은 그의 사고를 더욱 확장시켰다. 그는 효율성을 중시하며 읽었다. 중요한 내용에 메모하고 필요 없는 부분은 속독으로 지나쳤다. 다양한 장르의 책을 읽으며 시각을 넓히고, 소설이나 역사서에서 투자 통찰을 발견했다. 버핏은 읽은 내용을 머릿속에 정리하고 메모를 하며 투자 결정에 활용했다. 그는 읽은 내용을 다른 사람과 공유하고 토론하며 더욱 깊이 이해하게 되었다.

그의 독서 습관은 일상화되었다. 독서 후기를 남기고 배운 내용을 기록하며 성장 과정을 확인했다. 대기 시간이나 이동 중에도 책을 읽고, 오디오북이나 팟캐스트를 듣기도 했다. 작은 순간들을 활용한 그의 독서는 큰 독서량으로 이어졌다. 워런 버핏의 독서 방법은 단순한 취미가 아니라 그의 중요한 자산이 되었다. 독서를 통해 사고를 확장하고 지식을 쌓으며 성공의 길을 걸었다. 그의 이야기는 독서의 중요성을 깨닫고 실천하는 데 많은 이들에게 영감을 주었다.

워런 버핏은 독서를 통해 어떻게 투자 철학을 확립하고 지식을 넓혔을까?

불꽃 속에서 문학을 피우다

첫 번째, 투자 및 금융 서적으로는 벤저민 그레이엄의 『현명한 투자자』와 『증권 분석』을 읽었다. 이 책들은 가치 투자 원칙과 분석 방법을 다루는 책들인데, 버핏의 투자 철학에 큰 영향을 미쳤다. 그는 시장 변동성을 이해하고 장기적 투자를 배웠다.

두 번째, 경제 및 경영 서적도 중요한 위치를 차지했다. 필립 피셔의 『일반주식과 비범한 수익』과 애덤 스미스의 『국부론』은 경제 원리와 기업 운영에 대한 통찰을 제공했다. 이들은 그가 기업 가치를 평가하고 효율적으로 경영하는 데 도움이 되었다.

세 번째, 자기 계발 서적에서도 버핏은 중요한 교훈을 얻었다. 데일 카네기의 『인간관계론』은 대인 관계의 중요성을 일깨워 주었다. 찰스 두히그의 『습관의 힘』은 습관 형성과 리더십에 대한 통찰을 주었다. 그는 사람들과의 관계를 소중히 여기며 더 나은 비즈니스 환경을 만들 수 있음을 깨달았다.

네 번째, 전기 및 역사 서적도 그의 독서에 포함되었다. 앨리스 슈뢰더의 『스노볼』과 월터 아이작슨의 『스티브 잡스』는 성공적인 인물들의 삶과 생각을 배우는 기회를 버핏에게 제공했다. 이러한 책들은 그에게 다양한 영감을 주고 자신의 길을 설정하는 데 도움을 주었다.

다섯 번째, 버핏은 때때로 소설을 읽어 다양한 시각을 얻었다. 그는 『주홍 글씨』 같은 고전 문학을 즐기며 인생의 복잡한 감정을 이해하고 인간 본성에 대한 통찰을 얻었다. 워런 버핏은 여러 분야의 책을 통해 지식을 쌓고 투자 철학을 발전시켰다. 독서는 그에게 단순한 취미가 아니라 인생의 중요한 자산이 되었다. 그의 이야기는 많은 이들에게 독서의 중요성과 지식의 힘을 일깨웠다.

일론 머스크와 워런 버핏은 각기 다른 분야에서 독서와 지식을 활용하여 성공한 인물이다. 이들의 독서 습관과 성공 사례를 분석해 보자.

첫 번째, 독서의 중요성이다. 머스크는 다양한 분야의 책을 읽어 지식을 넓혔다. 과학, 기술, 철학, 경영 서적을 통해 혁신적인 아이디어를 얻고 비전을 구체화했다. 그는 "지식을 얻는 것이 가장 중요한 투자."라고 강조했다. 반면 버핏은 투자 서적을 통해 가치 투자 원칙을 확립했다. 그가 읽은 『현명한 투자자』는 체계적인 사고를 가능하게 했다.

두 번째, 끊임없는 학습이다. 두 사람 모두 끊임없이 학습하는 자세를 유지했다. 머스크는 부족한 분야를 독서로 빠르게 학습하고 이를 실천했다. 예를 들어, 로켓 공학 지식을 쌓아 SpaceX를 성공적으로 운영했다. 버핏은 매일 5~6시간을 독서에 투자하며 새로운 정보를 지속적으로 흡수했다.

세 번째, 실행의 힘이다. 머스크와 버핏은 배운 내용을 즉시 실행에 옮겼다. 머스크는 자신의 아이디어를 실제 사업으로 발전시키기 위해 기술 개발에 박차를 가했다. 버핏은 투자 결정을 내릴 때, 읽은 책에서 얻은 지식과 분석을 바탕으로 철저하게 실행했다.

네 번째, 네트워킹과 인간관계다. 버핏은 대인 관계의 중요성을 이해하고, 신뢰할 수 있는 친구와 동료의 추천으로 지식을 확장했다. 그는 "인간관계의 중요성"을 강조하며 더 나은 비즈니스 환경을 만들었다. 머스크도 다양한 전문가와 협력하며 새로운 기회를 창출했다.

다섯 번째, 비전과 목표 설정이다. 머스크와 버핏은 각각의 비전과 목표를 명확히 설정하고 이를 향해 나아갔다. 머스크는 "인류의 미래를 위한 탐험"이라는 비전을 가지고 다양한 프로젝트에 집중하고 있다. 버핏은 "장기적 가치 투자"라는 목표를 설정하고 이를 기반으로 투자 철학을 실천해왔다.

결론적으로, 일론 머스크와 워런 버핏의 사례는 성공에 대한 중요한 교훈을 준다. 그건 바로 독서를 통해 지식을 넓히고 지속적으로 학습해야 한다는 점이다. 배운 내용을 실행에 옮기는 것이 중요하다. 네트워킹으로 관계를 맺고 명확한 목표를 세워야 한다. 독서는 시작일 뿐, 지속적인 학습과 실행이 성공의 열쇠임을 명심하자. "어떤 삶이 정답인가?"라고 묻는다면, "대충 살지 뭐."라는 대답은 하지 말자. 행복한 순간과 의미를 고민해서 더 뜻깊은 삶을 살아보자.

필자의 한 문장   독서는 시작일 뿐, 지속적인 학습과 실행이 성공의 열쇠임을 명심하자.

....

당신의 한 문장은?

두 걸음,
시련을 넘어
나아가라

우리가 10억을 벌었다면,
이는 성공한 것인가? 성장한 것인가? 그렇다.
성공은 목표한 바를 이루는 것을
의미하기 때문에 성공했다고 할 것이다.

그러나 성장의 관점에서 보면,
10억을 벌기까지의 과정에서 무엇을 배우고
얼마나 발전했는지가 중요하다.

성장했다는 것은 단순히 금전적 성취를 넘어,
개인의 능력, 지식, 경험 등이
함께 향상되었음을 의미한다.

01

후회 없는 삶을 살기 위한 길

"과거를 돌아보지 말고, 현재와 미래에 집중하라. 과거는 변할 수 없고, 현재가 미래를 만든다."

— 캐롤라인 미스

❯ 과거에 머물지 말고, 현재를 살며 미래를 만들어라.

많은 이들이 후회 없는 삶을 꿈꾼다. 그러나 후회는 피할 수 없는 삶의 일부이다. 중요한 건 후회를 피하려 애쓰는 것이 아니라, 그 안에서 배움을 얻고 더 나은 선택을 이어가는 것이다. 인생은 뜻대로만 흘러가지 않기에, 우리는 언제나 선택의 갈림길 앞에 선다.

그렇다면 후회 없는 삶을 어떻게 살아갈 수 있을까? 몇 가지 중요한 원칙을 통해 이 물음에 답해 보고자 한다.

첫 번째, 현재에 집중하는 것이 중요하다. 종종 과거의 실수나 미래에 대한 불안에 의해 현재를 놓치곤 한다. 현재의 순간을 소중히 여기고 최선을 다해 살아가려는 노력이 필요하다. 매일 작은 목표를 세우고 그 목표를 달성하기 위해 집중하는 것이 현재를 충실히 살아가는 첫걸음이다.

두 번째, 중요한 것은 과거의 실수에서 교훈을 얻는 것이다. 후회스러운 일이 생겼다면, 그 경험에서 무엇을 배울 수 있을지를 고민해야 한다. 자신의 실수를 분석하고 반성하는 것은 성장의 기회를 제공하며, 같은 실수를 반복하지 않도록 도와준다.

세 번째, 자기 자신과의 정직한 대화가 중요하다. 자신의 진정한 욕구와 필요를 이해하고, 자신이 정말로 원하는 것이 무엇인지 아는 것이 후회를 줄이는 길이다. 자아 성찰을 통해 자신의 가치와 목표를 파악하고, 이를 기반으로 선택을 내리는 것이 필요하다.

네 번째, 결정을 내릴 때에는 신중함이 필요하다. 한 번 내린 결정이 우리의 삶에 큰 영향을 미칠 수 있기 때문이다. 장기적인 관점에서 자신에게 가장 유익한 선택이 무엇인지 고민해 봐야 한다. 충분한 정보와 생각을 바탕으로 결정을 내리는 것이 좋다. 물론, 모든 결정이 완벽할 수는 없지만, 신중함을 기울이는 것만으로도 많은 후회를 예방할 수 있다.

다섯 번째, 실패는 인생의 일부분이다. 실패를 두려워하기보다는 실패를 통해 배우고 성장하는 기회로 삼는 것이 중요하다. 실패를 경험하면서 더 강해지고, 더 나은 결정을 내릴 수 있는 지혜를 얻게 된다. 실패를 두려워하지 않고 도전하는 자세가 후회를 줄이는 길이다.

여섯 번째, 사람들과의 관계는 우리의 삶에서 중요한 부분을 차지한다. 가족, 친구, 동료와의 관계를 소중히 여겨야 한다. 또 사랑과 관심을 표현하는 것이 후회를 줄이는 방법이다.

일곱 번째, 자기 관리는 후회 없는 삶을 위한 필수 요소다. 신체적, 정신적 건강을 잘 관리해야 한다. 규칙적인 운동과 건강한 식습관을 유지

불꽃 속에서 문학을 피우다

하는 것이 필요하다.

여덟 번째, 작은 행복을 느끼고 감사하는 태도가 후회 없는 삶을 만드는 데 도움이 된다. 매일의 소소한 기쁨과 성취를 인정하고 감사하는 마음을 가지면, 큰 후회 없이 삶을 즐길 수 있다.

최근 재수 없으면 120살까지 산다고 한다. 그러면, 나는 딱 절반을 살았다. 인생 전반전이라고 표현을 하겠다. 인생 전반전은 1막의 시간과 2막의 시간이 있다. 1막은 배움의 시간으로 태어나면서부터 30세까지다. 2막은 채움의 시간으로 31세부터 60세까지다.

인생 전반전을 "후회 없이 살아왔는가?"라는 질문을 던져 본다. 나는 어렸을 적부터 선생님이 되는 게 꿈이었다. 그러나 교육 대학에 지원을 했으나 성적 부족으로 낙방을 하였다. 이후 막노동 현장을 전전하며 공부를 열심히 안 한 자괴감으로 많은 후회를 했다. 삶의 방향이 암울했던 20대 초반 때였다.

누구나 삶의 위기도 있지만 기회도 분명히 있는 것 같다. 선생님의 꿈이 좌절되고 소방관이 되는 기회가 찾아왔던 것이다. 공무원이 되었다는 자긍심과 타 직렬과 달리 국민의 안전과 밀접한 관련이 있는 헌신의 삶이 시작된 것이다. 그렇게 36년이라는 세월이 흘러 인생 전반전을 마무리하며 정년퇴직을 했다. 오로지, 국가와 국민만 바라보며 "네가 죽나 내가 죽나."라며 일에 묻혀 직진의 삶을 살아왔다.

또 조직 구성원들과의 소통 명목으로 많은 술을 마시게 되는 등 나 자신을 함부로 대하였다. 그러다 보니 일 때문에 늦게 귀가하고, 술 때문에 늦게 귀가하는 등, 집은 하숙집 취급이었다. 그 당시는 아들이 초등학교

저학년일 때의 시기로, 아들 성장하는 걸 잘 보지 못했다. 이때 시기를 돌려놓고 싶을 만큼 후회가 많이 되고, 아내와 아들에게 미안함을 감출 수가 없다.

이제 인생 3막과 4막이 기다리고 있다. 3막은 61세부터 90세까지로 나눔의 시간인 것이다. 4막은 91세부터 생을 마감할 때까지로 비움의 시간이다. 지난 2014년 12월 31일, 내 삶은 2막이 종료되고 2025년 1월 1일부터는 3막의 삶을 살고 있다. 3막 이후는 후회 없는 삶을 살기 위해 매일 최선을 다해 준비하고 있다. 가족을 돌보고 책 읽기와 글쓰기(책 쓰기)가 삶의 방향이 되었다.

실수와 실패는 삶의 일부이며, 그것을 통해 성장할 수 있다. 후회 없는 삶을 살기 위해서는 현재를 소중히 여겨야 한다. 자기 자신을 이해하며, 신중하게 결정하고, 실패를 두려워하지 않아야 한다. 사랑과 관계를 소중히 여기고, 자기 관리를 잘하고, 작은 행복을 느끼는 것이 필요하다. 이러한 원칙들을 실천해 나간다면, 후회 없는 삶에 한 걸음 더 가까워질 수 있을 것이다.

> **필자의 한 문장** 후회 없는 삶은 현재를 소중히 여기며 사랑하고 도전하는 것이다.
>
> 당신의 한 문장은?

불꽃 속에서 문학을 피우다

02

우리의 노력은 두 번째다

"방향이 없는 노력은 바람에 휘말린 배와 같다."

– 벤저민 디즈레일리

❯ 목표나 방향 없이 열심히 노력하는 것은 무의미하다.

흔히 성공은 노력의 결과라고 믿는다. "노력하면 이룰 수 있다."라는 말도 익숙하다. 하지만 놓치기 쉬운 진실이 있다. 노력은 중요하지만, 반드시 성공을 보장하는 첫 번째 조건은 아니다.

실제로 노력보다 더 중요한 것이 있다.

첫 번째, 방향이 더 중요하다. 어느 길로 가는지 모른 채 열심히 걷는다면, 그 노력은 아무리 대단해도 목적지에 도달하지 못할 수 있다. 방향이 잘못된 상태에서 많은 시간을 들이고 에너지를 쏟아도, 결국엔 원하지 않는 결과를 마주하게 될 것이다. 그렇다면 올바른 방향이란 무엇일까? 그것은 자신이 진정으로 원하는 것을 분명히 하고, 그 목표를 향해 나아가는 것이다. 목표를 세울 때는 자기 자신에게 정직해야 한다. 사회의 기준이나 타인의 시선이 아닌, 내 마음 깊숙이 원하는 것이 무엇인지 알아야 한다. 겉으로는 쉬워 보이지만, 많은 이들이 이 과정을 건너뛴다. 내면의 진실을 마주하는 일은 고요한 성찰과 깊은 탐구를 필요로 하기 때문이다.

두 번째, 노력은 목표를 향한 걸음이다. 방향이 올바르게 설정되었다면, 그다음으로 중요한 것이 바로 노력이다. 이때의 노력은 단순히 많은 시간을 투입하는 것이 아니라, 목표를 향해 꾸준히 나아가는 과정이다. 이는 끊임없이 자신의 능력을 개발하고, 실수를 통해 배우며, 어려움에 부딪혔을 때 포기하지 않는 정신력이다. 노력은 목표를 향한 도중에 만나는 모든 장애물을 극복하는 원동력이다. 방향이 틀리면 아무리 애써도 성과는 멀어진다. 반면, 제대로 된 방향 위에서의 노력은 반드시 결실을 맺는다. 노력은 목표를 향해 나아가는 추진력이다.

세 번째, 끊임없는 점검과 조정이다. 아무리 올바른 방향과 노력을 가지고 있다 해도, 우리의 환경은 끊임없이 변한다. 우리가 세운 계획이 예상대로 흘러가지 않을 때도 많다. 이럴 때 중요한 것은 자신의 방향과 노력이 목표에 부합하는지를 점검하고, 필요하다면 과감히 조정하는 것이다. 이 과정에서 중요한 것은 유연성이다. 고집스레 한 방향으로만 가는 것이 아니라, 변화하는 상황에 맞춰 자신을 조율할 줄 아는 능력이 필요하다. 유연성은 노력을 헛되지 않게 만들며, 결과적으로 목표에 도달할 수 있도록 돕는다.

네 번째, 균형의 중요성이다. 마지막으로, 노력만으로는 완전하지 않다는 것을 인지하는 것이 중요하다. 우리의 삶에는 목표 외에도 중요한

불꽃 속에서 문학을 피우다

것들이 많다. 가족, 건강, 인간관계, 자신을 위한 휴식과 성찰의 시간 등이 그 예이다. 목표를 이루기 위한 노력과 더불어, 이 모든 요소들과의 균형을 맞추는 것이 필요하다. 너무 한 가지에만 몰두하다 보면, 중요한 다른 부분들을 놓치기 쉽다. 예를 들어, 직장에서의 성공을 위해 지나치게 일에만 몰두하다 보면, 가족과의 시간이 소홀해질 수 있다. 그 결과, 성공을 이루었지만 관계의 균열이 발생할 수 있다. 이러한 균형의 상실은 결국 우리의 삶에 큰 영향을 미칠 수 있다.

나는 직장인으로서 방향이 정해져 있었다. 오로지 한 곳, 국민의 안전을 위하는 삶에 중심추가 있었다. 다른 곳에 눈을 돌리고 싶어도 돌릴 수가 없었다. 공직은 법 테두리 내에 있는 삶이어서 개인의 발전을 위한 노력에는 한계가 있었다. 당시 나의 목표는 어떻게 하면 국민의 안전을 잘지킬 수 있을 것인가 하는 거였다. 오로지 국가와 국민을 위해서 주말을 반납하고 야근을 하며 일에 묻혀 살았다. 그럼에도 불구하고 선·후배, 동료 직원들을 재난 현장에서 하늘나라로 보내야 하는 아픔도 겪었다. 조직사회는 개인의 노력만으로는 안 되는 그 무언가가 있었다. 앞으로는 인력 충원 등 소방관의 근무환경이 좀 더 나아지기를 희망해 본다.

개인적으로는 열심히 일한 덕에 재난 현장 최고 지휘관인 소방서장이라는 직위까지 오를 수 있었다. 또 정년퇴직 2년을 앞두고 직원들과의 소통을 위해 글쓰기에 노력한 결과, 종이책까지 출간할 수 있었다. 하나아쉬운 것은, 직장 일에 올인한 결과, 집은 하숙집 취급을 했다는 것이었고, 그 때문에 가족과 많은 시간을 보내지 못했다는 것이다.

결국 우리의 노력은 성공을 위한 중요한 요소지만, 그것이 전부는 아니다. 올바른 방향이 설정되지 않은 노력은 그저 시간과 에너지의 낭비일 뿐이다. 목표를 분명히 하고, 그 목표를 향해 꾸준히 나아가는 것이 중요하다.

삶의 균형을 잘 맞추며 노력을 기울여야 한다. 노력으로 많은 성과를 낼 수 있지만, 그보다 더 중요한 것은 무엇을 위해, 어떤 방향으로 노력하는지에 달려 있다.

우리의 노력은 항상 두 번째다. 첫 번째는 방향이고, 그다음에 비로소 노력이 뒤따라야 한다. 이 두 가지가 함께할 때, 진정으로 원하는 결과를 얻을 수 있을 것이다.

필자의 한 문장 　노력은 성공의 필수 요소지만, 올바른 방향이 먼저이다.

당신의 한 문장은?

　　　　　　　　　　　　　　　불꽃 속에서 문학을 피우다

03

오르지 못할 산은 없다

❯ 우리 삶의 한계는 외부가 아니라 스스로의 생각과 믿음에 의해 결정된다.

세상에는 많은 산이 있다. 어떤 산은 높고 험준하며, 어떤 산은 비교적 낮고 완만하다. 그러나 모든 산이 갖는 공통점은 정복의 대상이라는 것이다. '오르지 못할 산은 없다.'라는 것은 인간의 도전 정신과 끈기를 상징한다. 불가능을 가능으로 바꾸는 힘을 상징하기도 한다.

그 중요성과 의미에 대해서 살펴보겠다.

첫 번째, 인간의 도전 정신을 나타낸다. 인류는 항상 새로운 것을 탐구하고, 한계를 뛰어넘으려는 본능을 가지고 있다. 에베레스트산의 정상에 오르려는 도전, 우주를 향한 끝없는 모험 등은 모두 인간의 도전 정신의 표본이다. 이러한 도전은 단순한 목표 달성을 넘어, 스스로의 한계를 마주하고 그것을 넘어서는 여정이다. 그 과정을 통해 깊은 성취감을 맛보게 된다.

두 번째, 긍정적인 사고방식의 중요성을 강조한다. 산을 오르다 보면 수많은 어려움에 직면하게 된다. 날씨가 급변하거나, 몸이 지치고, 예상치 못한 장애물이 나타날 수도 있다. 그러나 이러한 어려움 속에서도 목표를 향해 나아가는 긍정적인 사고방식이 중요하다. 긍정적인 마인드는 도전 앞에서 좌절하지 않고, 오히려 이를 극복할 수 있는 원동력을 제공한다.

세 번째, 끈기와 인내의 중요성을 보여준다. 높은 산을 오르는 과정은 결코 쉬운 일이 아니다. 한 걸음 한 걸음이 고통스러울 수 있지만, 그 과정에서 끈기와 인내를 배우게 된다. 산의 정상에 도달하기 위해서는 포기하지 않고 끝까지 나아가는 끈기가 필요하다. 이는 우리의 인생에서도 마찬가지다. 목표를 달성하기 위해서는 중간에 포기하지 않고 지속적으로 노력하는 자세가 필요하다.

네 번째, 팀워크와 협력의 중요성을 상기시킨다. 많은 산악 등반은 개인의 힘만으로는 불가능하다. 팀원들과의 협력과 지원이 필요하다. 서로를 믿고 의지하며, 함께 어려움을 극복해 나가는 과정에서 팀워크의 중요성을 깨닫게 된다. 이는 우리의 일상에서도 동일하게 적용된다. 개인의 능력도 중요하지만, 함께 일하는 사람들과의 협력과 조화가 큰 힘을 발휘한다.

다섯 번째, 배움과 성장의 과정을 의미하기도 한다. 산을 오르는 과정에서 많은 것을 배우고 성장한다. 새로운 기술을 익히고, 자신의 한계를 시험하며, 때로는 실패를 통해 교훈을 얻는다. 이러한 배움과 성장은 우리의 삶을 더욱 풍요롭게 하고, 다음 도전을 향한 밑거름이 된다.

불꽃 속에서 문학을 피우다

내 인생 전반전은 국가와 국민을 위한 삶이었다. 정년퇴직을 2년 앞둔 시점에서 작은 도전을 실행하여 작은 성과를 이루었다. 전자책 3권(공저 2, 개인 1)과 수필집인 종이책 1권을 출간하였다.

지난 2024년 12월 31일 정년퇴직을 하고 인생 후반전의 삶을 위해 현재 날갯짓을 하고 있다. 다가오는 5월 즈음에 두 번째 종이책이 독자 여러분을 만나게 될 것이다. 이후 생을 마감하는 날까지 매년 한 권의 종이책 출간을 계획하며 도전을 멈추지 않을 것이다.

결론적으로, "오르지 못할 산은 없다."라는 말은 단순한 격려가 아니라 삶의 방향을 제시하는 메시지이다. 이 말은 불가능해 보이는 일에도 도전할 수 있는 용기와, 어떤 어려움도 극복할 수 있다는 자신감을 심어준다.

산을 오르는 과정은 삶의 도전과 닮아 있다. 끊임없이 배우고 성장하는 것이 인간의 본질임을 기억하는 믿음, 그 믿음 하나로도 이미 절반은 오른 셈이다.

> **필자의 한 문장** 우리가 산을 오를 수 있다는 믿음만으로도 절반은 오른 셈이다.
>
> ┄┄┄┄┄┄┄┄┄┄┄┄┄┄┄┄┄┄┄┄┄┄┄┄┄┄┄┄┄┄┄┄┄┄┄┄┄┄
>
> 당신의 한 문장은?

04

망설이면 두려움만 커진다

"행동하지 않으면 아무것도 이루지 못한다."　　　　　　– 마이클 조던

❯ 성공적인 결과를 얻기 위해서는 결정을 내리고 행동하는 것이 중요하다.

　망설임은 누구나 겪는 감정이다. 새로운 시작이나 중요한 결정을 앞두고 망설임은 자연스럽게 찾아오지만, 그게 지나치면 두려움으로 변해 우리를 멈추게 만든다. 결국, 망설임은 시작을 막고, 두려움은 더 큰 장벽이 된다.

　우리는 왜 결정적인 순간에 행동을 주저하거나 선택을 미루는 걸까? 망설임의 원인은 심리적, 사회적, 환경적 요인들이 복합적으로 작용하는 결과가 아닌가 생각한다. 그러면 왜 망설이는지 그 이유와 원인에 대해 생각해 보자.

　첫 번째, 두려움과 불안 때문이다. 망설임의 가장 큰 원인 중 하나는 두려움과 불안이다. 사람들이 새로운 도전에 직면하거나 중요한 결정을 내려야 할 때, 실패에 대한 두려움이 강하게 작용할 수 있다. 이 두려움

은 결과적으로 결정을 미루게 만들고, 선택을 주저하게 만든다. 예를 들어, 새로운 직장에 지원하는 것을 망설이는 이유는 현재의 안정된 환경을 떠나는 것에 대한 두려움 때문이다. 불확실한 미래에 대한 불안감은 결국 결정을 내리는 데 걸림돌이 된다.

두 번째, 자신감 부족 때문이다. 자신감 부족 또한 망설임의 중요한 원인이다. 자신의 능력이나 선택이 잘못될까 봐 걱정하는 마음이 강하면, 결정을 내리기 어려워진다. 예를 들어, 중요한 프레젠테이션을 앞두고 자신이 준비한 내용이 충분히 좋은지 확신이 서지 않으면, 발표를 미루거나 조심스럽게 접근하게 된다. 자신에 대한 확신이 부족하면, 자연히 결정을 내리는 데 어려움을 겪게 된다.

세 번째, 정보의 과부하 때문이다. 현대 사회에서는 정보의 과부하로 인해 선택의 폭이 넓어지고, 이는 결정 과정을 복잡하게 만든다. 많은 정보가 주어지면, 어떤 정보가 중요한지 판단하기 어려워지고, 선택에 필요한 핵심 요소를 파악하는 데 시간이 걸린다. 이로 인해 결정에 대한 망설임이 생기게 된다. 예를 들어, 다양한 제품 옵션이 있는 쇼핑에서 어떤 것을 선택할지 모르는 경우가 이에 해당한다.

네 번째, 완벽주의 때문이다. 완벽주의는 망설임을 유발하는 또 다른 중요한 원인이다. 모든 것이 완벽해야 한다는 압박감은 작은 실수라도 용납하지 않으려는 마음을 만들어, 결정적인 순간에 주저하게 만든다. 예를 들어, 자신의 책 출간 계획이 완벽하게 준비되지 않았다고 생각하면, 실행에 옮기지 못하고 계속 준비만 하게 된다.

다섯 번째, 과거의 경험 때문이다. 과거의 경험도 망설임에 영향을 미친다. 이전에 내린 결정이 실패로 끝났다면, 비슷한 상황에서 또다시 실수할까 봐 걱정하게 된다. 이런 경험이 뇌에 깊이 새겨져 있으면, 미래의 결정에서 두려움이나 불안을 느끼게 된다. 따라서 과거의 부정적인 경험이 현재의 망설임을 유발할 수 있다.

난 36년 소방관 생활의 경험을 통해 망설임의 경우를 수없이 경험했다. 소방관은 생명과 안전을 다루는 극도로 위험한 직업군에 속한다. 화재 등 각종 재난 현장에서는 수많은 결정을 재빠르게 내려야 하는 상황이 발생한다. 특히 재난 현장의 최고 지휘관인 소방서장은 세상에서 가장 많은 망설임을 경험한다. 수많은 사고 현장에 투입된 부하 직원들의 안전과 국민들의 목숨이 달려 있기 때문이다.

활활 타는 주택 화재 현장에서 살려달라고 외치는 요구조자의 비명 소리가 들린다. 곧 무너질지 모르는 불길 속으로 부하 직원을 잘못 투입시키면 대원이 희생될 수도 있는 상황이다. 또 대원을 투입시키지 않으면 불길 속에 갇힌 요구조자는 목숨이 위태롭게 된다. 이러한 위험한 상황에서 소방서장은 고뇌에 찬 망설임을 통해 선택을 하게 된다. 당신은 위와 같은 상황이 발생하면 어떤 선택과 결정을 하겠는가?

소방서장은 외롭다. 각종 대형 재난 현장에서 동료 직원들의 목숨이 달린 선택과 판단을 늘 해야 했다. 최성기 화재 현장에서 인명을 구조해야 하는 상황에 놓여 있을 때 동료 직원을 죽을지도 모르는 재난 현장 불길 속으로 들여보내야 할지 아니면 직원의 안전을 생각해서 진입하지 말라고 지시를 해야 할지 이 고뇌에 찬 지휘관의 심정을 여러분은 아는가?

– 주진복, 「죽음의 문턱을 세 번씩 넘나든 현직 소방서장의 메시지」, 지식과감성, 2023.

소방관뿐만 아니라 우리 모두는 일상 속에서도 수많은 선택과 결정을 하기 위해 망설인다. 이러한 망설임을 극복하고 신속하고 정확한 판단을 내리기 위해 많은 훈련과 경험을 쌓아야 한다. 중요한 것은 그 상황에서 어떻게 신속하고 효과적으로 대응하느냐 하는 것이다.

이유와 원인을 알았으면, 그에 대한 대책 또한 있을 것이다. 망설임을 극복할 수 있는 방법에 대해서 알아보자.

첫 번째, 자신을 믿는 것이다. 자신감을 가지면 두려움은 줄어들게 된다. 자기 자신을 믿는 것은 작은 성공에서 시작된다. 작은 목표를 설정하고 이를 달성하면 자신감이 쌓이게 된다. 이를 통해 더 큰 목표에 도전할 수 있는 용기가 생긴다. 예를 들어, 책을 쓰고자 할 때는 처음에 그냥 쓰는 것부터 시작하면 된다.

두 번째, 중요한 것은 긍정적인 마인드를 유지하는 것이다. 망설임이 들 때 부정적인 생각이 지배하면 두려움은 커지지만, 긍정적인 생각을 통해 이를 이겨낼 수 있다. 자신을 믿고 할 수 있다는 확신을 가지면 두려움은 사라진다. 예를 들어, 실패를 성장의 기회로 받아들이는 것이다.

세 번째, 주변의 지지를 받는 것도 중요하다. 혼자 모든 것을 해결하려 하면 부담이 커지기 마련이다. 주변 사람들과 고민을 나누고 도움을 받으면, 망설임을 줄이고 두려움을 극복하는 데 큰 도움이 된다. 친구, 가족, 동료와 이야기를 나누며 조언을 구하고, 필요한 경우 전문가의 도움을 받는 것도 좋은 방법이다. 그렇게 되면 자신이 혼자가 아니라는 것을 느끼게 되고, 용기를 낼 수 있다.

네 번째, 망설임과 두려움을 극복하기 위해서는 행동이 필요하다. 아무리 생각하고 계획을 세워도 행동하지 않으면 변화는 없다. 작은 것부터 시작해 조금씩 앞으로 나아가야 한다. 처음에는 두렵고 망설여지겠지만, 한 걸음씩 내디디면 점차 자신감이 생긴다. 행동을 통해 경험을 쌓고, 이를 통해 더 큰 도전에 나설 수 있는 용기를 얻을 수 있다.

사람은 결과에 대한 불확실성이나 두려움을 느끼기 때문에 망설인다. 망설임은 자연스러운 감정이지만, 두려움으로 변해 우리를 멈추게 한다. 자신을 믿고, 긍정적인 생각을 가지며, 주변의 지지를 받고, 행동을 통해 경험을 쌓는 것이 중요하다. 인생은 도전의 연속이며, 망설임을 넘어서야만 진정한 성장을 이룰 수 있다.

> **필자의 한 문장**   인생은 도전의 연속이며, 망설임을 넘어서야만 진정한 성장을 이룰 수 있다.
>
> ··
>
> 당신의 한 문장은?

05

최선을 다하면 최고가 될 수 있다

"성공은 우연이 아니라, 매일 최선을 다한 결과이다."　－ 콜린 파월

❯ 성공은 운이 아닌 노력과 성실함에서 나온다.

당신은 최고가 되기를 원하는가? 많은 사람들이 최고의 자리에 오르기를 목표로 삼는다. 하지만 그 과정에서 중요한 것은 최고가 되는 것 자체가 아니라, 매 순간 최선을 다하는 데 목표를 두는 것이다.

우리가 최고를 추구하는 것은 당연히 중요한 목표일 수 있다. 그러나 이로 인해 스스로를 과도하게 압박하거나 심리적 부담을 느끼기도 한다. 이는 '최선'의 중요성을 잊었기 때문인 것이다.

필자의 경험과 사례를 소개한다.

나는 36년 차 소방관으로 재난 현장의 최고 지휘관인 소방서장(소방정)의 위치까지 올랐다. 일반 행정직과 비교하면 4급 서기관이고, 경찰로 말하면 경찰서장(총경)인 것이다. 신임 소방관 시절에, 소방서장까지만 승진하면 좋겠다는 꿈은 가지고 있었다. "내가 과연 소방서장이라는 직

책까지 갈 수 있을까?"라고 스스로 반문해 보기도 했다.

강원도 소방본부 인사 담당 시절 이야기다. 당시, 정기 인사를 한번 할 때는 6~700명 정도를 전보 이동 조치시켜야 했다. 여러 가지 이유로 부서 직원들 다 퇴근한 다음에 나 홀로 밤샘 인사 작업을 해야 할 경우가 많았다. 또 주말에도 사무실에 나와서 밀린 업무를 처리하는 등 초과 근무는 날로 늘어만 갔다. 말 그대로 집은 하숙집에 불과했던 것이다. 많은 초과 근무로 인한 신체 및 정신적 피로, 스트레스는 바로 뇌출혈 사고로 이어졌다. 이와 같이 나는 최고가 되기 위해서가 아니라 주어진 업무에 대해 최선을 다했을 뿐이다.

자랑을 하려고 장황하게 글을 쓰는 것은 아니다. 한 분야에서 누구나 최선을 다하다 보면 최고가 될 수 있다는 증거인 것이다. 자주 최고를 목표로 삼을 때에는 외부의 기준과 성과에 자꾸 집착하게 된다. 그러나 최선의 삶을 추구하면, 자연스럽게 최고에 도달할 가능성이 높아진다. 그 이유는 아래 내용과 같다.

첫 번째, 최선의 삶을 사는 것이 왜 중요할까? 최선의 삶을 살기 위해서는 먼저 자신의 가치관과 목표에 맞는 현실적인 목표를 설정해야 한다. 외부의 기준에 맞추기보다는 자신이 원하는 것과 행복을 우선시해야 한다. 그럼으로써 일상에서 작은 성취와 만족감을 느끼게 된다. 장기적으로 보면 이런 만족이 모여 큰 성과를 이루게 된다.

두 번째, 최선의 삶을 살기 위해서는 자기 계발이 필수적이다. 자신에게 맞는 목표를 설정하고, 이를 달성하기 위해 지속적으로 노력해야 한다. 그렇게 한다면 목표를 이루면서 점차 더 큰 도전과 기회를 맞이하게

불꽃 속에서 문학을 피우다

된다. 이 과정에서 쌓은 경험과 기술은 외부의 인정과 성과로 이어질 수 있다.

세 번째, 최선의 삶을 추구하는 과정에서 중요한 점은 일상의 균형을 유지하는 것이다. 직장, 가족, 개인적 시간 등 다양한 영역에서 균형을 이루면서 최선을 다할 때, 성과와 만족이 뒤따르게 된다. 이 균형을 유지하면서 일을 잘 해내는 모습을 보일 때, 외부에서도 인정받을 수 있다. 이러한 일상에서의 균형 잡힌 접근이 최고를 향한 밑거름이 된다.

네 번째, 최선의 삶을 추구하면서 유연성과 적응력을 기르는 것도 중요하다. 변화하는 상황에 맞춰 자신을 조정하고 최선을 다하는 과정에서, 예상치 못한 기회를 잡을 수 있다. 적응력 있는 사람은 새로운 도전과 기회를 활용하여 성과를 이룰 가능성이 높다. 이러한 과정이 쌓여 결국 최고를 이룰 수 있는 기반이 된다.

다섯 번째, 최선의 삶을 사는 사람은 자신의 가치를 존중하고 내적 만족을 중요시한다. 자신의 가치와 목표에 맞춰 최선을 다하는 과정에서 자신에 대한 신뢰와 자존감이 높아진다. 긍정적인 자아 존중감은 외부에서 인정받을 때 더욱 큰 의미를 가지게 된다. 결국, 내적 만족과 자존감은 최고의 성과를 이루는 중요한 요소가 된다.

결론적으로 본질적인 가치를 중시하며 꾸준히 자기 계발에 힘쓰고, 주어진 삶에 최선을 다하면 된다. 일상 속에서 균형을 지키고 유연하게 흐름에 맞춰간다면, 자연스럽게 자신만의 최고에 이르게 된다.

| 필자의 한 문장 | 최선의 삶을 사는 것이 궁극적으로 최고를 이루는 지름길이 될 것이다. |

당신의 한 문장은?

불꽃 속에서 문학을 피우다

06

세상에서 가장 강력한 것은 시간이다

"시간을 지배하는 자가 인생을 지배한다."

— 조슈아 폴

❯ 시간을 효과적으로 관리하고 활용하는 사람이 자신의 삶을 성공적으로 이끌 수 있다.

시간은 인류가 이해하고 다루는 것 중 가장 강력한 힘이다. 과거와 미래를 아우르며 모든 것을 변화시키고, 우리의 삶을 빚어내며 세상의 질서를 이끈다.

사람은 종종 시간의 중요성을 잊고 지내지만, 시간의 흐름이 얼마나 중요한지를 깨닫는 순간이 있다. 예를 들어, 인생의 중요한 순간들 —사랑, 성공, 실패— 모두 시간과 깊은 연관이 있다. 행복한 순간은 시간이 지나면서 더욱 소중해지고, 슬픈 순간은 시간이 지나면서 치유되기도 한다. 이처럼 시간은 모든 감정을 조율하며 우리의 삶을 계속해서 변화시킨다.

누구나 반복되는 삶을 통해 성장하며 성공을 꿈꾸고 있다. 그래서 좁

은 의미에서의 성장과 성공을 위해서는 시간이 필수 불가결한 요소라 할
수 있다.

먼저 시간과 성장의 연관성에 대해서 알아본다.

시간과 성장은 떼려야 뗄 수 없는 관계다. 시간의 흐름은 인간의 신체
적, 정신적, 정서적 성장을 가능하게 한다. 어린아이는 시간이 지나면서
키가 크고, 근육이 발달하며, 신체적으로 성숙해진다. 이 과정에서 시간
은 성장의 물리적 변화를 주도하는 중요한 요소다.

정신적 성장도 시간의 흐름과 밀접하게 연관되어 있다. 시간은 경험을
쌓게 하여 지식을 늘리고, 문제 해결 능력을 키우며, 지혜를 얻는 기회를
제공한다. 어린 시절부터 성인에 이르기까지 다양한 경험을 통해 많은
것을 배우고, 그 과정에서 성숙해진다. 이러한 경험들은 시간이 지남에
따라 축적되며, 우리의 사고방식과 가치관을 형성한다.

또한, 시간은 정서적 성장에 중요한 영향을 미친다. 시간이 지나면서
우리는 감정을 더 잘 이해하고 조절하는 법을 배우게 된다. 어린 시절에
는 감정을 표현하고 다루는 방법을 알지 못하지만, 시간이 흐르면서 다
양한 감정을 경험하고 이를 처리하는 능력이 향상된다. 이는 대인 관계
에서도 중요한 역할을 한다.

시간은 또한 목표를 설정하고 이를 이루는 과정에서 중요한 역할을 한
다. 목표를 달성하기 위해서는 시간이 필요하다. 이 과정에서 끈기와 인
내를 배우게 된다. 시간은 우리의 성장 과정을 측정하는 도구이기도 한
다. 우리는 과거의 자신과 현재의 자신을 비교하면서 얼마나 성장했는지
를 인식하게 된다.

다음은 시간과 성공 사이에 어떤 연관이 있는지 알아보기 위한 것들이다.

시간과 성공은 깊은 연관성을 가진다. 성공을 이루기 위해서는 성장과 마찬가지로 시간이 필수적이다. 어떤 목표든 단기간에 성취하기는 어렵다. 성공은 오랜 시간에 걸쳐 꾸준히 노력하고, 실패를 극복하며, 끊임없이 개선해 나가는 과정에서 이루어진다. 시간은 성공을 위한 중요한 자원이다.

시간 관리는 목표 달성의 핵심이다. 하루하루 시간을 효율적으로 사용하면 더 많은 것을 이루고, 더 나은 결과를 얻을 수 있다. 성공한 사람들은 대부분 시간을 효과적으로 관리하는 능력을 갖추고 있다. 이들은 우선순위를 정하고, 중요한 일에 집중한다. 이를 통해 불필요한 시간 낭비를 최소화한다.

시간은 경험과 학습의 기회를 제공한다. 성공을 위해서는 다양한 경험이 필요하다. 시간은 이러한 경험을 쌓을 수 있는 기회를 제공한다. 실패를 통해 배울 수 있는 시간을 준다. 실패는 성공으로 가는 과정에서 중요한 부분이다. 이를 통해 더 나은 방법을 찾고, 더 강해진다.

시간은 인내와 끈기를 요구한다. 성공은 하루아침에 이루어지지 않는다. 꾸준한 노력과 인내가 필요하다. 이를 위해서는 긴 시간 동안 포기하지 않고 계속해서 도전해야 한다. 이 과정에서 성장하며, 목표에 점점 가까워진다.

이어서 넓은 의미에서의 시간의 개념에 대해서 알아보자.

시간은 인류 역사에서도 중요한 역할을 해왔다. 인류는 문명을 발전시키기 위해 시간을 정량화하고 측정하기 시작했다. 달력과 시계를 통해 시간의 흐름을 이해하고 관리했다. 역사적인 사건들, 예를 들어 전쟁과 평화 협정, 산업 혁명 등은 모두 시간의 흐름에 따라 그 중요성이 변화했다. 이는 시간의 흐름이 세상의 방향을 결정짓는 강력한 힘임을 보여주었다.

자연 또한 시간의 힘을 증명한다. 계절의 변화, 생물의 생애 주기 등 모든 자연 현상은 시간의 영향을 받는다. 시간은 지구의 역사를 기록하며, 자연의 변화를 예측하게 만든다. 이러한 점에서 시간은 자연의 법칙을 넘어서는 절대적인 힘을 지니는 것이다.

인간 개인의 삶에서도 시간은 강력한 힘을 발휘한다. 젊음이 지나가면 노화가 오고, 건강이 나빠지면 회복하는 데 시간이 필요하다. 시간은 우리가 무엇을 선택하든, 어떤 결정을 내리든, 결국 그 모든 것을 변화시키고 결과를 만들어낸다. 예를 들어, 사람은 무언가를 기다리는 동안 자연스럽게 성숙하고, 경험을 쌓으며, 성장한다. 이 모든 과정은 시간이 없이는 불가능하다.

또한, 시간은 치유의 힘을 가지고 있다. 감정적으로 힘든 시기나 상처받은 마음이 서서히 치유되며, 우리는 과거의 아픔을 극복하고 새로운 시각으로 삶을 바라보게 된다. 이는 시간이 우리에게 새로운 시작과 기회를 열어준다는 것을 의미한다.

지난 2024년 12월 31일, 난 인생 전반전을 마무리하였다. 36년이라는 소방관의 임무를 완수하고 정년퇴직을 했다. 누구의 통제도 받지 않는 삶, 나의 삶을 살 수 있는 자연인이 된 것이다.

　　　　　　　　　불꽃 속에서 문학을 피우다

우리가 직장 다닐 때의 시간은 구조화되고 생산성을 중시하기 때문에 외부에 의해 통제된다. 반면 자연인일 때의 시간은 유연하고 경험 중심적이며 자기 통제에 의해 관리된다. 이 두 가지 시간 개념은 각기 다른 삶의 방식을 반영하며, 서로 다른 장단점을 가지고 있다.

사람은 자연인이 되면 자칫 시간 관리에 실패할 확률이 높다. 나 역시, 새벽 5시 기상하는 미라클 모닝을 표방하고 있다. 그러나 전날 밤 취침하는 시간이 들쭉날쭉하다. 밤 10시, 11시, 12시, 익일 새벽 1시, 2시에 잠을 자게 된다. 그러다 보니 낮 시간대에 잠을 보충해야 된다. 하루 일과가 일그러지는 경우가 허다하게 발생한다.

본 글을 쓰면서 다음 사항을 다시 한번 점검해 본다.

첫 번째, (우선순위 설정) 중요한 일과 긴급한 일을 구분하고, 중요한 일을 우선 처리한다.

두 번째, (목표 설정) 매일 현실적이고 구체적인 목표를 정한다.

세 번째, (일정 계획) 하루 일과를 시간 단위로 계획하고 일정표나 할 일 목록을 작성한다.

네 번째, (시간 블록 활용) 비슷한 성격의 일을 묶어 처리하고 집중 시간 블록을 만든다.

다섯 번째, (휴식 시간 포함) 활동 중간에 짧은 휴식을 포함해 집중력을 유지한다.

여섯 번째, (방해 요소 최소화) 활동 시간 동안 방해 요소를 최소화하고 조용한 환경을 유지한다.

일곱 번째, (시간 기록) 시간을 기록하고 분석해 비효율적인 부분을 개선한다.

여덟 번째, (유연성 유지) 예상치 못한 상황에 대비해 일정에 유연성을 두고 대처한다.

결론적으로, 시간은 가장 강력한 힘을 지닌 존재다. 시간은 한 번 지나가면 다시 돌아오지 않으며, 우리의 삶과 성장, 성공을 결정짓는 중요한 요소다. 시간을 어떻게 사용하느냐에 따라 우리의 삶의 질과 목표 달성 여부가 달라진다. 그러므로 시간을 소중히 여기고 효율적으로 관리하며, 의미 있는 일에 투자하는 것이 중요하다. 이는 바로 독서와 글쓰기인 것이다. 시간을 낭비하지 않기 바란다. 삶을 낭비하지 않기 바란다. 당신은 시간과의 싸움에서 승리할 자신이 있는가?

> **필자의 한 문장** 시간은 가장 강력한 힘을 지닌 존재다.
>
> 당신의 한 문장은?

불꽃 속에서 문학을 피우다

07

'성공'보다 중요한 것은 '어떻게 성장하느냐'다

"성공은 노력의 열매이지만, 성장은 끊임없는 도전의 결과이다."

– 헨리 포드

❯ 진정한 성장은 실패와 도전을 통해 자신을 발전시키는 과정에서 이루
어진다.

당신은 성공하기 위해 무얼 하고 있는지? 또 성장하기 위해 어떤 노력
을 하고 있는지? 우리 세상에는 성공한 사람이 얼마나 되며 부자는 또
얼마나 되는지 알고 있는가? 부자의 기준은 다양하겠지만, 2024 한국 부
자 보고서[4]를 참고해 본다.

동 보고서에 따르면 금융자산 10억 이상, 부동산 10억 원 이상 보유한
만 20세 이상의 금융 의사결정자를 부자로 정의한다. 보고서에 따르면
우리나라에 이런 부자는 약 46만 명으로 전체 인구의 약 0.9% 정도라고

---

4 2024 한국 부자 보고서(KB금융지주/경영연구소, 2024.12)

한다. 우리가 금융 자산이라 함은 대략 부동산을 제외한 주식, 채권, 연금, 현금 등으로 생각하면 된다.

그러면 10억을 만들기 위해서, 부자가 되기 위해서, 어떤 성장 과정을 거쳐야 할까?

사람들은 종종 성공에만 집중하고, 부자가 되기 위해 그 목표를 달성하려고 노력한다. 하지만 그 과정에서 중요한 것은 성장이 더 큰 가치임을 인식하는 것이다. 성장은 개인의 변화와 발전을 의미하며, 실패와 극복, 배움과 경험을 통해 이루어진다. 성공은 일시적인 결과일 수 있지만, 성장은 지속적이고 영구적인 투자다. 그래서 우리는 어떤 상황에서도 성장의 기회를 찾아야 한다. 그러나 성장하는 과정에서 방해꾼을 만날 수도 있다.

먼저 우리 삶에 있어서 성장을 방해하는 요소는 무엇인지 알아보자. 그 방해 요소는 다양하며, 이를 이해하고 극복하는 것이 중요하다.

첫 번째로, 편안한 지위나 안주하는 태도가 성장을 방해할 수 있다. 성장은 때로는 불편하고 불안정한 상황에서 일어난다. 그래서 너무나 편안한 상태에서는 새로운 도전을 피하게 되고, 이로 인해 발전할 기회를 놓칠 수 있다.

두 번째로, 과거의 실패나 상처에 대한 두려움이 성장을 저해할 수 있다. 과거의 부정적인 경험으로 인해 자신에게 자신감을 잃고 새로운 도전에 나서지 않는 경우가 있다. 이를 극복하기 위해서는 자기 자신을 긍정적으로 강화하고 자아를 회복하는 과정이 필요하다.

세 번째로, 편견과 고정 관념이 성장을 막을 수 있다. 다양한 사고방식

불꽃 속에서 문학을 피우다

이나 새로운 아이디어에 개방적이지 않으면 새로운 시각을 받아들일 수 없다. 또 자신의 세계관을 넓히지 않는 경우에는 새로운 방법을 시도할 수 없다.

네 번째로, 스트레스와 갈등이 성장을 방해할 수 있다. 과중한 업무 부담이나 개인적 갈등으로 인해 정신적 자원을 소모하게 되면, 에너지와 집중력이 부족해질 수 있다.

다섯 번째로, 불확실성과 두려움이 성장을 저해할 수 있다. 미래의 불확실성과 그로 인한 두려움으로 인해 새로운 도전에 나서지 않게 되는 경우가 있다. 그 무엇보다 자신에게 도전적인 목표를 설정하고 계획을 세워 진행하는 것이 중요하다.

앞서 살펴보았듯, 이러한 다섯 가지 요소들이 우리 삶에서 성장을 방해할 수 있다.

우리가 성공을 넘어서 성장하는 것은 깊은 의미를 담고 있다. 성장은 개인적으로도 직업적으로도 더 나은 사람이 되고 더 나은 결과를 달성할 수 있게 한다. 그렇다면 우리가 성장하기 위해서는 어떤 방법을 배워야 할까?

첫 번째로, 자기 인식을 확립하는 것이 핵심이다. 이는 자신이 누구인지, 어떤 강점과 약점을 지녔는지를 깊이 이해하는 과정이다. 자기 인식은 자아 계발을 촉진하고, 효과적인 학습과 성장을 가능하게 한다. 나아가 성장의 방향을 분명히 하고, 개선이 필요한 부분에 집중할 수 있게 한다.

두 번째로, 지속적인 학습과 계발에 투자하는 것이 필요다. 성장을 위해서는 지식과 기술을 개발하는 것이 중요하다. 이는 새로운 도전에 대처하고, 문제를 해결하며, 창의적인 해결책을 찾는 데 도움을 준다. 책을 읽고, 강의를 듣고, 새로운 기술을 배우는 것은 우리가 전문성을 키우고 성장할 수 있는 길이다.

　세 번째로, 실패와 도전을 견디는 자세를 갖는 것이 중요하다. 성장은 때로는 실패와 함께 오며, 이를 통해 더 강해질 수 있다. 실패는 배움의 기회이며, 다음에는 더 나은 방법으로 접근할 수 있는 기회를 제공한다. 그러므로 실패를 두려워하지 않고, 도전에 적극적으로 대응하는 자세가 성장의 핵심이다.

　네 번째로, 자기 계발에 지속적으로 투자하는 것이 필요하다. 시간과 에너지를 효과적으로 관리하고, 잠재력을 최대한 발휘할 수 있는 방법을 찾는 것이 중요하다. 목표를 설정하고 계획을 세우며, 단계적으로 진행하는 것은 우리가 성장하는 데 도움이 된다. 자기 계발은 우리가 지속적으로 성장하고 발전할 수 있도록 한다.

　다섯 번째로, 건강한 생활 습관을 유지해야 한다. 의미 있는 성장은 신체적, 정신적 건강과 밀접한 관련이 있다. 규칙적인 운동과 균형 잡힌 식단은 우리의 신체를 건강하게 유지해 준다. 충분한 수면과 휴식도 중요한 요소다.

　여섯 번째, 긍정적인 인간관계를 형성하고 유지해야 한다. 인간은 사회적 존재로서 다른 사람들과의 관계 속에서 성장한다. 가족, 친구, 동료와의 건강한 관계는 우리의 삶에 의미와 만족을 더해준다. 타인과의 상호 작용을 통해 새로운 시각을 배우고, 감정적 지지를 받을 수 있다. 결국, 성장은 우리가 지속적으로 발전하고 자신을 개선하는 과정이다.

그렇다면 서두에서 이야기한 10억을 벌었다면, 이는 성공한 것인가? 성장한 것인가? 그렇다. 성공은 목표한 바를 이루는 것을 의미하기 때문에 성공했다고 할 것이다. 그러나 성장의 관점에서 보면, 10억을 벌기까지의 과정에서 무엇을 배우고 얼마나 발전했는지가 중요하다. 성장했다는 것은 단순히 금전적 성취를 넘어, 개인의 능력, 지식, 경험 등이 함께 향상되었음을 의미한다.

그래서 성공보다 더 중요한 것은 어떻게 성장하느냐에 달려있다고 이야기할 수 있는 것이다. 의미 있게 성장하는 방법은 자신을 깊이 이해하고, 꾸준히 노력하며, 긍정적인 변화를 추구하는 데 있다. 이러한 과정 속에서 진정한 성장을 경험하게 되는 것이다.

> **필자의 한 문장** 성공보다 중요한 것은 성장하는 방식이다.
>
> ....
>
> 당신의 한 문장은?

08

삶은 길어야 100년이다

"네가 할 수 있는 한 최선을 다하라. 인생은 그리 길지 않다."

— 에픽테토스

❯ 매 순간을 소중히 여기고 후회 없이 살아가라는 교훈이다.

길고도 짧은 이 시간을 우리는 어떻게 살아가야 할까? 누구에게나 주어진 시간은 100년이라는 숫자에 불과하다. 그러나 그 시간 속에 담긴 삶의 깊이와 의미는 각자 다르게 형성된다.

중요한 것은 이 시간을 어떻게 바라보고, 어떻게 채워 나가느냐에 달려 있다.

첫 번째, 100년이라는 시간 속에 담긴 순간들의 의미는 뭘까? 100년이라는 시간은 길게 느껴지지만, 그 속에서 우리가 누릴 수 있는 것은 한순간에 지나지 않는다. 어린 시절, 청소년기, 성인기, 노년기까지 우리가 겪는 시간은 수많은 순간들로 이루어져 있다. 그럼에도 불구하고 우리는 종종 그 소중한 순간들을 놓치고, 때로는 당연하게 여긴다. 오늘이 어제

불꽃 속에서 문학을 피우다

와 다르지 않으며, 내일도 크게 변하지 않을 것이라 여긴다. 이 100년의 시간 속에서 우리가 진심을 담아 살아가는 순간은 얼마나 될까?

두 번째, 매 순간의 가치를 되새기는 삶을 살아야 한다. 우리에게 주어진 시간이 한정되어 있다는 사실을 자각하면, 그 순간부터 삶은 달라진다. '오늘'이라는 시간의 소중함을 알게 되고, '지금'이라는 순간에 더욱 집중하게 된다. 어제의 후회나 내일의 불안을 걱정하는 대신, 오늘을 온전히 살기로 다짐하는 것이다. 그렇다고 모든 순간을 완벽하게 살 필요는 없다. 완벽한 하루를 바라는 마음보다는 작은 기쁨과 의미를 찾는 것이 중요하다. 친구와의 대화, 속웃음, 사랑하는 사람과의 시간, 혼자 보내는 고요한 휴식까지 말이다.

세 번째, 사람들은 모두 '지금'을 살고 있다. 자주 미래를 생각하며 살아간다. 우리는 종종 내일의 성공을 꿈꾸고, 먼 미래의 목표를 위해 오늘을 희생한다. 그러나 미래는 아직 오지 않았고, 과거는 이미 지나갔다. 우리가 진정으로 살아야 할 시간은 바로 '지금'이다. 이 '지금'을 어떻게 살아가느냐에 따라 우리의 100년은 달라진다. 돈, 명예, 성공도 중요하지만, 그보다 더 중요한 것은 '지금'을 어떻게 행복하게 채우는가이다. 따라서 오늘 하루를 어떻게 보낼지, 무엇을 할지에 대해 깊이 고민해야 한다.

네 번째, 때로는 100년 후 나의 모습은 어떤지 떠올려 본다. 100년이 지나고, 내가 이 세상에 없어진다면, 어떤 삶을 살았다고 기억될까? 나자신에게, 주변 사람들에게 어떤 의미를 남겼을까? 이런 질문을 던지면 우리의 삶에 더 큰 의미와 방향성이 생긴다. 단순히 개인적인 성공을 넘어서, 내가 속한 공동체와 세상에 어떤 흔적을 남길 수 있을지 생각하게 된다. 그렇기에 작은 행동 하나에도 책임을 가지고, 더 나은 세상을 위해 노력할 수 있다.

다섯 번째, 마지막 순간을 맞이하는 준비를 해야 한다. 100년의 시간도 언젠가는 끝을 맞이하게 된다. 그 마지막 순간에 어떻게 대처할지 고민해 볼 필요가 있다. 두려움이나 아쉬움 없이, 후회 없는 삶을 살 수 있을까? 이를 위해서는 매 순간을 진심으로 살아가는 것이 중요하다. 인생은 길고 때로는 힘들지만, 그 속에서 찾을 수 있는 작은 행복과 기쁨이 있다. 삶의 끝자락에서 모든 시간이 소중한 추억으로 남도록, 오늘부터 더 진실하게 살아가야 한다.

나는 60년을 살았다. 유년 시절과 학창 시절, 그리고 36년의 세월을 소방관으로 살아온 것이다. 지금은 100세까지 남은 시간, 즉 40년을 어떻게 살아야 할지 고민하고 있다. 인생의 후반전을 어떻게 설계할지는 중요한 문제다. 과거의 60년은 격렬하고도 뜻깊은 시간이었다. 유년 시절은 호기심과 탐험의 시기였고, 학창 시절은 꿈과 가능성의 시기였다. 소방관으로서의 36년은 헌신과 책임의 시기였다. 이 모든 경험은 나의 삶을 풍부하게 했고, 나에게 중요한 교훈을 남겼다.

이제 남은 40년을 어떻게 채워 나가야 할까?

첫 번째, 삶의 의미를 찾는 것이 중요하다. 나는 내가 그동안 쌓아온 경험과 지식을 바탕으로 새로운 목표를 설정해야 한다. 난 독서와 글쓰기를 통해 삶의 지혜를 나누고, 사람들과 소통하며 새로운 가치를 창출할 수 있다. 책을 쓰고, 사람들과의 대화를 통해 인생의 이야기를 나누는 것은 매우 의미 있는 일이다.

두 번째, 건강한 생활을 유지하는 것이 필요하다. 남은 40년을 건강하게 살아가기 위해서는 규칙적인 운동과 균형 잡힌 식사가 중요하다. 건강이 바탕이 되어야만 지속적으로 활동할 수 있고, 삶의 질을 높일 수 있다. 새로운 취미를 찾고, 신체와 정신을 모두 돌보는 것이 필요하다.

세 번째, 가족과의 시간도 중요하다. 나는 가족과의 관계를 소중히 여기며, 함께 시간을 보내는 것을 소중히 여길 필요가 있다. 가족과의 교감을 통해 삶의 만족도를 높이고, 서로에게 힘이 되는 것이 중요하다.

네 번째, 끊임없는 배움과 성장을 추구해야 한다. 나이가 들어도 새로운 것을 배우고 도전하는 자세를 유지하는 것이 중요하다. 이를 통해 인생의 후반전도 풍부하고 의미 있는 시간으로 만들 수 있다.

다섯 번째, 자아실현과 기여의 삶을 살아야 한다. 자신의 역량을 발휘하여 사회에 기여하고, 다른 사람들에게 긍정적인 영향을 미치는 것이 중요하다. 나는 나의 경험을 토대로 사회에 도움이 되는 일을 하려 한다. 후배들에게 멘토가 되는 것도 좋은 방법이다.

100년의 시간은 우리에게 많은 교훈을 준다. 우리는 이 시간 동안 많은 것을 이루고, 누군가를 사랑하고, 수많은 경험을 쌓는다. 그러나 결국 우리가 가지고 갈 수 있는 것은 물질이 아니라, 그동안 겪은 경험과 감정이다. 매일의 순간을 소중히 여기고, 그 안에서 행복을 찾는 법을 배우면, 100년은 결코 짧은 시간이 아닐 것이다. 이 시간을 사랑하고 감사하며, 하루하루를 충실히 살아갈 때 진정한 행복을 느낄 수 있다.

삶의 끝에서 무엇을 남길 것인가? 무엇을 기억하게 될 것인가? 오늘을 살며, 지금 이 순간에 집중하는 삶은 우리에게 더 깊은 의미와 만족을 가져다준다. 100년의 시간이 짧게 느껴질 수도 있지만, 그 속에서 우리가 만들어갈 수 있는 인생의 이야기는 무한하다.

필자의 한 문장 우리가 살아가야 할 시간은 오직 '지금'뿐이다.

당신의 한 문장은?

불꽃 속에서 문학을 피우다

09

타인의 장점을 내 것으로 만들자

"인생에서 가장 큰 위험은 위험을 감수하지 않는 것이다."

— 마크 트웨인

❯ 새로운 도전을 피하지 않고, 도전을 통해 배우고 성장하는 것이 중요
하다는 것이다.

나는 매일 다양한 사람들과 소통하며 그들 각자의 장점을 발견하게 된
다. 친구, 가족, 동료, 심지어 낯선 사람들에게서도 배울 점이 존재한다.
이러한 타인의 장점은 나의 성장에 큰 자산이 될 수 있다.

그렇다면 어떻게 이 장점들을 내 것으로 만들어갈 수 있을까?

첫 번째, 관찰하기다. 타인의 장점을 배우려면 먼저 그들의 행동을 면
밀히 관찰해야 한다. 그들은 어떤 상황에서 뛰어난지, 어떻게 대처하는
지 살펴보자. 예를 들어, 친구의 리더십을 분석해 언어, 태도, 문제 해결
방식을 살펴볼 수 있다. 이런 관찰은 남의 장점을 내 삶에 적용하는 첫걸
음이 된다.

두 번째, 질문하고 배우기다. 장점을 발견했다면, 다음은 직접 질문하는 단계이다. 그들의 경험과 노하우를 듣는 과정이 중요하다. 예를 들어, 멘토에게 성공 비결이나 대처법을 물어보면 귀중한 정보를 얻을 수 있다. 이렇게 배운 지식을 나만의 것으로 만들면, 삶을 개선하는 데 큰 도움이 된다.

세 번째, 실천하기다. 타인의 장점을 내 것으로 만들려면 배운 것을 실제로 적용해야 한다. 동료의 긍정적인 태도를 배우려면 하루 한 번 칭찬이나 긍정적인 피드백을 해보자. 그들의 문제 해결 방식을 따라 하며 결과를 평가해 보는 것도 좋다. 꾸준히 실천하며 그들의 장점을 내 것으로 만들어가자.

네 번째, 자기 계발이다. 남의 장점을 내 것으로 만들려면 꾸준한 자기 계발이 필요하다. 독서, 세미나, 온라인 강좌 등을 통해 지식을 쌓고 발전해야 한다. 이 과정에서 타인의 장점을 배우고 발전시킬 기회를 얻는다. 나의 경험과 타인의 장점을 융합해 나만의 고유한 강점을 만들어가는 것이 중요하다.

다섯 번째, 긍정적인 태도 유지다. 타인의 장점을 배울 때는 긍정적인 태도를 유지해야 한다. 부러워하기보다 배울 점을 찾는 것이 더 가치 있다. 긍정적인 마인드는 자신을 성장시키고, 관계를 좋게 만든다. 주변의 긍정 에너지를 받아들이고 활용하는 것이 중요하다.

여섯 번째, 관계를 돈독히 해야 한다. 마지막으로, 타인의 장점을 배우며 관계를 깊이 있게 발전시켜야 한다. 타인의 장점을 인정하고 칭찬하며, 서로 성장에 기여하는 관계를 형성하자. 이런 관계는 나에게 큰 힘이

불꽃 속에서 문학을 피우다

된다. 서로의 장점을 활용해 함께 성장하는 관계를 구축할 수 있다.

나는 다양한 사람들의 장점을 내 것으로 만들었다. 이 장점들은 소방관으로서의 헌신과 전문성을 키우는 데 기여했다. 36년간 소방관 생활에서 멘토와 선배들로부터 배웠다. 선배들의 경험과 조언으로 어려운 상황에서도 냉정을 유지하는 법과 리더십을 익혔다.

소방관은 팀워크가 중요한 직업이다. 동료들과의 깊은 관계 속에서 서로의 장점을 이해하고 존중하는 법을 배웠다. 동료들의 긍정적 태도와 협력적 접근을 관찰하고 실천하며 팀워크와 소통 능력을 키웠다. 이를 통해 위기 상황에서 효과적으로 대처하고 동료애를 느꼈다.

가족의 지지와 사랑은 힘든 상황에서도 내가 최선을 다하도록 도와주었다. 가족의 응원과 희생정신은 타인을 돕고자 하는 마음을 키우는 데 중요한 역할을 했다. 또한 나는 소방관으로서 자연의 변화와 생명에 대한 존중을 배웠다. 농장을 운영하며 느낀 자연의 신비는 내 직업적 가치관을 확립하는 데 도움을 주었다. 자연의 법칙과 생명에 대한 이해는 소방 현장에서 더 나은 결정을 내리는 데 기여했다. 다양한 사람들과의 소통을 통해 여러 감정을 쌓아왔다. 결론적으로, 나는 멘토, 동료, 가족, 자연 등과의 관계를 통해 타인의 장점을 내 것으로 만들어왔다.

타인의 장점을 내 것으로 만드는 과정은 단순한 모방이 아니다. 관찰하고 질문하며 실천하고 자기 계발을 통해 나만의 장점을 만들어가자. 긍정적인 태도로 타인을 존중하고 관계를 강화하자. 타인의 장점을 활용해 나의 가치를 높이고 함께 성장하자.

필자의 한 문장　타인의 장점을 활용해 나의 가치를 높이고 함께 성장하자.

당신의 한 문장은?

　　　　　　　　　　　　　　　　　　　　불꽃 속에서 문학을 피우다

10

고전에서 삶의 답을 찾아보자

"고전은 우리가 삶에 대해 스스로 질문을 던지고, 답을 찾을 수 있게 해주는 안내서다."

-스콧 피츠제럴드

❯ 고전은 단순한 읽을거리가 아니라, 인생의 중요한 것들을 깊이 고민하게 만드는 지침서다.

고전에서 삶의 답을 찾는 것은 오랜 세월 동안 많은 사람들이 해온 일이다. 시대와 기술이 발전해도 고전은 여전히 중요한 지혜를 제공한다. 이는 고전이 인류의 보편적이고 영원한 질문을 다루기 때문이다. "나는 누구인가?", "어떻게 살아야 하는가?" 같은 질문은 고대부터 현대까지 반복되어왔다. 고전 속에는 이러한 질문에 대한 통찰이 담겨 있다.

고전은 단순한 과거의 문헌이 아니다. 그것은 인류가 오랜 시간 동안 축적한 지혜의 보고이다. 철학자, 시인, 사상가들이 삶의 본질에 대해 고민한 결과물들이 고전에 담겨 있다. 예를 들어, 공자의 논어는 인간관계와 도덕적 삶에 대한 가르침을 제공한다. 또 아리스토텔레스의 니코마코스 윤리학은 인간의 행복과 덕에 대한 통찰을 준다. 이처럼 고전은 현재의 문제에 대한 선조들의 생각을 보여준다.

고전을 읽는 것은 단순한 지식 쌓기가 아니다. 그것은 자기 성찰의 시간이다. 고전을 읽을 때, 그 안의 사상과 가르침을 자신의 삶에 비추어 본다. 예를 들어, 논어의 '군자는 말을 신중히 한다.'라는 구절을 읽으면 자신의 말과 행동을 돌아보게 된다. 이렇게 고전은 독자가 내면을 깊이 들여다보게 하고, 삶의 방향성을 재정립하는 데 도움을 준다.

현대 사회는 빠르게 변하고 있다. 기술 발전과 정보의 홍수 속에서 사람들은 더욱 바쁘고 복잡한 삶을 살고 있다. 이런 혼란 속에서 고전은 고요함을 선사한다. 변화하는 세상 속에서 불변의 진리를 찾고자 고전으로 돌아가는 이유도 여기에 있다. 고전은 급변하는 세상에서 중심을 잡고, 인간 본연의 가치를 상기시킨다. 예를 들어, 스토아 철학은 현대의 스트레스와 불안 속에서 평정을 유지하는 데 큰 도움이 된다.

고전의 지혜는 철학적 질문의 답뿐만 아니라 실질적인 삶의 지침도 포함한다. 예를 들어, 논어의 공자가 제시한 덕목들은 인간관계 문제 해결에 유용하다. '삼인행 필유아사(三人行 必有我師)'는 '세 사람이 함께 가면 그중 반드시 나의 스승이 있다'라는 뜻으로, 누구에게서든지 간에 배울 수 있음을 의미하는 말이다. 이 가르침은 타인을 존중하고, 타인으로부터 배우려는 자세를 우리에게 갖게 해준다. 또한, 명심보감은 "말을 적게 하고 실천을 많이 하라."라고 강조한다. 이는 현대 사회의 과도한 말에 경계하고, 행동으로 증명하는 삶을 중요시하게 해준다. 우리가 말보다 행동을 중시할 때, 진정한 신뢰와 성과를 얻을 수 있음을 일깨운다.

불꽃 속에서 문학을 피우다

결국 고전은 삶의 답을 강요하지 않는다. 그것은 각자가 스스로 답을 찾도록 돕는다. 고전을 읽으며 질문을 던지고, 답을 찾아가는 과정을 경험한다. 이 과정에서 얻는 깨달음은 남의 답이 아닌, 자신만의 독창적인 답이 된다. 고전은 삶의 다양한 국면에서 우리가 어떤 선택을 해야 할지 고민하게 하며, 그 선택의 근거를 마련해 준다.

고전을 기준으로 나의 삶을 분석해 보았다. 몇 가지 중요한 덕목과 일치하는 점이 있다. 고전 철학의 삶의 가치는 덕, 성실, 공동체 기여, 내면의 평화 등이다. 나의 삶도 이러한 덕목들과 깊이 맞닿아 있다.

첫 번째, 공자의 인(仁)과 봉사 정신이다. 공자의 '인'은 인간에 대한 사랑과 헌신을 의미한다. 36년간 소방관으로 일하며 사람들을 구하고 안전을 지키는 데 헌신해왔다. 이는 인의 가치와 부합한다. 공자는 "자신을 이롭게 하고 타인을 해치지 않음"을 강조했다. 나는 소방관으로서 타인을 구하기 위해 희생하며 봉사를 실천했다.

두 번째, 스토아 철학과 자기 통제이다. 스토아 철학은 감정을 억제하고 외부 상황에 흔들리지 않는 것을 강조한다. 위기 상황에서 빠르게 대응하고 침착함을 유지하는 소방관의 일은 자기 통제와 일치한다. 난 극한 상황 속에서도 흔들리지 않고 해야 할 일을 묵묵히 수행해왔다.

세 번째, 아리스토텔레스의 덕과 지속적인 성찰이다. 아리스토텔레스는 행복을 위해 '덕'을 실천해야 한다고 말했다. 덕은 지속적인 성찰과 자기 계발을 통해 이루어진다. 소방관으로 일한 뒤, 퇴직 후에도 난 글쓰기와 독서를 통해 성장하고자 한다.

네 번째, 노자와 자연 친화적 삶이다. 노자는 자연에 순응하는 삶을 강조했다. 퇴직 후 농장에서 자급자족하며 자연과 더불어 살 것이다. 억지로 이루려 하지 않고 자연스러운 흐름에 맡기는 삶이 농장 생활과 연결된다.

다섯 번째, 공자의 교육과 나눔이다. 공자는 배움과 나눔의 중요성을 강조했다. 나의 경험을 바탕으로 글을 쓰며 타인과 지식을 나누고자 한다. 글을 통해 삶의 지혜를 나누고, 공감과 연결로 타인에게 도움을 줄 것이다.

고전은 시간을 초월하는 지혜를 담고 있다. 현대인이 겪는 문제는 오래전부터 인류가 고민해온 문제들이다. 고전을 통해 그들의 생각을 배우고 삶에 적용할 소중한 힌트를 얻을 수 있다. 따라서 고전으로 돌아가는 것은 의미 있는 시도이다. 고전은 항상 그 자리에 있으며, 질문을 던질 때마다 새로운 답을 제공한다. 삶이 복잡해질수록 고전의 지혜는 더욱 빛난다. 결국 고전은 우리에게 삶의 중요한 질문을 던지게 하고, 각자가 스스로 답을 찾도록 돕는다.

> **필자의 한 문장** 고전은 삶의 중요한 질문을 던지게 하고, 스스로 답을 찾도록 돕는다.
>
> 당신의 한 문장은?

불꽃 속에서 문학을 피우다

11

인생은 저지르는 자의 것이다

"위대한 일이란 한 번의 성공으로 이루어지지 않는다. 그것은 수천
번의 실패를 거쳐 이루어진다."

— 에디슨

❯ 성공은 한 번의 행운이 아니라 지속적인 노력과 인내의 결과이다.

사람들은 인생에서 결정을 내리기 전에 종종 망설인다. "이게 맞을
까?", "실패하면 어쩌지?"라는 두려움이 우리를 붙잡는다. 그러나 그 순
간, 중요한 진리가 있다. 그 진리는 바로 인생은 도전하는 이들의 것이라
는 진리이다. 도전하고 실행하는 자만이 진정한 삶을 경험할 수 있다.

주저함은 기회를 앗아간다. 기회를 놓치는 사람은 주저하기 쉽다. 완
벽한 타이밍은 존재하지 않는다. 성공한 사람들은 즉각적으로 행동한다.
그들은 기회가 오면 도전한다. 도전이 항상 성공으로 이어지지 않지만,
배움을 얻는다. 아이디어는 실행해야 가치가 있다. 행동하지 않으면 가
능성에 불과하다. 저지르는 사람은 아이디어를 현실로 만든다. 실패도
배움의 기회가 되며, 성공은 전환점이 된다.

실패는 도전의 일부다. 실패를 두려워하면 더 큰 실패를 경험하게 된다. 도전 없는 삶은 성장도 발전도 없다. 실패는 끝이 아니라 더 나은 결과를 위한 과정이다. 에디슨은 전구 발명 전 수천 번 실패했다. 실패는 성공을 위한 필수적인 단계다. 중요한 것은 실패를 통해 배우는 것이다. 저지르는 자는 실패 후에도 다시 일어설 용기가 있다. 실패를 극복할 때마다 더 강해진다. 두려움을 모르는 사람은 도전의 가치를 알고 있다. 저지르는 자는 실패 속에서도 배움을 얻는다. 그 경험을 통해 더 나은 결정을 내리게 된다.

도전은 저지르는 자만이 경험할 수 있는 기회다. 인생에서 가장 값진 경험은 도전하는 자만이 누린다. 여행을 계획하다 두려움에 여행을 떠나지 못하고 남는 것과 이를 이기고 여행을 떠나는 것 사이에는 큰 차이가 있다. 여행을 떠난 자만이 새로운 세상과 사람들을 만날 수 있다. 새로운 사업 시작, 스킬 배우기, 관계 형성은 저지르는 자의 특권이다. 안전한 길만 고집하면 새로운 경험은 없다. 저지르는 자는 한계를 넘고 상상하지 못했던 기회를 발견한다. 인생은 한 번뿐이다. 진정으로 원하는 것을 이루려면 때로는 도전해야 한다.

도전은 후회 없는 삶을 살기 위한 선택이다. 많은 사람들이 후반부에 "왜 더 시도하지 않았을까?" 하고 후회한다. 기회가 있을 때 저지르지 않은 것을 후회한다. 그 순간에는 실패의 두려움이 크지만, 시간이 지나면 아무것도 아니게 된다. 저지르는 자는 후회하지 않는다. 그들은 할 수 있는 모든 것을 해보았다는 안도감을 느낀다. 결과가 예상과 달라도, 과정에서 얻는 것은 훨씬 크다. 이들은 도전의 결과에 상관없이 최선을 다해

불꽃 속에서 문학을 피우다

살았다는 자부심을 가진다.

　인생은 결국 도전하는 자의 것이다. 저지르고 새로운 일을 시작할 때 두려움이 있지만, 그 너머에는 큰 기회가 있다. 저지르는 자는 그 기회를 잡아 인생을 풍부하게 만든다. 지금 어떤 도전을 앞두고 있다면, 머뭇거리지 말고 저질러 보자. 그 선택이 인생을 바꿀 수 있다. 도전하지 않으면 얻을 수 없고, 실행하지 않으면 아무것도 이룰 수 없다. 인생은 결국 저지르는 자의 것이다. 실패를 두려워하지 말고, 주저하지 말고 도전하라. 그 속에서 진정한 성장을 발견하게 될 것이다.

　36년간 나는 소방관으로서 다음과 같은 도전을 경험했다. 화재와 재난 상황에서 생명을 구하는 위험한 임무를 수행했다. 최신 기술과 방법을 배우고 적용하여 전문성을 유지하고 향상시켰다. 생명 구조 과정에서의 감정적 충격을 극복해야 했다. 지역 사회와 신뢰를 쌓고 긴밀한 관계를 유지했다. 퇴직 후 글쓰기 등 새로운 삶에 도전하고 있다.

필자의 한 문장　인생은 결국 도전하는 자의 것이다.

....

당신의 한 문장은?

12

꾸준함이 최고의 무기다

"천재는 1%의 영감과 99%의 노력으로 이루어진다." - **토마스 에디슨**

❯ 아이디어가 아무리 뛰어나도 실행이 뒷받침되지 않으면 성과를 거두기 어렵다.

꾸준한 노력은 결국 결실을 맺는다. 성공을 이야기할 때 재능과 운을 강조하는 이들이 많다. 재능과 운도 중요하지만, 그보다 꾸준함이 더 중요하다. 꾸준함은 누구나 가질 수 있는 가장 강력한 무기다. 작은 행동을 지속적으로 반복하는 힘은 뛰어난 재능보다 더 큰 결과를 만들어낸다.

첫 번째, 꾸준함이란 포기하지 않고 목표를 향해 계속 나아가는 것이다. 이는 매일 한 걸음씩 앞으로 나아감을 뜻한다. 큰 도약이 아닌 작은 행동들이 쌓여 변화를 만든다. 물방울이 돌을 뚫듯, 꾸준한 노력은 시간이 지날수록 힘을 발휘한다. 많은 사람들은 큰 변화를 원하지만, 그 변화를 빨리 이루려 한다. 그러나 진정한 변화는 시간이 걸리는 꾸준한 노력으로 이뤄진다. 하루아침에 이루려는 마음을 버리고, 매일 조금씩 나아

불꽃 속에서 문학을 피우다

가는 것이 중요하다.

두 번째, 꾸준함은 작은 성공을 쌓는 과정이다. 꾸준함은 목표로 나아가는 중 작은 성취감을 준다. 목표가 클수록 중간의 작은 성취가 중요하다. 매일 한 페이지씩 읽는 사람은 시간이 지나 지식의 양에서 성취감을 느낀다. 작은 성공이 쌓이면 더 큰 도전을 할 힘이 생긴다. 꾸준함은 동기부여의 원천이 되며, 작은 성취가 자신감을 키운다. 이 과정에서 포기하고 싶을 때도 이미 쌓아온 성과가 우리를 지탱해 준다. 매일의 작은 행동들이 큰 목표를 이루게 한다.

세 번째, 꾸준함은 실패를 극복하게 한다. 삶에서 실패는 피할 수 없다. 그러나 꾸준한 사람은 실패에 쉽게 좌절하지 않는다. 꾸준함은 실패 후에도 다시 일어설 힘을 준다. 실패는 좌절이 아닌 배움의 기회가 된다. 꾸준히 노력하면 실패는 과정의 일부일 뿐임을 깨닫는다. 실패는 끝이 아니라, 더 나은 결과를 위한 준비 단계다. 실패 후에도 계속 나아가는 것이 성공에 다가가는 길이다.

네 번째, 꾸준함은 인내심을 기른다. 꾸준함은 단순한 지속적인 행동이 아니다. 그것은 인내심과 연결된다. 목표를 향해 나아가면 유혹과 장애물에 직면하게 된다. 꾸준한 노력은 이러한 유혹과 장애물을 이겨내는 힘을 기른다. 인내심이 강한 사람은 외부 환경에 흔들리지 않고 자신만의 길을 간다. 운동할 때 단기적 결과에 집착하지 않는 사람이 장기적 성과를 얻는다. 몸의 변화는 하루아침에 이루어지지 않으며, 수개월, 수년의 노력이 필요하다. 이 과정에서 인내심은 꾸준함을 유지하도록 도와준다.

다섯 번째, 꾸준함은 변화를 만든다. 진정한 변화는 대단한 성취로 이루어지지 않는다. 작은 행동의 꾸준한 반복이 변화를 만든다. 하루하루 작은 노력을 쌓다 보면 놀라운 변화를 목격하게 된다. 씨앗을 심고 매일 물을 주면 나무가 자라듯, 우리의 노력도 시간과 인내 속에 자란다. 변화는 시간이 필요하다. 그러나 그 시간을 기다리며 꾸준히 나아가는 사람이 결국 변화를 경험한다. 성공한 사람들은 특별한 능력이나 재능을 지닌 이들이 아니다. 그들은 포기하지 않고 끊임없이 나아갔기에 오늘의 자리에 도달한 것이다.

여섯 번째, 성공을 꿈꾸는 이가 많지만, 꾸준히 노력하는 자만이 살아남는다. 재능 있는 사람과 운 좋은 사람은 많지만, 꾸준함을 가진 사람은 드물다. 꾸준함은 다른 사람과의 차별점을 만들어내는 최고의 무기다. 재능보다 꾸준함이 더 큰 성과를 내는 이유가 여기에 있다. 꾸준히 노력하는 사람은 포기하지 않고 목표를 향해 나아간다. 그들이 마지막에 웃게 된다. 시간이 지나면, 처음의 작은 노력이 결국 큰 성공을 이룬다는 사실을 깨닫게 될 것이다.

내 삶의 큰 특징 중 하나는 꾸준함이다. 36년 동안 소방관으로 일하며 매일 위기 속에서 책임을 다했다. 불 앞에서도 한 번도 물러서지 않았다.

첫 번째, 번아웃과 힘듦을 겪었지만, 그 속에서도 나를 단단히 세우려 했다. 세 번의 큰 사고로 죽음을 경험 후 마음의 지진을 겪었지만, 꾸준히 마음을 추슬렀다.

두 번째, 퇴직 후에도 자연 속에서 자급자족하는 삶을 살고 있다. 작은 농장에서 자연과 함께 새로운 꾸준함을 이어가고 있다.

세 번째, 2022년 블로그를 시작해 매일 1일 1포스팅 이상씩 하고 있다.

글쓰기와 독서를 통해 성찰하며 타인과 소통하고, 작가로서의 삶을 살고 있다.

결론적으로 꾸준함이 최고의 무기다. 성공을 원한다면 재능이나 운보다 꾸준함을 무기로 삼자. 한 번의 큰 성취보다 매일 조금씩 나아가는 것이 중요하다. 작은 지속적인 노력이 큰 변화를 만들어낸다. 꾸준함은 포기하지 않는 힘을 주고, 실패를 극복하며 인내심을 기른다. 꾸준히 노력하는 사람만이 진정한 성공을 거둘 수 있다. 오늘도 작은 행동 하나를 실천해 보자.

> **필자의 한 문장** 꾸준함은 포기하지 않는 힘을 주고, 실패를 극복하며 인내심을 기른다.
>
> ···
>
> 당신의 한 문장은?

3장

세 걸음,
인생의 퍼즐을
맞춰라

나는 인생 전반전을 마무리하는 은퇴 시기인
공로연수 기간 중에 엔딩 노트를 쓰게 되었다.

그 이전에 뇌출혈 사고로
세 번째 죽음을 경험하고 회복된 이후
유언장을 써야 되겠다는 다짐을 한 바 있다:

엔딩 노트는 죽음을 준비하는 과정에서
자신의 삶을 정리하는 귀중한 자료가 된다.

또 삶의 의미를 되새기고, 남은 기간 동안
후회 없이 살아갈 수 있는 귀중한 도구이다.

01

매 순간 진심을 다해야 한다

"성공은 결국 사람들에게 진심을 다한 결과로 찾아온다. 자신에게 진심을 다하고, 타인에게도 진심을 다하라." — 버락 오바마

❯ 진정성과 헌신이 성공의 핵심이며, 결국 긍정적인 성과를 가져온다.

사람들은 매일매일 살아가면서 수많은 순간을 경험한다. 이 순간들은 다시는 돌아오지 않는다. 그래서 매 순간을 진심으로 살아가는 것이 얼마나 중요한지 다시 한번 생각해 보아야 한다. 진심을 다한다는 것은 표면적인 행동에 그치지 않고, 마음 깊은 곳에서부터 진정성을 발휘하는 것을 의미한다. 그럼에도 불구하고 우리는 종종 바쁜 일상 속에서 진심을 잃어버리고, 형식적이거나 기계적으로 행동하게 된다.

먼저 진심의 의미에 대해 다양한 측면으로 살펴보겠다.

첫 번째, 진심은 정직과 투명성을 바탕으로 한다. 거짓말이나 숨김이 없는 상태에서 자신의 감정과 생각을 솔직하게 표현하는 것이다.

두 번째, 진심은 단순한 표면적 반응을 넘어서 내면 깊숙한 곳에서 우

러나오는 진정한 감정이다. 사랑, 우정, 공감 등 진정한 감정은 깊이와 진정을 담고 있다.

세 번째, 진심은 일관된 행동과 태도를 유지한다. 상황이 변해도 자신의 원칙과 가치를 변하지 않고 일관되게 지키며, 말과 행동이 일치한다.

네 번째, 진심은 대가나 보상을 바라지 않는다. 순수하게 타인을 돕거나 사랑할 때, 그 행동에 대한 대가나 보상을 기대하지 않고, 그 자체로 가치를 둔다.

다섯 번째, 진심은 상대방의 감정과 상황을 진정으로 이해하고 공감하는 것이다. 타인의 입장에서 생각하고 그들의 경험과 감정을 진심으로 받아들이는 것이 포함된다.

여섯 번째, 진심은 자신의 말과 행동에 책임을 지는 것을 의미한다. 약속을 지키고, 실수를 인정하며, 결과에 대해 책임을 지는 태도다.

일곱 번째, 진심은 자신을 돌아보고 성찰하는 과정이 포함된다. 자신의 행동과 감정을 깊이 이해하고, 이를 기반으로 성장하려는 노력을 의미한다.

이러한 7가지 측면은 진심을 이해하고 표현하는 데 도움이 되는 요소들이다. 진심으로 살아가려면 이러한 특성들을 일상에서 실천하고 경험해 보는 것이 중요하다.

그렇다면 왜 매 순간 진심을 다해야 하는가?

첫 번째로, 진심을 다하는 삶은 우리의 인간관계를 더욱 깊고 의미 있게 만든다. 우리는 다양한 사람들과 관계를 맺으며 살아간다. 친구, 가족, 동료 등 이들과의 관계에서 진심을 다할 때, 상호 신뢰와 이해가 깊어지며 관계의 질이 높아진다. 반면, 형식적이거나 거짓된 태도는 관계를 얕게 만들고, 결국에는 서로 간에 거리감을 느끼게 할 수 있다.

두 번째로, 진심을 다하는 것은 자신의 성장과 발전에도 크게 기여한다. 우리가 어떤 일을 할 때, 그 일에 대해 진정성을 다하면, 많은 것을 배우고, 더 나아가 성과를 이룰 수 있다. 진심을 다해 노력하는 과정에서 자기 자신을 발견하고, 스스로의 한계를 뛰어넘을 수 있다.

세 번째로, 매 순간 진심을 다하는 삶은 우리의 정신적 안정을 유지하는 데에도 중요하다. 형식적이고 기계적인 행동은 때로는 마음의 공허함을 초래할 수 있다. 반면, 진심을 다해 살아가는 것은 자신에게 성취감과 만족감을 제공하며, 정신적인 안정감을 느끼게 한다.

네 번째로, 진심을 다하는 것은 삶의 의미를 찾는 데에도 도움이 된다. 우리가 어떤 목표를 달성하기 위해 노력할 때, 진심은 그 목표를 이루는 과정 자체를 의미 있게 만들어준다. 진심을 담아 노력한 결과는 단순히 목표 달성 이상의 가치를 지니며, 우리의 삶에 깊은 의미를 더해준다.

다섯 번째, 진심을 다하는 삶은 주변에도 긍정적인 영향을 미친다. 우리가 진심을 다해 타인에게 다가가고, 그들에게 도움을 주면, 그들은 또한 우리에게 긍정적인 에너지를 주게 된다. 이는 공동체와 사회에 긍정적인 영향을 미치며, 함께 성장하고 발전하는 데 기여할 수 있다.

전직 소방관인 나는 36년 동안 국민들의 안전을 지키기 위해 진심을 다하였는가? 매일 매일의 화재와 각종 재난사고 현장에서 위험과 싸워왔다. 국민의 생명과 재산을 보호하기 위해 최선을 다해왔던 시간들은 결코 헛되지 않았다고 생각했다. 그동안의 노력은 진정으로 사람들의 안전과 안녕을 지키기 위한 마음가짐이었음을 느꼈다. 소방관의 진심은 단순히 의무를 다하는 것을 넘어서, 매 순간이 헌신과 희생이라고 생각했다. 위험 속에서도 두려움보다는 책임감이 앞섰다.

지휘관으로서 긴급 상황에서의 빠른 판단과 행동을 한 것은 국민들의 생명과 안전 지킴을 위함이었다. 이러한 시간이 쌓여 오늘의 내가 있는 것이다. 지난 2024년 12월 31일, 36년간의 소방 공직 생활을 마무리하고 정년퇴직했다. 나는 떠나지만, 남아있는 후배들이 진심을 다해 국민들을 지켜나갈 것이다.

결론적으로, 매 순간 진심을 다해야 한다. 오늘도 내일도 진심을 다해 살아가야 한다. 매 순간을 가치 있게 만드는 노력을 게을리 하지 말아야 한다.

필자의 한 문장 매 순간 진심을 다해야 한다.
....

당신의 한 문장은?

불꽃 속에서 문학을 피우다

02

그리움은 결핍에서 비롯된다

"그리움은 가슴에 새겨진 추억의 잔향이다."   – 알렉상드르 뒤마

❯ 소중한 기억과 감정이 마음속에 깊이 남아 여운을 준다는 뜻이다.

「가지 말라는데 가고 싶은 길이 있다

만나지 말자면서 만나고 싶은 사람이 있다

하지 말라면 더욱 해보고 싶은 일이 있다

그것이 인생이고 그리움,

바로 너다」

나태주 시인의 「그리움」이라는 '시'다.

이 시의 교훈은 인생의 복잡한 감정들과 모순된 욕망을 받아들이고 이해하라는 것이다. 종종 금지된 것, 어려운 것, 또는 피해야 하는 것들이 오히려 더 큰 매력을 지닐 수 있다. 이런 감정은 자연스러운 것이며, 우리는 그 속에서 성장하고 인생의 진정한 의미를 발견할 수 있다. 중요한

것은 이러한 감정을 억제하거나 부정하기보다는, 그것들이 무엇을 의미하는지 성찰할 필요가 있다는 점이다. 또 그 과정에서 자신의 진정한 욕망과 그리움에 대해 깨달아야 한다. 나태주 시인의 그리움은 삶 그 자체이다. 그리움을 안고 그냥 살아가는 것이다.

그리움은 우리가 일상 속에서 자주 느끼는 감정 중 하나이다. 때로는 마음속 깊이 숨겨져 있다가도, 어느 순간 불현듯 찾아온다. 그렇다면 이 그리움이란 감정은 도대체 무엇인가?

우선, 그리움은 단순한 감정의 하나가 아니다. 그것은 시간과 공간을 초월한 추억에 대한 갈망이다. 또 잃어버린 과거에 대한 애틋한 마음이다. 그리움은 우리가 사랑했던 사람이나 장소에서 생겨난다. 혹은 지나가버린 순간에 대한 기억이 되살아날 때 자연스럽게 생겨난다. 그리움의 대상은 사람마다 다르지만, 그 감정의 본질은 누구에게나 닿아 있다. 누구나 마음 한편에 그리움을 품고 살아가며, 때로는 그 감정이 아플 만큼 깊고 선명하게 밀려오기도 한다.

그리움은 본질적으로 결핍에서 비롯된다. 우리가 그리워하는 것은 대개 지금 이 순간 우리 곁에 없는 것들이다. 어쩌면 너무나 소중해서 영원히 잊히지 않을 것 같았던 사람이다. 어린 시절의 순수함 혹은 특정한 장소에서 느꼈던 평화로움이 떠오를 때, 그 시절을 그리워한다. 이러한 그리움은 과거로 돌아가고 싶은 욕구가 생긴다.

그리움은 단순히 과거를 회상하는 것에 그치지 않는다. 그것은 현재와 미래를 향한 소망과 연결된다. 예를 들어, 누군가를 그리워할 때 그 사람과 다시 만날 수 있기를 바라는 마음이 담겨 있다. 또한, 특정 장소를 그

불꽃 속에서 문학을 피우다

리워할 때 그곳에서 느꼈던 평화를 다시 경험하고 싶어 한다. 이런 그리움은 현재의 나를 돌아보게 하고, 미래에 대한 희망을 불러일으키는 원동력이 된다.

그러나 그리움이 항상 긍정적인 감정인 것은 아니다. 때때로 그리움은 우리를 슬픔과 고통에 빠지게도 한다. 특히 다시는 돌아갈 수 없는 시간이나 만날 수 없는 사람에 대한 그리움은 더 큰 아픔을 동반하기도 한다. 이럴 때, 그리움은 더 이상 추억에 대한 따뜻한 감정이 아닌, 마음속 깊은 상처로 다가온다. 그러나 이 또한 그리움의 일부이다. 그리움이 없다면, 그만큼 누군가를 소중히 여긴 적도 없었을 것이다.

그리움은 사람을 한층 깊어지게 만든다. 그리운 대상을 떠올리며 자신을 돌아보고, 그와의 관계 속에서 얻은 배움과 감정을 되새기게 된다. 그리움은 현재의 우리를 만들어준 중요한 요소이다. 또 그 과정을 통해 우리는 성숙해지고 더 나은 사람이 된다. 따라서 그리움을 느낄 때마다, 그것을 단순히 슬픔이나 고통으로만 여겨서는 안 된다.

그리움은 우리를 서로 연결해 주는 감정이다. 누군가를 그리워한다는 것은, 그 사람과의 관계가 얼마나 깊었는지를 의미한다. 우리가 그리움을 느끼는 대상은 그만큼 우리에게 중요한 존재였을 것이다. 그리움은 과거의 관계를 되돌아보게 하고, 그 속에서 느꼈던 사랑과 우정을 다시 한번 떠올리게 한다.

지난 2024년 4월 블로그에 "여동생이 있었습니다."라는 글을 쓰며 그리움에 참지 못하고 많이 울었다. 내가 국민학교 6학년이고 여동생이 4학년일 때, 동생은 사고로 죽었다. 우리 집은 3남 1녀로 여동생은 엄마의 우군이었다. 늘 엄마를 도와주는 착한 여동생이었다.

당시 우리 집은 연탄으로 난방을 하던 시골집이었다. 하루는 오촌 아저씨가 리어카를 끌고 시내로 연탄을 사러 가는데 두 살 위인 형과 두 살 밑인 여동생이 따라나섰다. 집 앞에는 개울이 있고 통나무로 다리가 만들어져 있었다.

리어카가 다리를 건너오던 중, 리어카를 뒤에서 밀던 여동생 쪽에 있던 통나무 다리가 부러졌다. 여동생은 연탄을 전부 뒤집어쓰면서 개울로 떨어졌다. 추락한 여동생을 엄마가 안고 집으로 들어왔다. 당시는 119도, 전화도 없었다. 여동생은 엄마 품에 안겨 "엄마 나 아파!"라고 한마디만 하고 하늘나라로 떠났다.

나는 당시 아무것도 할 수 있는 게 없었다. 울면서 벌벌 떨기만 하였다. 지금 살아 있으면 58세, "어떤 모습으로 어떻게 살고 있을까?"라는 상상도 해 본다. 이젠 그만 슬퍼하려고 하는데, 슬픈 음악을 들을 때면 감정이 북받쳐 온다. 이처럼 그리움이라는 존재를, 나태주 시인이 '삶 그 자체'라고 한 것이 이해가 되었다.

필자의 한 문장 그리움은 본질적으로 결핍에서 비롯된다.

....

당신의 한 문장은?

불꽃 속에서 문학을 피우다

03

나만의 음악을 연주하자

"자신의 열정을 따르는 것이 인생에서 가장 중요한 일이다. 그 길이 어려울지라도 자신만의 음악을 연주하라." – 오프라 윈프리

❯ 자신의 길을 따르고 정체성을 표현하는 것이 인생에서 중요하다.

우리 삶은 종종 하나의 악보처럼 느껴진다. 사회는 정해진 틀과 규칙을 제시한다. 그 안에서 주어진 선율을 따라 연주해야 하는 것처럼 느낀다. 그러나 그 틀 속에서 나만의 음악을 잃어버린 채로 살고 있는 것이다. 남이 정해준 악보에만 의지하는 삶은, 결국 우리를 단조롭고 무미건조한 상태로 만들고 있다. 그래서 스스로 악보를 만들고, 자신만의 리듬과 멜로디를 찾아야 한다. 이 과정이 바로 "나만의 음악을 연주하라."라는 의미가 되겠다.

나만의 음악을 연주하는 것은 자기 자신을 발견하고, 진정한 자아를 표현하는 것에서 시작된다. 모두 각기 다른 경험과 생각, 감정을 가지고 있다. 이 고유한 요소들이 모여 우리만의 독특한 선율을 만들어낸다. 하

지만 사람들은 종종 주변의 기대와 사회적 규범에 의해 그 선율을 억제하곤 한다. "이렇게 해야만 성공한다"라는 외부의 소리에 귀를 기울이느라 정작 내면의 목소리를 놓친다. 나만의 음악을 연주하려면 먼저 내면의 소리에 귀 기울이고, 그것을 표현할 용기가 필요하다.

자신만의 음악을 연주하는 과정은 쉽지 않다. 이는 기존의 틀을 깨고, 새로운 길을 개척하는 것이기 때문이다. 남들이 정해준 안전한 길을 벗어나기 위해서는 불확실성과 마주해야 한다. 그 과정에서 진정한 자유와 창의성을 경험하게 된다. 나만의 음악을 연주하는 것은 자신을 이해하고, 자신만의 길을 만들어가는 과정이다. 이 과정에서 다른 사람들과의 비교에서 벗어나, 온전히 자신만의 리듬을 찾을 수 있다.

나만의 음악을 연주하는 또 다른 중요한 요소는 실패를 두려워하지 않는 것이다. 새로운 선율을 만들어내기 위해서는 때로는 어긋나고, 불협화음이 생길 수 있다. 그러나 이 불협화음조차도 우리만의 음악을 완성하는 중요한 요소가 된다. 완벽한 선율을 찾기 위한 과정에서 여러 번의 시도와 실패를 겪게 된다. 이때 중요한 것은 실패를 두려워하지 않고, 그 실패를 바탕으로 더 나은 선율을 만들어 나가는 것이다. 실패는 단지 새로운 음악을 만들어내기 위한 하나의 과정일 뿐이다.

또한, 나만의 음악을 연주하기 위해서는 끊임없는 연습과 노력이 필요하다. 음악가들이 완벽한 연주를 위해 수많은 시간 동안 연습을 거듭하듯, 우리도 자신의 삶을 통해 끊임없이 배워야 한다. 삶의 여러 경험들은 우리가 더욱 풍부한 선율을 만들어낼 수 있도록 돕는다. 그러므로 매일의 경험 속에서 배움을 찾고, 그것을 음악으로 표현할 준비를 해야 한다. 이러한 과정을 통해 우리의 음악은 점점 더 깊어지고, 의미를 가지게 된다.

나만의 음악을 연주하는 것은 다른 사람들과의 조화를 이루는 것과도 관련이 있다. 각자 자신의 음악을 연주하지만, 그 음악은 다른 사람들과의 관계 속에서 더 아름답게 울릴 수 있다. 서로 다른 선율이 만나 하나의 화음을 이루듯, 다른 사람들과 조화를 이루며 더 풍부한 음악을 만들어갈 수 있다. 이는 단순히 자신만의 고유함을 유지하는 것에서 나아가, 타인과의 조화 속에서 더 큰 가능성을 발견하는 과정이다.

마지막으로, 나만의 음악을 연주하는 것은 삶에 대한 긍정적인 태도를 유지하는 것과도 깊이 연관되어 있다. 때로는 자신의 음악이 제대로 들리지 않거나, 의미 없는 것처럼 느껴질 때도 있다. 그러나 그 순간에도 멈추지 말고 계속해서 자신의 음악을 연주해야 한다. 나만의 음악을 연주하는 것은 단순한 선택이 아니라, 지속적인 실천이다.

나만의 음악 연주가 있었는지 회고해 본다.

인생 1막(출생~30세)을 지나 인생 2막(31~60세)은 소방 공직 신분으로 국가와 국민을 위한 삶을 살아왔다. 타인을 위한 삶을 살다 보니 내면의 목소리에 귀를 기울이지 못하며 살아왔다.

엄격한 법과 규정에 따라 업무 수행과 상명하복의 경직된 조직 속에서 자유와 창의성은 없었다. 정해진 틀 안에서의 반복적인 삶이었으며 나만의 음악 연주는 언감생심이었다.

개인적으로 세 번 죽음의 위기를 극복했으나, 조직 사회에서의 실패의 두려움은 늘 갖고 있었다. 소방관으로, 지휘관으로 혹여 재난 현장에서의 작전 실패로 인명피해가 발생하지 않을까 하는 두려움이었다.

36년이라는 소방관의 삶이 나만의 음악 연주를 위한 끊임없는 연습이었던 것이다. 재난 현장에서 각종 사고 대응과 참혹한 광경을 목격하며 생명의 소중함을 느껴온 시간이었다.

함께 울고 웃고 부딪쳐 왔던 선·후배, 동료 소방관들이 있었기에 무사히 공직을 마무리할 수 있었다. 그동안 4,000여 명의 소방 조직 안에서 아픈 기억도 많이 있었고, 기쁨과 즐거움도 있었다.

정년퇴직을 하고 나만의 음악을 연주하기 위한 준비가 이미 시작되었다. 100세 시대를 맞아, 정년퇴직이 새로운 시작을 알리는 시점이라고 생각했다. 인생 후반전은 책 읽기와 글쓰기가 거의 전부가 되었다. 특히 매년 책 한 권씩 쓰는 것을 계획하며, 독자와 삶의 이야기를 나누는 연주를 시작하고 있다.

나만의 음악을 연주한다는 것은 나를 이해하고 표현하는 과정이며, 그 안에서 진짜 나를 마주하는 여정이다. 쉽지 않지만 그만큼 깊은 의미와 보람이 있다. 주어진 악보에서 벗어나 자신만의 리듬과 선율을 만들어갈 때, 우리는 비로소 자유롭고 창의적인 삶을 살 수 있다.

필자의 한 문장 나만의 음악을 연주하는 것은 진정한 자아를 발견하는 여정이다.

당신의 한 문장은?

불꽃 속에서 문학을 피우다

04

나무처럼 나의 길을 가자

"삶은 나무와 같다. 뿌리는 깊어야 하고, 가지는 멀리 뻗어 나가야 한다."

— 앙드레 지드

❯ 자신을 튼튼히 다지고, 가능성과 영향력을 넓혀야 한다는 교훈이다.

나무의 삶과 사람의 삶은 겉보기에는 다르지만, 깊이 들여다보면 놀라운 유사점들이 있다. 나무와 사람 모두 생명체로서 성장하고 변화하며, 환경과 상호작용하면서 자신의 삶을 이어간다.

우리도 나무와 같은 삶을 살아보면 어떨까? 이 둘을 비교해 보겠다. 이를 통해 교훈을 얻을 수 있다.

첫 번째, 뿌리와 기반의 중요성이다. 나무는 땅속 깊이 뿌리를 내림으로써 안정성을 확보한다. 뿌리는 나무가 자라면서 필요한 영양분과 물을 흡수할 수 있게 도와준다. 또 바람이나 폭풍이 불어도 나무가 쉽게 쓰러지지 않도록 지탱해 준다. 이와 마찬가지로, 사람의 삶에서도 뿌리와 같은 기반이 중요하다. 우리의 신념, 가치관, 삶의 목표가 뿌리 역할을 하는 것이다. 이 기반이 튼튼할수록 삶의 어려움 속에서도 흔들리지 않고 자신의 길을 걸어갈 수 있다.

두 번째로, 성장과 적응이다. 나무는 계절의 변화에 따라 잎을 피우고, 열매를 맺고, 잎을 떨어뜨리며, 끊임없이 변화한다. 나무는 자연의 순환에 맞춰 자신을 조정하며 생존을 이어간다. 사람도 마찬가지로 끊임없이 변화하는 환경에 적응하며 살아간다. 직장에서의 변화, 인간관계의 변화, 개인적인 성장 등 다양한 상황에 맞춰 자신의 삶을 조정하고 발전시켜 나간다. 나무처럼 상황에 맞춰 유연하게 적응할 수 있을 때, 더 큰 성장을 이룰 수 있다.

세 번째로, 나눔과 공동체의 중요성이다. 나무는 그늘을 제공하고 열매를 나누며, 다른 생명체들에게 산소를 공급한다. 나무가 생태계에서 중심적인 역할을 하듯, 사람도 사회 속에서 중요한 역할을 한다. 서로에게 도움을 주고받으며, 함께 살아가는 존재다. 나무는 주변 환경과 조화롭게 상호작용을 하며 살아간다. 사람도 마찬가지로 공동체 속에서 나눔과 배려를 통해 조화로운 삶을 살아가야 한다.

네 번째로, 꾸준한 성장이다. 나무는 하루아침에 큰 나무로 자라지 않는다. 나무는 오랜 시간 동안 천천히, 그러나 꾸준히 성장한다. 사람의 삶도 마찬가지다. 순간적인 성과보다는 꾸준히 노력하며 성장을 추구하는 것이 중요하다. 학습과 경험, 자기 계발을 통해 점진적으로 더 나은 사람이 될 수 있다.

다섯 번째, 유산을 남기고 긍정적 영향을 준다. 나무는 생명이 다한 후에도 썩어서 다시 자연의 일부가 되고, 새로운 생명에 자양분을 제공한

불꽃 속에서 문학을 피우다

다. 사람도 마찬가지로, 삶이 끝난 후 우리의 유산이 다른 사람들에게 긍정적 영향을 미칠 수 있도록 살아야 한다. 우리가 살면서 남긴 가치, 배움, 사랑이 후대에 이어질 수 있도록 살아가야 한다.

내가 살고 있는 집에는 회화나무가 있다. 일명 선비 나무라고도 한다. 과거 선비들이 과거시험을 보거나 합격했을 때 심었다고 한다. 8년 전 개인 주택을 지으면서 2년생짜리를 심었다. 회화나무는 땅속에 깊이 뿌리를 내린다. 줄기와 가지는 시간이 지남에 따라 두껍고 튼튼해진다. 회화나무는 여름에 잎을 무성하게 키우며, 꽃을 피운다. 여름에서 가을에 걸쳐 열매를 맺으며, 씨앗을 생성한다. 겨울철에는 잎을 떨어뜨리고 휴면 상태로 들어가며, 봄에는 새로운 성장을 시작한다.

이 회화나무는 온갖 비 · 바람과 추위를 견뎠기 때문에 크게 성장할 수 있지 않았나 싶다. 우리의 삶도 나무처럼 수많은 고통을 인내함으로써 성장에 다다를 수 있다고 생각한다.

이렇듯, 나무의 삶과 사람의 삶은 서로 닮아 있다. 나무처럼 뿌리를 깊이 내리고, 꾸준히 성장하며, 변화에 적응해야 한다.

필자의 한 문장 우리는 나무처럼 뿌리를 내리고 성장하며 변화에 적응해야 한다.

당신의 한 문장은?

05

세상에서 나만 우울한 게 아니다

"당신은 혼자가 아닙니다. 당신은 보이고, 들리고, 사랑받고 있습니다."

— 에리히 프롬

❯ 사람은 서로 연결된 존재로, 사람의 감정은 존중받을 가치가 있으며, 우리는 그 안에서 희망을 찾는다.

우리 세상이 모든 사람들에게 밝은 빛만 비추어 주면 얼마나 좋을까? 그런데 동전도 양면이 있듯이 세상도 밝은 빛만 비추어 주는 게 아니다. 어느 한쪽에 치우치지 않도록 때론 어두운 빛도 비추는 것 같다. 때때로 스스로 공허함을 느끼고 마음이 무겁다. "왜 나는 우울할까, 뭐가 문제일까?"라고 질문을 던져 보지만, 그 답을 찾기 힘들다. 이런 감정이 들 때면 세상에서 나만 이렇게 우울한 것 같다는 생각에 빠지기도 한다. 하지만 그럴 때일수록 기억해야 할 중요한 사실이 있다. 바로, 나만 우울한 것이 아니라는 점이다.

우울은 누구나 겪을 수 있는 감정이다. 우리가 살아가는 이 세상에는 무수히 많은 사람들이 각자의 이유로 우울감을 느끼며 살아가고 있다. 이는 우리가 마주하는 일상의 문제, 인간관계, 미래에 대한 불안 등 다양한 원인에서 비롯된다. 그런데 많은 사람들이 이런 우울감을 스스로 감추고, 겉으로는 밝게 살아가는 것처럼 보이려 한다. 때때로 나만 유독 힘든 시간을 보내고 있는 것처럼 느끼곤 한다.

세상에는 우울함을 느끼는 사람이 너무나도 많다. 그들 중 많은 이들이 그 감정을 숨기거나 억누르며 살아간다. 현대 사회는 개인의 성공과 행복을 강조하는 경향이 많고 자신이 느끼는 우울감이나 고통을 실패로 받아들이기 쉽다. 자신의 약점을 드러내지 않으려 하고, 다른 사람들에게 긍정적이고 성공적인 모습만을 보여주려 한다. 그러나 그 이면에는 우리가 알지 못하는 아픔과 외로움이 숨어 있을 가능성이 크다.

우리는 다른 사람들의 삶을 겉으로만 보고 그들이 행복하다고 단정 짓는다. 특히, 소셜 미디어에서 사람들은 자신의 좋은 순간들만을 공유한다. 이를 통해 마치 자신이 완벽하고 행복한 삶을 살고 있는 것처럼 보이게 만든다. 이런 이미지에 노출되다 보면, 나만 유독 부족하고 불행하다는 생각이 들기 쉽다. 그러나 그들의 삶에도 우리와 같은 고민과 우울함이 있을 수 있다는 사실을 기억해야 한다.

나만 우울한 게 아니라는 사실을 깨닫는 것은 그 자체로 위로가 될 수 있다. 사람들은 각자 나름의 이유로 우울함을 느끼고, 그 감정과 싸우며 살아간다. 우울함은 결코 나약함의 증거가 아니다. 오히려 그것은 우리가 인간으로서 감정적으로 풍부하게 살아가고 있다는 증거일 수 있다. 모든 사람이 완벽한 행복을 느끼며 살 수는 없다. 그래서 우울한 감정을 인정하고 받아들이는 것은 중요한 과정이다.

우울함을 느낄 때, 그것을 외면하지 말고 스스로를 돌아보는 시간을 가져보는 것이 좋다. 무엇이 나를 힘들게 하고, 왜 이런 감정을 느끼고 있는지 탐구해 보는 것이다. 때로는 그 답을 찾기가 어려울 수도 있다. 하지만 그 과정을 통해 우리는 스스로를 더 깊이 이해하게 된다. 나아가 더 나은 삶을 향해 나아갈 수 있는 내면의 힘을 얻게 된다. 같은 감정을 겪는 이들과 이야기를 나누고 공감하는 순간들 역시 큰 위로와 성장이 된다.

세상에는 나와 비슷한 감정을 느끼며 살아가는 사람들이 많다. 그들과 함께 우울함을 극복하고, 더 나은 삶을 향해 나아갈 수 있다. 우울함은 결코 부끄러운 것이 아니다. 그것은 우리가 인간으로서 느끼는 자연스러운 감정 중 하나일 뿐이다. 중요한 것은 그 감정을 어떻게 다루고, 그 속에서 어떻게 성장할 수 있는가 하는 점이다.

나는 36년의 소방관 생활을 하면서 외상 후 스트레스를 겪는 동료들을 많이 봐 왔다. 이들은 수많은 재난 현장에 출동하여 참혹한 광경을 수없이 목격하게 된다. 다양한 사고 현장에서 구조되거나 목숨을 잃은 분들은 모두 내 가족과 같은 사람들이다. 제아무리 뛰어나고 강심장인 소방관이라도 이런 상황에서 우울감이 오지 않겠는가? 이처럼 우울증을 비롯한 외상 후 스트레스 장애는 무서운 것이다.

이러한 무서운 사고를 극복하기 위해서는 다양한 치료법이 있겠지만, 나는 독서를 생활화하고 매일 글쓰기로 마음 수련을 해야 한다고 생각한다. 그렇게 되면 "외상 후 스트레스 장애가 아닌 외상 후 성장"으로 변화하는 계기가 될 수 있다. 내면적 상처가 부정적으로 새겨지는 것이 아니다. 오히려 그 상처가 성장으로 발전하기 위한 매개물이 되는 것이다.

　세상에서 나만 우울한 것은 아니다. 또 나만이 이 우울함을 이겨내야 하는 것도 아니다. 우리 모두는 서로의 아픔을 이해하고, 위로하며 살아갈 수 있다. 그러니 오늘도 스스로를 탓하지 말기 바란다. 그리고 나와 같은 감정을 느끼는 많은 사람들과 함께 용기를 내기 바란다. 오프라인이 아니더라도 블로그 등 온라인을 통해 서로 위로받고 위로를 주는 것이다. 함께라면, 이 우울함을 극복하고 오히려 성공으로 갈 수 있는 지름길로 만들 수 있을 것이다.

> **필자의 한 문장** 세상에는 나와 비슷한 감정을 느끼며 살아가는 사람들이 많다.
> ....
> 당신의 한 문장은?

06

반복되는 일은 지겹고 지루하다

"무엇을 반복적으로 하느냐가 당신을 정의한다." **– 아리스토텔레스**

❯ 반복적인 행동과 습관이 우리의 정체성과 인생의 방향을 만든다.

우리 모두는 반복의 삶을 살고 있다. 나는 정년퇴직을 하고 늘 집에 있다. 특별한 일이 없으면 책을 읽고 글쓰기를 하기 위해 PC가 있는 책상에 앉아 있는다. 어떤 때는 아내가 뭐라고 한다. "여보! 엉덩이에 땀띠나겠다."라고 말이다. 아내가 출근하고 나면, 책상에 앉아서 하루의 일과를 시작한다. 매일 블로그에 글을 올리고, 인스타그램 · X · 스레드 등 네 가지 SNS를 운영하는 일이 일상이 되었다. 하지만 단 한 번도 지겹거나 지루하다고 느낀 적은 없다. 내가 세운 목표가 분명하고, 그 목표를 향해 조금씩 나아가는 과정이 즐겁기 때문이다.

반복은 일상생활에서뿐만 아니라 학습과 발전의 모든 과정에서 중요한 역할을 한다. 반복의 의미와 그 중요성을 이해하는 것은 성장과 성공을 위해서도 필수적이다.

불꽃 속에서 문학을 피우다

먼저 반복의 의미다. 반복은 어떤 행동이나 작업을 동일하게 여러 번 수행하는 것을 의미한다. 이는 일상적인 행동에서부터 학습, 훈련, 업무 등 다양한 분야에서 나타난다. 반복은 단순한 행동의 반복일 수 있지만, 이를 통해 능숙함을 얻고, 지식과 기술을 체화하게 된다. 반복은 학습 과정의 핵심 요소로, 새로운 정보를 장기 기억으로 전환하고, 기술을 자동화하며, 오류를 수정하고 개선하는 과정을 포함한다.

다음은 반복이 우리 삶에 왜 중요한지에 대해서 알아본다.

첫 번째, 반복은 특정 기술이나 지식을 숙달하는 데 필수적이다. 예를 들어, 악기 연주나 스포츠와 같은 분야에서는 반복적인 연습이 필요하다. 지속적인 연습을 통해 기술을 향상시키고, 자동화된 반응을 개발할 수 있다. 이는 마치 피아니스트가 곡을 반복해서 연주함으로써 손가락의 위치와 움직임을 무의식적으로 조절할 수 있게 되는 것과 같다.

두 번째, 반복은 기억을 강화하는 데 중요한 역할을 한다. 새로운 정보를 반복적으로 학습하면 단기 기억에서 장기 기억으로의 전환이 이루어진다. 예를 들어, 학생들이 시험공부를 할 때 개념과 내용을 반복적으로 복습함으로써 더 오래 기억할 수 있다.

세 번째, 반복은 실수를 발견하고 수정하는 데 큰 역할을 한다. 처음엔 서툴 수 있지만, 반복할수록 시행착오를 줄이고 더 나은 방법을 찾아갈 수 있다. 이는 글쓰기에서도 마찬가지로, 지속적인 수정과 다듬기를 통해 완성도가 높아진다.

네 번째, 반복은 새로운 습관을 만드는 핵심이다. 꾸준한 실천이 습관이 되고, 습관은 삶의 방식을 바꾼다. 운동이나 독서도 반복을 통해 일상이 된다.

다섯 번째, 반복은 인내심과 끈기를 기르게 한다. 지루하고 포기하고 싶은 순간을 넘길 때, 비로소 성과가 따라온다. 인내는 반복이 주는 값진 선물이다.

여섯 번째, 반복은 실질적인 성과로 이어진다. 기술과 지식은 반복을 통해 몸에 익히게 되고, 이는 개인의 성장뿐 아니라 조직의 발전에도 기여한다.

하지만 반복에는 한계가 있다. 지루함과 동기 저하, 창의력 감소가 발생할 수 있다. 이를 극복하려면 몇 가지 전략이 필요하다.

첫 번째, 같은 작업이라도 변화를 주어 지루함을 줄여야 한다. 학습 방법을 바꾸거나 환경을 새롭게 하는 것이 도움이 된다.

두 번째, 반복에는 분명한 목표가 필요하다. 목표는 방향을 잡아주고 동기를 유지시켜 준다.

세 번째, 피드백을 통해 반복의 질을 높일 수 있다. 스스로 돌아보는 것도 중요하지만, 외부의 조언은 더 넓은 시야를 준다.

네 번째, 반복 속에서도 휴식과 균형을 잊지 말아야 한다. 이는 지속 가능한 노력을 가능하게 한다.

반복은 지루할 수 있다. 아니, 분명 지루하다. 그러나 반복은 우리가 더 나은 자신이 되기 위한 통로이다. 반복은 단순한 행위가 아니라, 인격을 다지고 삶의 방향을 만들어가는 과정이다. 이를 잘 활용할 때, 우리는 원하는 삶에 다가설 수 있다.

불꽃 속에서 문학을 피우다

> **필자의 한 문장** 반복을 제대로 이해하고 활용하면 성장과 성공에 큰 도움
> 이 된다.

....

당신의 한 문장은?

07

우리 삶은 틀려도 괜찮다

"가장 큰 실수는 아무것도 시도하지 않는 것이다." – 조지 버나드 쇼

❯ 시도하지 않으면 실패도 없지만 아무것도 이루지 못한다.

우리가 살아가는 삶에는 정답이 없다. 모든 사람이 각기 다른 환경과 경험 속에서 살아가고, 또 각자의 방식으로 삶을 만들어 나가기 때문이다. 어떤 선택이든, 어떤 길을 걷든, 그것은 그 사람만의 고유한 여정인 것이다.

사람들은 종종 사회의 기대나 타인의 시선을 의식하며 살아간다. "이 길이 맞는 걸까?"라는 고민을 하며 정답을 찾으려 한다. 그러나 인생에는 정해진 답이 없다. 중요한 것은 자신이 선택한 길에서 의미를 찾는 것이다. 또 그 길을 걸어가는 과정에서 성장하는 것이다.

삶의 각 단계마다 우리는 여러 갈림길에 서게 된다. 직업 선택, 인간관계, 취미 활동 등 모든 것이 그렇다. 이러한 선택들은 정답이 없는 문제다. 어떤 선택을 하든, 그것은 자신의 삶을 풍요롭게 만드는 하나의 방법

불꽃 속에서 문학을 피우다

일 뿐이다. 예를 들어, 직업을 선택할 때도 마찬가지다. 어떤 사람은 안정적인 직장을, 어떤 사람은 도전적인 창업을 선택할 것이다. 이 둘 중 어느 것이 정답이라고 말할 수 없다. 중요한 것은 자신에게 맞는 선택을 하고, 그 선택을 통해 만족을 얻는 것이다.

또한, 인생의 여정은 각기 다르게 전개된다. 어떤 사람은 빠르게 성공을 이룰 수 있다. 그러나 또 어떤 사람은 느린 걸음으로 천천히 자신의 목표를 향해 나아간다. 이는 잘못된 것이 아니라, 각자의 속도와 방식이 다를 뿐이다. 인생에는 일률적인 답이 존재하지 않는다. 자신의 속도와 방식으로 인생을 살아가는 것이 가장 중요하다.

인생은 하나의 정답을 찾는 수학 문제가 아니다. 다양한 선택지와 수많은 길이 존재한다. 그중 어떤 길을 선택하든 그것은 각자의 삶인 것이다. 때로는 틀린 선택을 할 때도 있다. 그러나 그것은 실패가 아니다. 오히려 배움의 기회인 것이다.

그래서 우리 삶은 틀려도 괜찮다. 틀림은 우리의 삶에서 자연스러운 부분이다. 모든 사람은 실수하고 잘못된 결정을 내리기 마련이다. 중요한 것은 그러한 실수와 잘못을 통해 배우고 성장하는 것이다.

사람들은 종종 완벽해야 한다는 압박을 받는다. 사회는 성공과 성취를 강조하고, 실패를 두려워하게 만든다. 그러나 실패는 학습의 중요한 요소다. 실패를 통해 무엇이 잘못되었는지 이해하게 된다. 또한 그것을 고쳐나갈 수 있는 기회를 얻는다. 이러한 과정을 통해 더욱 강하고 지혜로운 사람이 된다.

틀림을 두려워하지 않는 태도는 창의성을 이끄는 핵심이다. 창의적인 사람들은 늘 새로운 아이디어에 도전하며, 그 과정에서 수많은 실패를 겪는다. 실패는 탐색의 과정이자 창조의 토대가 된다. 실패를 두려워하지 않고 계속해서 도전하는 이들이 있다. 그 결과, 혁신적이고 독창적인 아이디어가 탄생한다. 예를 들어, 토마스 에디슨은 전구를 발명하기 위해 수천 번의 실패를 경험했지만, 그는 실패를 두려워하지 않았다. 오히려 실패를 통해 더 나은 방법을 찾을 수 있었다.

또한, 틀림을 수용하는 것은 우리 자신의 행복과도 밀접한 관련이 있다. 완벽함을 추구하며 자신에게 지나치게 엄격하면, 쉽게 스트레스를 받고 불행해질 수 있다. 반면, 자신이 틀릴 수 있다는 사실을 받아들이는 사람은 더 여유롭고 행복한 삶을 살 수 있다. 우리는 모두 인간이고, 인간은 완벽하지 않다. 따라서 틀릴 권리가 있는 것이다.

틀림은 또한 인간관계에서도 중요한 역할을 한다. 사람들은 실수를 통해 서로를 이해하고, 더 가까워진다. 친구나 가족과의 관계에서 발생하는 갈등과 오해는 결국 해결될 수 있는 문제다. 이러한 과정을 통해 우린 더 깊은 유대감을 형성하게 된다. 서로의 실수를 용서하고 이해하는 것은 관계를 더욱 단단하게 만드는 중요한 요소다.

또한, 아이들에게도 틀림을 두려워하지 않도록 가르치는 것이 중요하다. 아이들은 실수를 통해 배우고 성장한다. 만약 아이들에게 실수를 두려워하게 만든다면 새로운 것을 시도하는 것을 꺼리게 될 것이다. 이는 우리 아이들의 창의성과 자기 계발을 제한하게 하는 것이다. 따라서 아이들에게 실수를 허용하고, 그 실수로부터 배우는 방법을 가르쳐야 한다.

결론적으로, 우리 삶은 틀려도 괜찮다. 틀림은 우리의 성장과 학습의

불꽃 속에서 문학을 피우다

중요한 부분이다. 틀림을 통해 더 나은 사람이 되고, 더 행복한 삶을 살수 있다. 틀림을 두려워하지 않고, 오히려 그것을 받아들이고, 그로부터 배우는 자세가 필요하다. 이는 우리 자신의 행복과 창의성을 위한 길이기도 하다. 틀림을 통해 배우고 성장하는 삶을 살아가지 않겠는가?

필자의 한 문장 우리 삶은 틀려도 괜찮다.

당신의 한 문장은?

08

용서와 이해는 자존감을 살려준다

"나는 3분을 야단치기 위해서 3시간 동안 고민한다."

– 호리바 마사오

❯ 꾸중은 신중해야 하며, 3시간을 투자할 만큼의 열정이 필요하다.

사람은 태어나면서부터 어느 한 조직에 몸을 담게 된다. 가장 먼저 가정 조직에 몸을 담을 것이고 이후 학교 조직을 거쳐 사회 조직의 구성원으로 살아가게 된다. 사회 조직의 대부분은 기업과 공무원 조직이라고 할 수 있겠다.

사람에겐 그 어떤 누구도 예외 없이 어린 시절이 있다. 가정이라는 울타리 안에서는 부모로부터, 학교에 들어가서는 선생님으로부터 통제를 받는다. 아이들에겐 때로는 부모님과 선생님의 따끔한 지적이 필요할 때도 있다. 그러나 지나친 지적과 야단은 아이들의 자존감에 상처를 줄 수가 있다.

그래서 자녀가 잘못을 하거나 실수를 하여 혼을 내고자 할 때에는 신

불꽃 속에서 문학을 피우다

중을 기해야 한다. 어릴 때 자주 혼나고 야단을 많이 들은 아이들은 성인이 되었을 때 변명부터 하려 한다. 또한 본능적으로 실수할까 봐 도전하는 것을 무서워하기도 한다.

나 역시 젊은 시절 지적을 많이 받아 왔다. 가정에서는 지나친 술과 담배 때문에 아내로부터 지적을 많이 받았다. 직장에서는 기획 보고서를 잘 못 쓴다고 상사로부터 지적받은 적이 있었다. 누구나 본인이 잘못했음에도 불구하고 지적받으면 기분 좋을 사람은 없다. 이게 바로 자존감에 상처를 받았다고 생각하기 때문인 것 같다. 무의식적으로 말이다.

지난 2022년 춘천 소방서장으로 근무할 때의 일이다. 소방업무의 특성상 각종 재난 출동이 많다 보니 크고 작은 차량 사고가 끊이지 않는다. 한 조직을 책임지고 있는 기관장으로서 직원 안전사고를 예방해야 할 책임이 있는 것이다. 그래서 수시로 차량 및 직원 안전사고 예방 교육과 훈련을 하였다. 그럼에도 불구하고 사고는 계속 발생하였다. 그것도 불가항력적인 사고가 아니라 대부분 부주의로 인한 사고였다. 속이 엄청 상하였다. 사고 자체보다도, 똑같은 유형의 실수가 반복된다는 것이 문제였다. 나에겐 인내가 답이었다. 정답이 아닐 수도 있겠지만 말이다.

어느 날 야간에 화재 출동 중 부주의로 인한 차량 접촉 사고가 있었다. 다음날 사고 경위를 보고받고 보고자에게 운전한 직원은 다친 데는 없는지 물어보았다. 직원이 다치지는 않았는데 차가 많이 망가졌다고 하였다. 또 인내를 했다.

사고가 난 하루 뒤 직장 내 메신저로 사고를 낸 운전 직원에게 아래와 같이 글을 써서 보냈다.

보낸 사람: 춘천소방서. 주진복

받는 사람: 최재순

보낸 날짜: 2022-01-11 오후 3:26:27

받는 날짜: 2022-01-11 오후 3:26:27

최재순 반장님! 서장 주진복입니다.

현장 출동 중에 교차로에서 접촉사고가 있었다고 들었습니다.

많이 놀랐겠어요. 다친 데는 없죠. 너무 자책하지 마세요.

우리가 생활하다 보면 가정이나 직장에서 조그마한 안전사고의 가능성
은 주변에 늘 도사리고 있습니다. 잘 인식하지 못할 뿐이죠.

최재순 반장님! 출동할 때나 귀서할 때나 조금 마음의 여유를 가지고 운
전을 하면 훨씬 편할 거예요.

앞으로 저를 비롯해서 최 반장님 그리고 춘천 소방 가족 모두가 안전운
전 습관을 한번 길러 보자구요 ㅎㅎ

수고하세요.

사고 낸 직원으로부터 11분 뒤에 답장이 왔다.

불꽃 속에서 문학을 피우다

보낸 사람: 현장대응단. 최재순

받는 사람: 주진복

보낸 날짜: 2022-01-11 오후 3:37:41

받는 날짜: 2022-01-11 오후 3:37:41

서장님 안녕하십니까? 대응단 소방교 최재순입니다.

춘천 소방 서장님으로 취임하신 것 다시 한번 축하드립니다.

먼저 서장님 이하 소방서 직원들에게 심려를 끼쳐 드린 것 같아 마음이
좋지 않은 와중에 위로와 격려의 말씀 주셔서 너무 감사드립니다.

이번 일을 계기로 현장 활동 간에 더욱더 안전에 신경 쓰면서 행동하도
록 하겠습니다.

감사합니다. 안젠!

직장 사회에서 상대를 지적하기 위해서는 자신을 한번 심각하게 돌아봐
야 한다. 내가 상대를 지적하고 또는 조언할 자격이 있는지, 자기는 '바담
풍'하면서 상대에겐 끊임없이 '바람풍' 하기를 원하지는 않는지를 말이다.

잘못하면 "네가 뭔데 나한테 지적질이야. 너나 잘해."라는 반응에 부딪
힐 수가 있다는 것을 알아야 한다. "나는 바담풍이라고 읽어도 너희는 바
람풍이라고 읽어야 한다."라는 속담은 본인은 똑바로 못 하면서 남보고
잘 하라는 태도를 가리키는 것이다.

상대의 잘못에도 따뜻한 포용이 자존감과 조직을 살렸다. 나의 좌우명

인 '해불양수(海不讓水)'가 해답을 주었다. 바다는 어떠한 물도 사양하지 않는다는 뜻으로, 모든 사람을 차별하지 않고 포용해야 함을 이르는 말이다. 실수를 저지른 사람을 질책하지 않고 이해하며 용서하는 것은 그 사람의 자존감을 살려 주는 것이다. 그럼으로써 따뜻하고 건강한 조직문화를 만들어 나갈 수 있다.

> **필자의 한 문장** 상대의 잘못에도 따뜻한 포용이 자존감과 조직을 살린다.
>
> 당신의 한 문장은?

09

오늘 지금 이 순간 최선을 다하자

"오늘 하루를 최선을 다해 살지 않으면, 내일은 절대 오지 않는다."

– 마크 트웨인

❯ 오늘 최선을 다해 살면, 후회 없는 미래가 열린다.

우리가 사는 세상 사람들의 성격과 삶의 방식은 각기 다르다. 부지런한 사람과 게으른 사람, 착한 사람과 나쁜 사람, 잘난 사람과 못난 사람, 부자와 가난한 자 등 아주 다양하다. 이들 모두는 각자 이유가 있어서 본인의 멋에 따라 살아가는 것 같다. "너는 왜 착하게 안 살아, 너는 왜 그렇게 가난해."라고 지적을 할 수가 없다.

짧은 인생길에서 "어떤 삶을 살아가는 것이 내 몸에 가장 잘 어울릴까?"라고 늘 고민을 한다. 나의 맞춤형 삶의 방식을 말하는 것이다. 누구나 한 번쯤은 생각해 볼 수 있을 것 같다.

세 번의 죽을 뻔한 큰 사고를 경험하면서 깨달은 것은, 후회하지 않는 삶을 사는 것이 우리 인생에서 정말 중요하다는 점이었다. 사람이 죽음을 목전에 두었을 때는 좋았던 기억보다는 안 좋았던 기억, 즉 후회들이 물밀 듯이 밀려온다고 한다. 그래서 제대로 죽지 못한다고도 한다. 결론은 살아 있을 때 후회할 짓을 하지 말아야 한다.

후회 없는 삶을 살기 위해서는 어떻게 해야 할까?

첫 번째, 걱정 없이 사는 마음자세가 필요하다. 예를 들어, 남편이 맨날 술 마시고 들어와서 걱정, 아들이 학교에서 1등 못 해서 걱정, 딸이 늦게 귀가해서 걱정 등등, 우리는 수많은 걱정거리를 안고 살아간다. 걱정하기에 앞서 뭔가 방법을 강구해야 할 것이다.

두 번째, 그 어떤 일을 할 때든지 몰입해 보는 것이다. 예를 들어, 아이들이 컴퓨터 게임을 할 때는 죽기 살기로 한다. 네가 죽나 내가 죽나 하면서 말이다. 이때 아이들에게 몰입의 효과가 생기는 것이다. 이런 몰입의 효과를 독서나 공부 쪽으로 유도를 하면 아이들에게 큰 도움이 될 것이다.

세 번째, 도전적으로 한번 살아 보는 것이다. 예를 들어, 현직에 있을 때 몇몇 직장 동료들과 춘천에서 자전거를 타고 서울 노량진까지 가서 회 먹고 오려고 출발을 했던 적이 있었다. 잠실대교 밑까지 갔는데 영동지방에 대형 산불이 발생하여, 전 직원 비상소집이 발령되어 자전거를 버스에 싣고 춘천으로 다시 돌아와 산불 현장으로 지원 나간 적이 있었다. 노량진 회를 못 먹어서 조금 아쉽기는 했지만 말이다. 춘천에서 서울까지 자전거 타고 간다는 게 쉽지는 않았다. 이런 게 도전인 것이다.

네 번째, 타인에게 본인의 감정을 솔직하게 표현하는 것이다. 가슴속에 숨겨 놓지 말고 말이다. 특히 직장 사회에서 보면 더욱더 그렇다. 자기의 속내를 드러내야 소통과 화합이 될 수 있다. 또 자기 자신을 공개해야 책을 쓸 수가 있는 것이다. 아주 중요하다.

다섯 번째, 나의 삶을 사는 것이다. 어쩌면 개인 사업가 외에 모든 직장인들은 대부분 타인에게 끌려가는 삶을 살지 않을까 생각을 한다. 왜? 일한 대가로 봉급을 받다 보니까 사업장에 예속이 된다. 어쩔 수 없이 말이다.

여섯 번째, 가족에게 사랑 표현을 해 보자. 이 또한 가슴속에 숨겨 놓지 말고 꺼내보자. 필자 또한 가족에게 사랑 표현을 잘 못 하는데 산책할 때 아내가 내 손을 잡으면 뿌리치지는 않는다.

일곱 번째, 열정적으로 한번 살아 보자. 이는 인생을 진지하고 활기차게, 주어진 시간을 무의미하게 보내지 말고 목표와 의미를 가지고 살아 보자는 것이다. 모든 일에 긍정 에너지와 애정을 가지고 시작해 보자.

위 7가지 중 하나라도 빼먹지 말고, 내일 · 모레로, 심지어 6개월 뒤, 1년 뒤로 미루지 말자. 미루는 사람은 게으른 사람이고 나쁜 사람이고 못난 사람이다. 내일은 존재하지 않는다고 생각을 하고 삶을 살아야 한다.

우리는 미래를 향한 큰 목표를 세울 수 있다. 하지만 그 목표가 헛된 기대가 될 수도 있다는 사실을 기억해야 한다. 삶의 끝은 예측할 수 없기 때문이다. 1시간 뒤일지, 내일일지, 혹은 더 먼 미래일지 아무도 알 수 없다. 그래서 오늘, 이 순간에 충실한 삶이야말로 가장 본질적인 가치가 된다.

영세한 서민들은 내일이란 게 없다. 왜? 하루하루 먹고살아야 하기 때문이다. 우리 모두는 서민들의 삶을 이해하고, 서민들처럼 하루하루 "최선을 다하며 살자."라는 것이 이 글의 결론이다.

필자의 한 문장 사람은 언제 어디서 어떻게 죽을지 모르기에 최선을 다해 후회 없이 살아야 한다.

당신의 한 문장은?

불꽃 속에서 문학을 피우다

10

삶이란 힘겨운 산이다

"인생은 정상에 도달했을 때가 아니라, 오르는 과정에서 많은 것을 배운다."

－ 버지니아 울프

> ❯ 인생의 진정한 의미와 배움은 목표를 달성하는 순간보다 그 과정에서 찾을 수 있다.

인생은 종종 한 걸음 한 걸음 힘겨운 산을 오르는 여정에 비유된다. 이 산은 우리의 꿈, 목표, 희망을 대표한다. 그 정상에 오르기 위한 여정에서 수많은 장애물과 고난을 만날 것이다. 하지만 바로 이 과정을 통해 우리는 삶의 진정한 의미를 발견하게 된다.

첫 번째, 누구나 삶의 여정에서 항상 예기치 못한 어려움을 만난다. 이러한 어려움은 비단 개인의 문제에 국한되지 않는다. 누군가에게는 직장에서의 갈등, 또 다른 이에게는 가족 문제나 건강상의 고민으로 다가올 수 있다. 이 고난들은 마치 산의 가파른 경사와 같다. 오르기 어려운 순간을 마주하면 지치고 포기하고 싶은 유혹이 다가오지만, 그때도 한 발짝씩 나아가야 한다. 그 과정에서 우리는 자신을 되돌아보며, 진정으로 원하는 것이 무엇인지 깨닫게 된다.

두 번째, 산을 오르는 동안 다양한 풍경을 경험하게 된다. 힘든 순간이 지나고 나면, 성취의 기쁨과 함께 아름다운 풍경을 감상할 수 있는 순간이 찾아온다. 이처럼 삶의 여정에서도 힘든 시기를 지나면 많은 것을 배운다. 고난을 겪으면서 인내와 끈기를 배워가고, 주변의 소중한 사람들과의 관계도 더욱 깊어지게 된다. 이러한 경험들은 우리의 삶을 더욱 풍요롭게 만들어준다.

세 번째, 산을 오르는 과정에서는 함께하는 동반자의 중요성도 간과할 수 없다. 혼자서는 힘든 길도 함께라면 조금 더 수월하게 느껴진다. 친구, 가족, 또는 믿을 수 있는 동료와 함께 목표를 향해 나아갈 때, 서로의 지지를 받으며 힘을 얻는다. 이 과정에서 나의 어려움을 털어놓고, 그들의 조언을 듣는 것은 삶의 질을 높이는 중요한 요소가 된다.

네 번째, 삶의 산을 오르면서 많은 선택을 하게 된다. 어느 길로 가야할지, 언제 멈추고 쉴지를 결정해야 한다. 선택은 언제나 쉽지 않지만, 그 선택의 결과는 우리의 미래를 결정짓는다. 그래서 신중하게 선택하고, 그 선택에 책임을 져야 한다. 실패가 두렵고, 불안한 마음이 들 때도 있지만, 결국 그 선택이 우리의 성장을 이끌어 낼 수 있다.

다섯 번째, 산을 오르는 여정에서는 항상 목표를 잃지 않아야 한다. 목표는 우리의 원동력이자 나침반이다. 힘든 순간에 우리는 목표를 되새기며 다시 일어설 힘을 찾는다. 목표가 뚜렷할수록 흔들리지 않고 나아갈 수 있다.

불꽃 속에서 문학을 피우다

5년 전 뇌출혈 사고로 개두술 후, 살이 다 빠져 팔·다리가 흐물흐물해졌고, 정상 회복이 될까 의문이었다. 회복 운동으로 걷기를 시작했는데, 걷다가 힘이 들어 주저앉았던 적도 있었다. 그렇게 힘든 순간에도 살아야 한다는 집념 하나로 일어나 한 발짝씩 나아갔다. 정상으로 회복할 수 있었던 것은 사랑하는 가족과 직장 동료, 지인들의 힘이 컸다.

죽음의 순간을 맞이하면서, 오히려 앞으로 어떤 삶을 살아야 하는지를 깨닫게 되었다. 그 깨달음은 영혼의 약인 책을 만나고 글쓰기로 자연스럽게 이어졌던 것이다. 그렇게 해서, 2년여 기간 만에 전자책 3권과 종이책 한 권을 출간하는 성과를 거두었다. 향후, 생을 마감하는 날까지 독서와 글쓰기 아니, 더 나아가 책 쓰기로 인생의 산을 계속 오를 것이다.

결론적으로, 삶이란 힘겨운 산이다. 이 산을 오르며 우리는 많은 고난과 시련을 겪는다. 하지만 그 과정 속에서 성장하고 배우며, 소중한 인연을 맺는다. 결국, 힘든 산을 정복한 후의 경치는 그 어떤 것보다 아름답고 값진 경험이 된다. 인생의 산을 함께 오르며, 끊임없이 도전하고 성장해 나가는 것이야말로 진정한 삶이다.

> **필자의 한 문장**　힘든 산을 정복한 후의 경치는 그 어떤 것보다 아름답고 값진 경험이 된다.
>
> 당신의 한 문장은?

11

모두가 가는 길이 언제나 옳지는 않다

"많은 사람들이 가는 길이 진리의 길인 것은 아니다."

– 마르쿠스 아우렐리우스

❯ 다수를 따르기보다는 자신의 생각과 판단을 존중해야 한다.

인생의 길은 무수히 많고, 각자의 선택에는 고유한 의미가 담겨 있다. 다른 사람의 성공적인 길을 따라가려 할 때도 있지만, 그 길이 항상 나에게 맞는 길은 아니다. 그래서 우리는 그 선택에 대해 깊이 고민해야 한다.

첫 번째, 남의 길을 따라가는 것에는 위험성이 있다. 사람들은 사회적 기준이나 타인의 성공을 보고 쉽게 길을 선택한다. 남의 길을 따라가면 자신의 정체성을 잃거나 불만족스러운 삶을 살 위험이 있다. 타인의 기준에 맞추어 살면 결국 삶의 의미를 잃게 된다. 이런 상황에서는 무기력함을 느끼고, 삶을 주체적으로 이끌기 어렵게 된다.

두 번째, 각 개인의 길을 찾아야 한다. 어떻게 자신만의 길을 찾을 수 있을까? 먼저, 자신이 원하는 것과 중시하는 가치를 돌아보는 것이 중요

불꽃 속에서 문학을 피우다

하다. 내면의 목소리에 귀 기울이고 이를 바탕으로 선택해야 한다. 새로운 길을 찾는 과정에서 실패는 피할 수 없다. 그러나 실패는 성장과 배움의 중요한 기회다. 남들이 가지 않는 길을 걷는 것은 두렵고 외로울 수 있지만, 그 경험은 나만의 독특한 이야기를 만들어준다.

세 번째, 다양한 길에는 각각의 가치가 있다. 세상에는 수많은 길이 있으며, 각 길은 그 자체로 의미가 있다. 어떤 사람은 전통적인 길로 성공하고, 어떤 사람은 비주류에서 가능성을 찾는다. 각자의 길은 다르므로 서로 존중하고 이해하는 것이 중요하다. 성공을 하나의 기준으로만 정의하기 쉬운 세상에서, 다양한 성공의 형태를 인정하고 각자의 길에서 의미를 찾아가는 것이 필요하다.

네 번째, 내가 선택한 길의 주인공이 되어야 한다. 자신의 길을 찾는 것은 단순한 선택이 아니다. 이는 삶의 주인공이 되는 과정이다. 내가 선택한 길의 경험과 감정, 도전들이 인생을 풍부하게 한다. 주어진 길을 수동적으로 따르기보다 능동적으로 개척하는 것이 중요하다.

내가 현재 가는 길이 옳은 길인지 고민해 보았다. 36년간의 소방관 경험은 글쓰기와 독서 활동에 큰 자산이 되었다. 인생 후반전에 매년 책 한 권씩 출간하겠다는 목표를 가지고 있었다. 나는 독서와 글쓰기를 통해 나 스스로를 지속적으로 발전시킬 것이다. 또한 SNS와 블로그 활동을 통해 많은 사람들과 소통하며, 경험을 나눌 것이다. 세 번의 죽을 뻔한 경험을 소중한 경험으로 삼아 성찰하고 성장하려는 자세로 나아가고 있다.

모두가 가는 길이 항상 옳지 않다는 것은 중요한 교훈이다. 때로는 남들이 가지 않는 길이 나에게 더 맞고, 그곳에서 더 많은 의미를 찾을 수 있다. 인생은 단 한 번뿐이지만, 나는 네 번째 삶을 살고 있다. 자신의 길을 찾는 것은 소중한 경험이다. 각자의 길을 걷는 사람들을 존중하며 나만의 길을 당당히 걸어가 보자.

필자의 한 문장 인생은 단 한 번 뿐이며, 자신의 길을 찾는 것은 소중한 경험이다.

....

당신의 한 문장은?

불꽃 속에서 문학을 피우다

12

뇌가 고프면 무엇을 해야 하는가

"뇌는 낡는 것이 아니라, 무관심으로 녹슬어간다."　– 찰스 다윈

❯ 뇌의 성장은 끊임없는 호기심과 탐구에서 나온다는 의미다.

몸이 피곤할 때 휴식을 취하고, 배가 고플 때 음식을 먹는다. 그렇다면 뇌가 고플 때는 어떻게 해야 할까? 뇌도 신체의 다른 부위처럼 자극과 영양을 필요로 한다. 그러나 눈에 보이지 않기 때문에 그 필요를 간과하기 쉽다. 뇌가 고프다는 것은 새로운 자극과 학습이 필요한 시점임을 알리는 신호일 수 있다.

그렇다면 뇌가 고플 때 어떻게 해야 할까?

첫 번째, 독서로 뇌를 채워야 한다. 뇌가 고프다는 것은 새로운 정보를 갈망한다는 뜻이다. 이를 채우는 효과적인 방법 중 하나는 독서이다. 독서는 단순히 글을 읽는 것이 아니라, 뇌에 다양한 자극을 주는 활동이다. 새로운 책을 읽으면 새로운 세계와 타인의 경험을 접할 수 있다. 이는 뇌를 자극하고 확장시켜 더 넓은 시각을 갖게 도와준다. 독서는 특정 분야

에 국한되지 않는다. 문학, 과학, 역사, 철학 등 다양한 주제를 읽으면 뇌는 각기 다른 방식으로 자극을 받는다.

두 번째, 새로운 경험으로 뇌를 확장시켜야 한다. 뇌는 새로운 경험을 통해 활발하게 작동한다. 단조로운 일상은 뇌를 지루하게 하고 자극을 잃게 만든다. 이때 새로운 경험으로 뇌에 신선한 자극을 주는 것이 중요하다. 여행이나 새로운 취미 시작만으로도 뇌는 활기를 되찾는다. 새로운 경험은 뇌에 새로운 연결을 만든다. 예를 들어, 여행을 통해 새로운 장소와 문화를 접하면 뇌는 이를 처리하며 기억하고 학습한다.

세 번째, 지식을 쌓고 나눠야 한다. 뇌는 학습을 통해 성장한다. 따라서 새로운 지식을 습득하는 것은 뇌의 굶주림을 채우는 방법이다. 하지만 단순히 배우는 것만으로는 충분하지 않다. 배운 것을 나누고 토론하며 적용할 때 뇌는 더욱 활발해진다. 특히 직장에서 배운 지식을 실생활에 적용하는 것이 좋다. 뇌는 새로운 문제를 해결하고 실생활에 적용할 때 더욱 강력해진다. 배운 내용을 설명하고 가르칠 때 뇌는 정보를 더 깊이 처리한다.

네 번째, 창의적 활동으로 뇌를 자극해야 한다. 그림 그리기나 글쓰기는 뇌를 자극하는 강력한 방법이다. 뇌는 반복 작업보다 새로운 아이디어와 창의적 문제 해결 시 더 활발해진다. 따라서 뇌가 고프면 창의적인 활동을 해보는 것이 좋다. 글쓰기, 그림 그리기, 음악 작곡, 사진 촬영 등도 좋은 자극이 된다. 이러한 활동들은 평소 잘 사용하지 않는 뇌의 영역을 자극하고 창의적 사고를 촉진한다.

다섯 번째, 운동으로 뇌에 에너지를 공급해야 한다. 신체 운동이 뇌에

불꽃 속에서 문학을 피우다

긍정적인 영향을 미친다는 연구가 많다. 운동은 몸을 튼튼하게 할 뿐만 아니라 뇌에 에너지를 공급하고 활성화시킨다. 운동 시 뇌로 가는 혈류가 증가하여 뇌세포의 기능이 향상된다. 운동은 도파민과 세로토닌을 분비해 스트레스를 줄이고 기분을 좋게 한다. 이는 뇌가 더욱 효율적으로 작동하도록 돕는다. 뇌가 피곤하거나 지루할 때는 간단한 산책이나 운동으로 활력을 주는 것이 좋다.

여섯 번째, 명상으로 뇌를 쉬게 해야 한다. 뇌가 고프다는 느낌은 자극 부족뿐 아니라 과도한 정보 처리로 인한 피로일 수 있다. 이럴 때는 뇌를 잠시 쉬게 하는 것이 필요하다. 명상이나 호흡법으로 뇌를 비우고 평온한 상태로 만드는 것이 좋은 해결책이다.

정년퇴직 3개월을 앞두고 나의 뇌가 고픈 이유에 대해 고민해 보았다.

첫 번째, 전환기적 갈망이다. 정년퇴직이 다가오면서 새로운 삶에 대한 불안감과 기대감이 내게 혼재하였다. 새로운 정체성을 찾고자 하는 욕구가 생겼고, 이 때문에 뇌의 자극이 필요하였다. 인생 후반전을 시작하며 매년 책을 출간해 독자들과 소통할 계획이다.

두 번째, 지식과 경험의 공유이다. 소방관으로서 36년의 경험을 정리해 다른 사람들과 나누고 있다. 나의 이야기를 글로 풀어내며 타인의 경험을 이해하고, 이를 통해 교훈을 얻고 있다.

세 번째, 정신적 자극과 창의성이다. 글쓰기는 나에게 뇌를 자극하고 창의성을 발휘할 수 있는 중요한 수단이다. 나만의 이야기를 쓰는 과정에서 창의적 사고가 활성화된다. 글쓰기가 과거 경험과 감정을 되짚고 비판적으로 바라보는 데 도움이 되고 있다. 이는 개인적 성찰과 감정의 치유에도 기여한다.

네 번째, 사회적 연결과 공감이다. 책을 통해 독자와의 연결을 강화하고 그들의 삶과 경험을 이해하고 싶었다. 이는 나 자신뿐 아니라 타인에게도 유익한 경험이 되고 있다. 독서와 글쓰기를 통해 커뮤니티에 참여하고 서로 지지하며 이야기를 나누고 있다.

다섯 번째, 정신적 여유와 힐링이다. 글쓰기는 생각과 감정을 정리해 더 나은 방향으로 나아가는 힐링 과정이 되었다. 당시 정년퇴직을 앞두고 있던 나는 새로운 시작을 준비하며 다양한 방법으로 나의 뇌를 자극하였다.

뇌가 고프다는 것은 새로운 자극과 학습을 필요로 한다는 신호이다. 독서, 새로운 경험, 창의적 활동, 운동, 명상 등으로 뇌에 영양을 공급할 수 있다. 우리의 뇌도 신체처럼 지속적인 관리와 자극이 필요하다. 뇌가 고플 때 적절한 방법으로 채워주면, 더 건강하고 창의적인 삶을 살 수 있다.

필자의 한 문장 뇌가 고프다는 것은 새로운 자극과 학습을 필요로 한다는 신호이다.

....

당신의 한 문장은?

불꽃 속에서 문학을 피우다

4장

네 걸음,
경험을 지혜로
바꿔라

나는 시간의 흐름을 모르고 살아왔다.

지금으로부터 3년 전인 58세에 나는

지나온 세월을 돌이켜보게 되었다.

나는 오롯이 국가와 국민을 위해 36년 동안

묵묵히 소방관의 삶을 살아왔다.

가족의 삶은 뒷전이었고, 직장 일에만 묻혀 살았다.

세월은 그렇게 흘러 이제 인생 전반전이 끝나고

정년퇴직을 맞이했다. 가족에게 못다 했던

지난 시간들은 되돌릴 수 없는 것이다.

시간이 흘러도 변하지 않는 것은,

그동안 쌓아온 경험과 그로 인해 얻은 지혜일 것이다.

우리는 시간 속에서 변화하고 성장하며

자신만의 길을 찾아가야 한다.

01

모든 것은 시간처럼 흘러간다

"시간을 지배할 줄 아는 사람은 인생을 지배할 줄 아는 사람이다."

– 아르투어 쇼펜하우어

❯ 주어진 시간을 가치 있게 사용하는 것은 성공적인 삶의 열쇠이다.

시간은 우리에게 가장 익숙하지만, 동시에 가장 이해하기 어려운 개념이다. 매일 시계를 보고, 일정을 조정하며 시간을 관리하려 애쓰지만, 시간의 본질을 묻는다면 그 답을 쉽게 찾기 어렵다. 확실한 것은 시간이 멈추지 않고 끊임없이 흐르며, 우리의 삶을 끊임없이 변화시킨다는 것이다.

본 글에서는 시간의 흐름이 우리 삶에 어떤 영향을 미치는지, 우리가 그 속에서 어떻게 살아가야 하는지에 대해 생각해 보고자 한다.

첫 번째, 사람들은 시간 속에서 끊임없이 변해간다. 몸은 세월에 따라 자연스레 늙어가고, 마음은 경험과 배움을 통해 깊어간다. 오늘의 나는 어제와 다르고, 내일의 나는 또 다른 모습으로 살아가게 된다. 이러한 변화는 피할 수 없는 자연의 법칙이다.

두 번째, 시간은 모든 것을 변화시킨다. 과거에 중요한 것으로 여겼던 것들이 시간이 흐르면서 무의미해지기도 한다. 반대로 사소했던 것들이 나중에 커다란 의미를 가지게 되기도 한다. 예를 들어, 어린 시절의 소중한 추억들은 시간이 지나면서 희미해진다. 때로는 시간이 지나며 더 값지게 느껴지기도 하고, 현재의 고통이나 어려움이 서서히 아물거나 여전히 남아 있기도 한다. 이러한 변화를 받아들이며, 시간의 흐름 속에 자신을 유연하게 맞춰가는 태도가 중요하다.

세 번째, 시간은 우리의 감정에도 큰 영향을 미친다. 깊은 슬픔이나 기쁨도 시간이 지나면 그 강도가 변하게 된다. 누군가와의 이별로 인한 아픔도, 시간이 흐르면서 서서히 치유될 수 있다. 반대로, 지금 너무나도 행복한 순간도 시간이 지나면 자연스럽게 평범한 추억이 된다. 이처럼, 시간은 감정을 중화시키고, 새로운 시각으로 삶을 바라보게 만든다. 이 과정에서 감정에 대한 통찰을 얻고, 더 성숙해진다. 때로는 시간이 모든 것을 해결해 준다는 말이 위안이 되기도 한다. 시간이 지나면서 더 강해지고, 더 지혜로워진다.

네 번째, 시간이 흘러가는 동안 수많은 선택을 하게 된다. 그 선택들은 우리의 삶의 방향을 결정짓는다. 중요한 것은, 한 번 내린 선택은 되돌릴 수 없다는 점이다. 시간은 결코 뒤로 흐르지 않기 때문이다. 그래서 우리는 매 순간 신중하게 선택해야 한다. 하지만 모든 선택이 완벽할 수는 없다. 때로는 후회하거나 실수할 수 있다. 중요한 것은 잘못된 선택이 있었다 해도 시간을 되돌릴 수 없다는 점이다. 그러나 앞으로 나아갈 수 있다는 가능성이 있다. 시간이 흐르며 실수를 통해 배우고, 점점 더 나은 선택을 할 수 있게 된다. 그 과정 속에서 우리는 성장하고, 더욱 강해진다.

다섯 번째, 시간의 흐름 속에서 삶의 의미를 찾는다. 인생의 각 단계에서 우리는 서로 다른 목표와 가치를 추구하게 된다. 어린 시절에는 놀이와 학습이 중요했다면, 성인이 되어서는 일과 가정이 중요한 의미를 가진다. 나이가 들수록 건강과 평온한 삶이 중요한 가치로 떠오른다. 시간은 이러한 삶의 의미를 끊임없이 재정립하게 만든다. 어떤 목표를 이루고 나면, 우리는 새로운 목표를 세우고, 그를 향해 나아간다. 이러한 과정이 반복되면서 더 깊은 삶의 의미를 깨닫게 된다. 시간이 흐를수록 우리는 인생의 진정한 가치를 깨닫고, 그것을 추구하며 사는 것이 중요하다는 것을 알게 된다.

나는 시간의 흐름을 모르고 살아왔다. 지금으로부터 3년 전인 58세에 지나온 세월을 돌이켜보게 되었던 것이다. 유년 시절과 학창 시절 때는 가난을 벗어나지 못하던 시기였다. 할아버지 때부터 아버지까지 가난이 대물림 되어왔던 것이다. 가난의 힘든 시기를 겪으며 제복을 입고 어깨에 계급장을 단 소방관이 되었다.

이후, 나는 오롯이 국가와 국민을 위해 36년 동안 묵묵히 소방관의 삶을 살아왔다. 가족의 삶은 뒷전이었고, 밤·낮 가리지 않고 직장 일에만 묻혀 살았다. 집은 하숙집이나 다름없었고, 하나밖에 없는 아들의 성장하는 모습을 지켜보지 못했다. 아들의 케어는 오로지 아내의 몫이었으며, 그래도 잘 성장해 주어 아내와 아들에게 고맙고 미안했다.

세월은 그렇게 흘러 이제 인생 전반전이 끝나고 정년퇴직을 맞이했다. 가족에게 못다 했던 지난 시간들은 되돌릴 수 없는 것이다. 반성도 해 보고 후회도 해 보지만 소용이 없는 것이다. 앞으로 남은 후반전의 삶은 가족과 나 자신에게 더 충실해야겠다는 각오를 해 본다. 그러기 위해서 오늘 지금 이 순간, 최선을 다하는 삶을 이어가고 있다.

시간은 멈추지 않고 흘러가며, 그 흐름 속에서 끊임없이 변화하고 성장한다. 시간은 때로는 우리의 상처를 치유해 주고, 때로는 우리의 선택을 돌아보게 만든다. 또한, 시간은 우리가 삶의 의미를 찾아가는 여정에서 중요한 역할을 한다. 우리가 할 수 있는 것은 이 시간의 흐름을 받아들이고, 그 속에서 최선을 다해 살아가는 것이다.

매 순간을 소중히 여기되, 지나간 과거에 머물지 말아야 한다. 다가올 미래를 두려워하지 않고 마주할 때, 비로소 삶은 앞으로 나아간다. 시간이 흘러도 변하지 않는 것은 경험에서 얻은 지혜이다. 그 지혜를 바탕으로 변화하고 성장하며, 자신만의 길을 걸어가야 한다.

필자의 한 문장 시간은 멈추지 않으며, 그 흐름 속에서 변화하고 성장해야 한다.

··

당신의 한 문장은?

불꽃 속에서 문학을 피우다

02

피할 수 없는 것들을 사랑하자

밀란 쿤데라는 그의 소설 『참을 수 없는 존재의 가벼움』에서, 사랑과 이념, 죽음의 삼중주를 통해 인간의 삶을 탐구하며, 사랑이 인간의 가장 순수한 감정에서 비롯된다고 언급한다.

❯ 이는 피할 수 없는 것을 사랑하는 마음가짐을 반영한다.

인생은 예기치 못한 도전과 불확실성으로 가득 차 있다. 종종 이런 것들을 피하려 하지만, 우리는 그것들을 피하지 못하고, 그로 인해 고통을 겪는다. 그러나 진정으로 성숙해지기 위해서는 피할 수 없는 것들을 사랑해야 한다.

왜 피할 수 없는 것들을 사랑해야 하는지 살펴보겠다.

첫 번째, 피할 수 없는 것들이 있다. 우리가 살면서 직면하는 많은 것들은 피할 수 없는 것들이다. 이는 삶의 본질적인 부분으로, 예를 들어 고통, 실패, 상실, 불확실성 등이 있다. 이러한 것들은 우리의 삶에서 불가피하게 나타난다. 이를 피하려고 애쓰는 것은 때로는 우리 삶에 더 큰 스트레스와 고통을 초래할 수 있다.

두 번째, 피할 수 없는 것을 사랑해야 한다. 고통이나 어려움을 사랑한다는 것은 그 자체를 긍정하는 것이 아니다. 그로부터 배우고 성장하는 자세를 가지라는 것이다. 예를 들어, 실패를 두려워하기보다는 실패를 통해 얻는 교훈을 사랑하는 것이다. 실패는 우리가 원하는 목표에 도달하기 위한 과정의 일부일 뿐이다. 이를 통해 더 강해지고, 더 지혜로워지며, 성공에 가까워질 수 있다.

세 번째, 자신을 돌아봐야 한다. 피할 수 없는 것들을 사랑하려면 먼저 자신을 돌아봐야 한다. 자신의 감정과 반응을 깊이 이해하고, 이러한 감정이 왜 일어나는지 고민하는 것이 필요하다. 고통이나 불안이 발생할 때, 이를 단순히 피하거나 무시해서는 안 된다. 그 원인과 그로 인해 자신이 어떻게 변화하는지를 성찰해야 한다. 자신을 돌아보는 과정은 어려울 수 있지만, 그로 인해 자신에 대한 깊은 이해를 얻을 수 있다. 이러한 이해는 피할 수 없는 것들을 더 잘 받아들이고, 더 성숙한 시각으로 대할 수 있게 해준다.

네 번째, 놓아 주어야 한다. 피할 수 없는 것들을 사랑하는 과정에서 중요한 또 다른 요소는 '놓아주는 것'이다. 감정적으로 붙잡고 있는 것은 우리가 앞으로 나아가는 데 장애가 될 수 있다. 놓아준다는 것은 그 상황에 대해 감정적으로 집착하지 않고, 그로부터 자유로워지는 것을 의미한다. 예를 들어, 상실은 슬픔과 고통을 동반하지만, 그 감정을 계속 붙잡고 있으면 아픔은 계속된다. 상실을 받아들이고, 그로부터 벗어나 새로운 삶을 살아가는 것이 중요하다.

나에게 피할 수 없는 것들이 뭐가 있었는지 회고해 보았다.

첫 번째는, 초등학교 6학년 시절, 2살 연하 4학년인 여동생을 잃은 일이었다. 그 당시, 오촌 아저씨와 형을 따라 연탄을 사러 갔었다. 연탄을 실은 리어카가 집 앞 통나무 다리를 건너오다가 다리 한쪽이 부러졌고, 여동생은 연탄에 깔려 죽고 말았다. 당시 내가 할 수 있는 게 아무것도 없었다. 여동생은 엄마의 품에 안겨 "엄마 나 아파!" 한마디 하고 하늘나라로 긴 여행을 갔다.

두 번째는, 엄마·아버지가 돌아가셨을 때의 일이다. 두 분 모두 질병으로 인해 많이 살지 못하고 하늘나라로 가셨다. 죽음의 문 앞에서는 누구도 죽음을 거절할 수 없다는 것을 알았다.

세 번째는, 세 차례에 걸친 나의 큰 사고 경험이다. 내면의 신이 아직 때가 아니라고 말하듯, 매번 삶의 티켓을 다시 내어주었다. 그 슬픔과 위기를 온전히 받아들이며, 나는 가족과 주변 사람들을 더 깊이 사랑하게 되었다.

이를 통해 삶이 유한하다는 사실을 절실히 깨달았고, 세 번의 죽음을 마주하며 내일은 보장되지 않는다는 생각이 들었다. 언제, 어디서, 어떻게 생을 마감할지 알 수 없기에, 지금 이 순간에 충실한 삶을 살아가고 있다.

피할 수 없는 것들이 삶을 더 깊이 있게 만든다. 이를 사랑하는 것은 단순히 고통을 감내하는 것이 아니다. 그로부터 배우고 성장하는 과정을 의미한다. 자신을 돌아보고, 감정을 이해하며, 놓아주는 것이 중요하다. 결국, 피할 수 없는 것들을 사랑하는 것은 인생의 진정한 의미를 발견하는 길이다. 이는 우리가 진정으로 원하는 삶을 살아가는 데 중요한 열쇠가 될 것이다.

> **필자의 한 문장** 피할 수 없는 것들이 삶을 더 깊이 있게 만든다.
>
> 당신의 한 문장은?

불꽃 속에서 문학을 피우다

03

죽음을 상상해 본 적이 있는가

"죽음은 삶의 반대가 아니라 삶의 일부이다."　　　－ 무라카미 하루키

❯ **죽음을 삶의 끝이 아니라 자연스러운 과정으로 이해하라는 것이다.**

삶과 죽음은 누구에게나 주어진 필연적인 순환이다. 죽음의 순간을 생각해 보면 삶의 진정한 의미와 가치를 더 깊이 이해하게 된다. 그렇다면 죽음을 맞이하는 순간을 상상해 보는 것이 왜 중요한가? 그것은 우리가 어떻게 살아야 하는지에 대한 깊은 통찰을 제공하기 때문이다. 죽음 앞에서는 모든 것이 명료해진다.

살아오며 쌓아온 부나 명예, 권력은 결국 중요하지 않게 된다. 끝내 남는 것은 우리가 사랑했던 사람들과 나눴던 진실한 순간들이다. 그렇기에 삶의 매 순간을 소중히 여기고, 인간관계에서는 진정성과 사랑을 가장 앞에 두어야 한다.

나는 죽음을 상상해 본 것뿐만 아니라, 실제로 죽음과 가까운 사고 경험을 세 번 하였다. 블로그 글에서 여러 번 밝힌 바 있으며, 인생 책인 수

필집도 죽음을 바탕으로 글이 채워졌다. 우리 일상생활 속에서 각종 사고는 누구나 겪을 수가 있다. 작고 큰, 정도의 차이만 있을 뿐이다.

이러한 사고로 인하여 삶과 죽음의 기로에서 어느 쪽을 선택할 것인지는 '내면의 신'만이 알 수 있다는 걸 알게 되었다. 감사하게도 내면의 신은 나에게 네 번째 삶의 티켓을 주었다. 나는 세 번의 죽음의 순간을 경험하면서 어떻게 살아야 하고, 어떤 삶으로 생을 마감해야 하는지 알았다. 그 이유는 지금 이 순간, 글을 쓰고 있는 것으로 설명이 될 것 같다.

죽음을 생각하면 현재의 삶을 어떻게 살아가야 할지에 대한 방향을 명확히 할 수 있다.

첫 번째로, 시간을 소중히 여겨야 한다. 인생은 유한하며, 우리에게 주어진 시간은 한정되어 있다. 따라서 매 순간을 소중히 여기고, 지금 이 순간에 최선을 다해야 한다. '나중에'라는 말로 미루지 말고, 지금 하고 싶은 일, 사랑하는 사람들과 보내는 시간을 중요하게 생각해야 한다.

두 번째로, 후회 없는 삶을 살아야 한다. 죽음을 맞이하는 순간, 우리 삶을 돌아보게 된다. 그때 후회가 남지 않도록 살아가는 것이 중요하다. 자신이 진정으로 원하는 것을 추구하고, 두려움에 굴하지 않으며, 실패를 두려워하지 말아야 한다. 모든 경험은 우리를 성장하게 하며, 후회 없는 삶을 위한 중요한 자산이 된다.

세 번째로, 다른 사람에게 선한 영향을 미치는 삶을 살아야 한다. 죽음을 앞두고 우리가 남길 수 있는 가장 큰 유산은 바로 다른 사람들에게 긍정적인 영향을 미친 기억이다. 친절하고 배려심 있는 행동, 타인에게 도움이 되는 일, 사회에 기여하는 삶 등이 그것이다. 이러한 삶은 우리의

불꽃 속에서 문학을 피우다

죽음 이후에도 오랫동안 기억되며, 세상에 긍정적인 변화를 가져올 수 있다.

네 번째로, 자기 자신을 사랑하고 돌봐야 한다. 종종 다른 사람을 돌보느라 정작 자기 자신을 돌보는 것을 잊곤 한다. 그러나 자신을 사랑하고 돌보는 것이야말로 진정한 행복의 시작이다. 자신의 건강을 챙기고, 마음의 평화를 찾고, 스스로에게 친절하게 대하는 법을 배워야 한다. 그래야만 더 큰 여유와 사랑을 가지고 다른 사람들에게 다가갈 수 있다.

다섯 번째로, 삶의 의미를 찾는 것이 중요한다. 모두 각자 다른 삶의 목적과 의미를 가지고 있다. 어떤 이는 가족과의 행복을, 어떤 이는 직장에서의 성취를, 또 다른 이는 사회적 기여를 삶의 의미로 여긴다. 중요한 것은 자신만의 삶의 의미를 찾고, 그것을 추구하는 것이다. 삶의 의미를 찾는 과정은 우리의 존재를 더욱 가치 있게 만들고, 삶의 모든 순간을 더욱 충만하게 한다.

죽음을 맞이하는 순간을 상상해 보는 것은 우리가 어떻게 살아야 할지를 가늠하는 데 큰 도움이 된다. 그것은 우리의 삶을 더욱 풍요롭고 의미 있게 만들어준다. 죽음은 두려운 것이 아니라, 우리가 살아갈 방향을 제시하는 중요한 이정표다. 삶의 매 순간을 소중히 여기며, 진정한 행복과 평화를 찾아가는 여정을 지속해간다면… 우리는 죽음이라는 궁극적인 목적지에 도달할 때까지 더 나은 사람이 되어갈 수 있다.

필자의 한 문장 죽음은 두려움이 아니라 삶의 방향을 제시하는 이정표다.

당신의 한 문장은?

불꽃 속에서 문학을 피우다

04

새로운 것을 채우려면 비워야 한다

"과거를 놓지 않으면, 미래를 채울 공간이 없다."   – 앤디 윌리엄스

❯ 과거에 대한 집착을 버려야만, 미래의 변화와 시작을 맞이할 수 있다.

   우리가 새로운 것을 채우기 위해서는 먼저 비워야 한다. 몸에 좋은 것을 먹기 위해서는 우선 몸에 쌓인 독을 제거해야 하듯이 말이다. 오래되고 낡고 부패한 것은 비워내야 새롭고 좋은 것을 채울 수 있다. 내 마음의 안정을 찾기 위해서는 마음속에 가득한 불안감과 부정적 감정을 떨쳐내야 한다.

   법정 스님의 『버리고 떠나기』 중에 이런 구절이 있다. "버리고 비우는 일은 결코 소극적인 삶이 아니라 지혜로운 삶의 선택이다. 버리고 비우지 않고는 새것이 들어설 수 없다. 공간이나 여백은 그저 비어있는 것이 아니라 그 공간과 여백이 본질과 실상을 떠받쳐주고 있다."

   인생은 비움과 채움, 채움과 비움의 반복이다. 대부분의 사람들은 무엇인가 가득가득 채우려고만 한다. 지식도, 명예도, 재산도 채우고 채우

려고만 하다 보니 불협화음이 생기는 것이다. 나의 이익을 위해서는 남을 속여야 하고 짓밟아야 하며 무너뜨려야 할 때가 있다. 이것을 사회악이라고도 한다. 누구를 탓하기 전에 나를 돌아봐야 할 시간과 시점이 필요한 것이다. 끊임없이 채우려고 할 때엔 불안감과 초조함, 긴장감이 따르게 마련이다. 정신적인 안정을 찾기가 어렵다.

그래서 비움의 과정이 필요한 것이다.

먼저, 물리적인 공간을 생각해 보겠다. 우리의 집이나 주변 공간은 시간이 지남에 따라 물건들로 가득 차기 쉽다. 새로운 물건을 얻고 싶다면 먼저 오래된 물건을 정리하고 비워야 한다. 예를 들어, 옷장을 정리할 때 입지 않는 옷을 기부하거나 버림으로써 새로운 옷을 위한 공간을 만들 수 있다. 이 과정에서 어떤 물건이 정말로 필요한지 그에 대한 가치를 다시 생각해 볼 수 있다.

이러한 비움의 과정은 정신적인 측면에서도 마찬가지이다. 우리는 일상에서 끊임없는 정보의 홍수 속에 살고 있다. 소셜 미디어, 뉴스, 광고 등 많은 정보가 우리의 주의를 끈다. 그러나 과도한 정보는 집중력을 떨어뜨리고 스트레스를 증가시킨다. 따라서 마음을 비우는 것이 필요하다. 명상, 독서, 글쓰기 등은 정신을 맑게 하고 마음을 정리하는 데 도움을 준다. 이를 통해 중요한 것에 집중할 수 있게 된다.

또한, 감정적인 측면에서도 비움은 필수적이다. 우리는 살면서 다양한 감정을 경험한다. 기쁨, 슬픔, 분노, 불안 등 감정들은 때로 우리를 압도할 수 있다. 특히 부정적인 감정들은 마음속에 쌓이기 쉽다. 이런 감정들을 억누르고 무시하기보다는, 그것들을 인정하고 표현함으로써 마음을

불꽃 속에서 문학을 피우다

비워야 한다. 가족과 대화를 나누거나 일기를 쓰는 것도 좋은 방법이다. 이렇게 감정을 비움으로써 더욱 건강한 감정 상태를 유지할 수 있다.

비움의 중요성은 인간관계에서도 적용된다. 새로운 사람을 만나고 관계를 형성하기 위해 기존의 관계를 정리하거나 다시 생각해 볼 필요가 있다. 모든 인간관계가 항상 긍정적인 것은 아니다. 때로는 우리에게 부정적인 영향을 미치는 사람들과의 관계를 정리하는 것이 필요하다. 이를 통해 더욱 건강하고 긍정적인 관계를 형성할 수 있는 공간을 만들 수 있다.

마지막으로, 비움은 자기 성장과 발전에 있어서도 중요한 역할을 한다. 새로운 기술이나 지식을 배우기 위해서는 먼저 기존의 고정관념이나 편견을 버려야 한다. 열린 마음을 가지고 새로운 것을 받아들일 준비를 하는 것이 필요하다.

그래서 SNS를 성장시켜야 한다. 이를 키우지 않으면 단순 노동자로 전락할 수밖에 없다. 즉, AI(인공지능)의 노예가 되어서는 안 된다.

결론적으로, 채우려면 비워야 한다는 말은 우리 삶의 모든 측면에서 중요한 원칙이다. 물리적인 공간을 비우고, 정신을 정리하고, 감정을 표현하며, 인간관계를 재평가해야 한다. 새로운 지식을 받아들이기 위해서 끊임없이 비움의 과정을 거쳐야 한다. 그럼으로써 비움과 채움의 조화로운 삶 속에서 행복한 삶의 완성을 위해 지혜를 모아야 한다. 이를 통해 더 가치 있고 의미 있는 삶을 살아갈 수 있게 된다.

> **필자의 한 문장** 채우려면 비워야 한다는 말은 우리 삶의 모든 측면에서 중
> 요한 원칙이다.
> ....
> 당신의 한 문장은?

불꽃 속에서 문학을 피우다

05

삶이 바뀌는 유일한 순간이 있다

"삶은 죽음이 되기 위하여 태어난다."   – 소크라테스

> ❯ 모든 생명은 죽음을 향하니, 삶의 유한함 속에서 의미를 찾으라는 말
> 이다.

통계청 발표에 의하면 2023년 우리나라 사망자 수는 35만 2,500명이
다. 하루에 죽는 사람이 약 970명 정도 된다고 한다. 각자 사연을 가지고
죽음을 맞이할 것이다. 또 "나는 언제 죽을 거야."라고 죽음을 준비하는
사람도 없을 것이다.

그러나 언제 어디서 어떻게 죽을지 모르기 때문에 죽음을 준비해야 하
는 것이다. 그래서 사전 유언장 작성이 필요한 것이기도 하고 말이다. 나
는 이전에 죽음과 관련된 2개의 글을 쓴 적이 있다.

당신은 삶이 바뀌는 유일한 순간이 언제라고 생각하는가? 그건 바로
우리가 모두 죽는다는 것을 알아차렸을 때가 아닌가 생각을 해 본다. 이
순간은 우리에게 삶의 본질을 깨닫게 하며, 우리의 가치관과 우선순위를

재정립하게 만든다. 어느 날 문득, 삶의 유한함을 깊이 인식하게 된다. 이 깨달음은 우리가 더 이상 무한한 시간을 가지고 있는 것이 아니라는 것이다. 매일 아침을 당연하게 여기던 우리는 갑자기 하루하루가 소중하게 느껴진다. 이때부터 인생을 대하는 태도가 달라지기 시작한다.

죽음을 인식하는 순간, 많은 사람들은 그동안 미뤄왔던 일들을 실행에 옮기기 시작한다. 사랑하는 사람에게 사랑 표현을 하고, 오랫동안 꿈꿔왔던 여행을 떠나며, 오래된 친구와 연락을 취하기도 한다. 죽음 앞에서 진정으로 중요한 것이 무엇인지 깨닫게 되는 것이다.

또한, 더 이상 남의 시선을 의식하며 살아가지 않게 된다. 남들이 우리를 어떻게 생각하든 그것이 우리의 삶에 큰 영향을 미치지 않음을 알게 된다. 이로 인해 더 자신감 있고, 자유롭게 자신의 삶을 살아가게 된다.

죽음을 깨닫는 순간은 두려움과 슬픔을 동반하기도 한다. 그러나 이 감정들은 우리가 인생을 더 깊이 이해하고, 더 풍요롭게 만드는 계기가 된다는 것을 알아야 한다. 죽음은 끝이 아니라 새로운 시작을 의미하기도 한다. 우리의 영혼이 새로운 여정을 시작하는 순간이기도 한 것이다. 결국, 모두 죽음을 맞이하게 된다는 것이다.

죽음을 깨달을 때, 비로소 진정한 삶을 살게 된다. 시간은 제한적이기에, 매 순간을 소중히 여기고 최선을 다해야 한다. 그 순간부터 삶은 더욱 의미 있고 가치 있게 변한다.

이 깨달음은 우리가 어떤 삶을 살아가야 하는지에 대해 깊은 통찰을 준다.

첫 번째, 매 순간을 소중히 여겨야 한다. 유한한 시간 속에서 매일의 작은 순간들이 모여 우리의 인생을 이룬다는 것을 눈치채야 한다. 오늘을 살아가는 태도가 내일의 삶을 결정짓는다. 지금 이 순간에 집중하고, 매 순간을 의미 있게 만드는 것이 중요하다.

두 번째, 진정으로 가치 있는 것에 집중해야 한다. 물질적 성공이나 지위보다 중요한 것은 사랑하는 사람들과의 관계이며, 자신이 진심으로 원하는 삶을 살아가는 일이다. 함께 시간을 나누고, 소중한 기억을 쌓아가는 것이야말로 삶을 진정으로 풍요롭게 만든다.

세 번째, 두려움 없이 도전해야 한다. 죽음을 인식하는 순간, 실패에 대한 두려움이 사라진다. 더 용감하게 꿈을 추구하고, 새로운 것에 도전할 수 있어야 한다. 인생은 한 번뿐이기에, 하고 싶은 일을 마음껏 시도하며 살아야 한다.

네 번째, 감사하는 마음을 가져야 한다. 삶의 끝을 깨닫는 순간, 지금 누리고 있는 것들에 대한 감사함이 커진다는 것이다. 작은 것들에도 감사하는 마음을 가지면, 매일의 삶이 더 행복해진다.

다섯 번째, 남을 돕고 나누는 삶을 살아야 한다. 자신의 유한함을 깨달으면, 다른 사람들과의 연결이 얼마나 중요한지 알게 된다. 우리가 남긴 좋은 영향과 따뜻한 마음이 우리를 기억하게 만든다.

결론적으로, 죽음을 깨닫는 순간, 진정한 삶의 의미를 발견하게 된다. 나는 세 번의 죽을 뻔한 큰 사고를 경험하고 엔딩 노트를 작성하여 수정해 나가고 있다. 연탄가스 중독 사고와 빗길 차량 20m 계곡 추락 사고, 뇌출혈 사고를 겪었다. 그래서 앞으로 어떤 삶을 살아야 하는지를 깨닫게 되었다. 필자의 이 깨달음의 메시지를 독자 여러분께 전하고자 한다. 나이 한 살이라도 더 젊었을 때 죽음에 대해서 한번 생각해 보라고 말이다.

매 순간을 소중히 여기며, 진정으로 중요한 것에 집중해야 한다. 또 두려움 없이 도전하며, 감사하는 마음으로, 나누는 삶을 실천하며 살아야 한다. 이 모든 것이 우리가 죽음을 인식한 후에 살아야 할 삶의 방식이라는 것을 잊어서는 안 된다.

필자의 한 문장 **삶이 바뀌는 유일한 순간은 죽음을 깨달을 때이다.**

당신의 한 문장은?

불꽃 속에서 문학을 피우다

06

죽음을 준비하는 엔딩 노트를 쓰자

"죽음은 끝이 아니라 또 다른 시작이다." — 앤드류 스틸스

❯ 죽음을 삶의 일부로 받아들이며, 현재를 소중히 여기라는 교훈이다.

유언장을 쓰려니 조금 숙연해진다. 유언장은 임종 노트, 죽음의 노트, 엔딩 노트 등으로 불린다. 이유가 있나? 특별한 의미는 없다. 지난 삶을 돌아보면 열심히 살았지만 아쉬운 부분도 있다. 그래서 앞으로는 좀 더 의미 있고 후회 없는 삶을 위해 유언장을 쓰고 생을 마감하는 날까지 고쳐나가 보려고 한다. 유언장의 주요 내용은 나의 삶에서 가장 행복했던 기억, 가장 슬펐던 기억, 가장 후회되었던 기억, 주변 사람들에게 또 어떤 모습으로 기억되고 싶은지, 마지막으로 아내와 아들에게 전하는 말 순으로… "남은 후반전 삶의 소중한 가치를 위해 나만의 유언장"을 써 보겠다.

가족, 나를 사랑하는 사람들, 내가 사랑한 모든 사람들에게

나는 살면서 가 볼 뻔했고 가 보지 못했던 곳으로 긴 여행을 떠나려고 한다. 이전의 여행들과는 달리 아마 이 여행에서는 다시는 돌아오지 못할 것이다. 나는 그곳에서 무엇이 나를 기다리고 있을지 두려운 마음보다는 설레는 마음으로, 호기심을 안고 큰 기대를 하며 즐거운 마음으로 떠나려 한다.

가난한 광부의 아들로 태어났지만 유년과 학창 시절은 나름 성실하게 잘 살아왔다. 1980년 고등학교 시절 점심 도시락을 옥수수밥으로 싸 가지고 간 적이 있었다. 당시 옆 짝꿍이 쌀밥과 바꿔 먹자고 했던 게 기억이 난다. 고마웠던 친구가 그립다. 여행 가기 전에 한번 볼 수 있으려나 모르겠다.

1988년 9월 1일 국민의 안전을 지키는 사명감과 소명의식으로 소방관이 되었다. 언제 건물이 무너져 덮칠지 모르는 화재 현장으로 늘 달려가야만 했던, 소방관의 삶은 겉으로 보기에는 멋있어 보이지만 내면으로는 아픔이 많은 직업이었다.

소방관들은 각종 재난 현장에서 사고의 참혹한 광경을 많이 목격을 하게 된다. 이로 인해 우울증 등 외상 후 스트레스를 겪는 동료 소방관들이 지금도 많이 늘어나는 걸로 알고 있다. 이를 견디다 못해 스스로 목숨을 끊고 하늘나라로 여행을 떠난 동료들도 많이 보아 왔다. 또한 재난 현장에서 국민들을 구조하다가 하늘나라로 여행을 먼저 떠난 동료들도 있었다.

소방관의 삶은 숙명인 듯싶다. 우리 동료 소방관들은 자기 죽을 줄 모르고 불길 속에 몸을 내던진다. 소방관이 살아야 국민들의 안전도 지켜 줄 수 있는데 말이다.

「불꽃의 희생자」 (주진복)

불길을 향해 달려가는 그의 모습은
용기와 희생의 상징이었다
그의 마음은 불타는 화염과 같았고
그의 몸은 불꽃처럼 타올랐다
소방관은 마치 불의 춤사위를 추는 듯,
무모하게 불길에 몸을 던졌다
그의 숨결은 불꽃의 열기로 넘쳐나며
그의 눈동자는 불꽃의 빛으로 빛났다
그의 몸은 불길에 휩싸여
끊임없이 타오르고 사라졌지만,
그의 마음은 우리 마음에 영원히 남아
희망과 용기를 주는 불꽃처럼 타오른다

2024년 1월 31일 경북 문경시에 소재한 육가공 제조업체 화재 현장에서 인명구조를 하던 동료 소방관 2명이 순직하는 사고가 발생하였다. 나는 안타까움을 금할 길이 없어 위 자작시로 마음을 추슬렀다.

나는 36년의 기나긴 소방관 생활 중 굴곡이 참 많았다. 소방사(일반직 9급) 공무원부터 시작해 소방서장(일반직 4급)까지 올 수 있었던 것은 세

분의 멘토 덕분이었다. 여행 떠나기 전에 먼저 간다고 감사의 인사를 전해 줘야 하는데 말이다. 시간이 될지 모르겠다. 나의 삶에 가장 아팠던 것은 소방관 시험 합격 후 임용 대기 중 연탄가스 중독사고, 신임 소방공무원 기본 교육 가던 중 빗길 차량 20m 계곡 추락 사고, 뇌출혈과 선천성 뇌혈관 기형 등으로 머리를 열고 수술했던 경험이다. 나는 세 번의 사고 때문에 세 번 하늘나라 문턱까지 갔다 왔다. 이 세 번의 큰 사고를 겪으면서 나의 삶은 180도 변화하기 시작했다. 오늘 엔딩 노트에 유언장을 쓰는 이유도 그 때문이다.

우리가 죽고 나면 다 무슨 소용이 있겠는가. 돈, 권력, 명예가 뭐 그리 대단하고 중요하겠는가 말이다. 그래서 "죽기 전에 나는 어떻게 살아야 하는가?"라는 고민을 하기 시작했다. 2022년 1월 4일 자 춘천 소방서장으로 부임하면서 나의 삶은 또 변화가 시작되었다. 당시 코로나19가 한창이던 시기여서 "직원들과 어떻게 소통할 것인가?"라는 고민을 하게 되었다.

그러다가 직장 내 메신저를 활용해서 공감 가는 글을 써서 직원들과 소통하기 시작했다. 이것이 계기가 되어 블로그 등 SNS를 시작하게 되었고 전자책과 종이책 출간까지 이어졌다. 나의 인생 책을 한번 씀으로써 역사에 영원히 기록되는 참맛을 느껴 봤다. 내 나이 58세에 독서와 글쓰기를 시작하였다. 늦었다고 생각할 때가 가장 빠르다는 것을 실감했다. 앞으로 긴 여행 가기 직전까지 책 읽기와 글쓰기는 나의 보물 1호가 될 것이다.

지금까지 나의 삶의 동반자였던 SNS 이웃 여러분께 감사의 인사를 전하며, 여행을 떠나려 한다. 길다면 길고, 짧다면 짧은 인생을 살아 보니 인생은 마치 스포츠 경기 같다. 전반전은 학력, 직위, 권력, 돈 등을 쟁취하기 위해 치열하게 경쟁하고 달려왔던 시기였다. 전반전의 승리는 이 모든 것에서 남들보다 더 높고 많으면 이기는 것이었다.

하지만 후반전은 완전히 달라졌다. 이제 후반전은 다른 사람과의 경쟁이 아니라, 오직 자기 자신과의 경쟁이다. 전반전을 승리하려고 매일 야근하고, 소방 조직의 인력 확충을 위해 국회 등을 쫓아다니며 힘든 시간을 보냈다. 그 덕분에 몸은 많이 지쳤고, 예전처럼 활발하지 않다.

나는 이제 깨달음을 얻은 것 같다. 건강하지 않다면 그동안 쌓아 왔던 모든 것들이 무슨 의미가 있겠는가? 일개 소방서장이 뭐 대단하고 중요하겠는가? 치열하게 경쟁하는 삶도 중요하지만 건강도 반드시 챙기라고 이야기하고 싶다. 사람의 가치는 바로 돈도 지위도 아닌 내가 갖고 있는 건강한 몸이라는 것을 잊지 말기 바란다.

또 하나라도 더 갖겠다는 욕심보다, 여유가 되면 양보하고 베푸는 삶을 살아 보면 어떨까? 지금 전반전을 살아가는 여러분들은 너무 아득바득 살지 말고 자기 몸을 돌봐가며 지금 하고 있는 스포츠를 단거리 경주가 아닌 마라톤이라고 생각하며 하나하나 차근차근 쌓아 올려 나가기 바란다.

나와 함께 후반전에 이미 돌입하신 사람들은 나이가 들었다고 좌절하지 말고 아직도 남아있는 길고 긴 인생, 행복한 말년을 위해 지금부터라도 자신을 사랑하는 삶을 살길 바란다. 건강이 최고다. 나의 엔딩 노트를 블로그라는 플랫폼을 통해 사랑하는 온라인 이웃 여러분께도 보여 줄 수 있음에 따뜻한 기쁨을 느낀다.

이제 마지막 인사 차례다. 사랑하는 아내와 아들에게 전하는 말이다.

그 누구보다 피부가 곱고 예쁜 아내에게

여보! 우리가 결혼한 지 벌써 27년이 되었네. 박봉의 소방공무원인 나를 만나 푸른 꿈을 안고 13평짜리 아파트에서 신혼살림을 차렸지.

"당시 소방관들은 24시간 근무하고 24시간 쉬는 근무 체계였고 대형 산불 등으로 비상소집 근무가 많다 보니 소방서 생활이 절반 이상이었고 가족이 있는 집은 거의 하숙집이나 다름없었다."

1998년 8월 우리 부부의 합작품인 아들이 태어났을 때가 가장 기뻤어. 출산하는 여보 옆에 같이 있어 주지 못해서 너무 미안했어. 그때는 직장 일이 뭐 그리 중요하다고 그랬는지 모르겠어. 또 하나, 젊은 시절 친구와 직장 동료들과의 술자리가 많아 늘 늦게 귀가해서 자기하고 많이 다투었던 일들이 생각나네. 역지사지라고 당시 자기 마음은 어땠을까 생각을 해 봤어. 나 같았으면 벌써 이혼하자고 했을 것 같아. 자기는 어린 아들 혼자 케어하며 그 속상함을 가슴속에 묻고 참아 줬지. 내가 왜 그랬을까? 반성을 많이 해. 사람이 좋아서, 술이 좋아서 둘 다인 것 같아.

"그렇게 우리의 젊은 시절은 흘러갔고 어느 조직이든 직장 사회는 승진이 가장 큰 기쁨인데, 저는 소방위(6급) 승진 시험에서 두 번 떨어지고 세 번 만에 합격을 했습니다. 당시 시험 일자는 법으로 정해져 있는데 매년 9월 첫째 주 휴일이었지요."

여보! 내가 시험 공부 때문에 3년 동안이나 여름휴가를 못 갔던 게 못내 후회가 많이 드네. 그래도 자기가 휴가 못 갔다고 불평 하나 안 하고 남편이 시험 공부에 열중할 수 있도록 에너지를 많이 줘서 삼수 만에 합

불꽃 속에서 문학을 피우다

격을 할 수 있었던 것 같아. 고맙고 그 기쁨은 말로 표현할 수 없었어. 남편 시험 합격에 기뻐서 어쩔 줄 몰라 하던 당신 모습도 눈에 선하네.

"소방간부 시험에 합격하면서 가족이 있는 고향을 떠나 객지 생활이 시작되었습니다."

1년 6개월 동안 영월 소방서에 근무하며 주말 부부 생활을 할 때 남편 밥 굶을까 봐 밑반찬을 바리바리 싸 주었던 자기의 손맛이 또한 기억나네.

"2005년 9월 멘토이신 당시 박창진 소방서장님 도움을 받아 상급 부서 인 강원도 소방본부로 발탁되어 근무를 시작했습니다."

소방본부로 발령 나기 전 퇴근 후 숙소에서 저녁 먹고 자기에게 전화 를 한 적이 있어. "여보! 우리 춘천 가서 한번 살아 볼까?"라고 했더니 자 기가 "여보! 뭘 망설여. 갑시다."라고 했던 거 기억나지. 그때 자기의 '갑 시다.'라는 메시지가 없었다면 우리의 삶은 우물 안의 개구리(조그만 도시 에서의 생활) 신세였을 거야.

"그렇게 강원도 수부 도시인 춘천으로 거주지를 옮기게 되었고 저는 소방본부에 근무하며 또 한 번 삶의 변화가 시작되었습니다."

여보! 내가 본부에서 근무할 때는 일에 미쳐 살았던 것 같아. 자기도 기억나지. 또 조직을 위한답시고 관계되는 사람과 술 마시는 날이 많았 지. 일과 술 덕분에 소방서장(4급 서기관)까지 승진은 할 수 있었는지는 모르겠어. 그렇다고 나는 절대 인사·승진 청탁한 적은 없다는 것을 자 기도 알지. 혹시 이웃님들께서 오해하실라. 반면에 집은 내겐 하숙집이 나 다름없었고 우리 아들 커 가는 모습을 보지 못해 늘 미안했어. 그런 와중에도 자기는 인내하며 아들 케어하고 남편 뒷바라지해 줬지. 자기의 고마움에 대해서는 일일이 말로 표현할 수가 없지.

"지난 2019년 11월 소방본부 방호구조과장 근무 시절 갑자기 뒷머리에 통증이 시작되어 병원에 가서 진단한 바, 뇌출혈과 선천성 뇌혈관 기형으로 머리를 열고 큰 수술을 받게 되었습니다. 뇌 수술은 춘천 강원대학교 병원을 거쳐 서울 강북삼성병원에서 받았지요."

머리를 열고 뇌수술을 해야 한다는 의사 선생님 말에 불안감 속에 떨고 있었던 자기의 마음을 나중에 알게 되었어. 대부분 뇌수술은 반신불수, 편마비 등을 동반하는 아주 위험한 수술인데 말이야. 이후 퇴원해서 회복하는 기간 동안 정성껏 날 돌봐준 아내와 아들에게 무한 고맙고, 장모님이 내 손 잡고 운동을 함께 했었지, 장모님이 올해 90세시니, 100세까지 사시겠지 뭐. 돌아가시는 그날까지 잘 모시자고. 또 집 문턱이 닳도록 위문을 와 주신 친척들과 선·후배·동료 소방관들, 지인분들께도 고맙다는 말씀을 드리고 여행 가기 전 이별 인사는 다 못 드리겠지만 일부는 오프라인에서 만나보고 떠날 계획이야.

마지막, 하나밖에 없는 귀엽고 사랑스러운 우리 아들에게

아들아! 아빠 이제 긴 여행 갈 시간이 다가왔어. 그동안 아빠가 아들하고 많은 시간을 보내지 못해서 미안해. 아빠가 겉으로 표현을 잘 못 해도 아들 사랑하는 거 알지. 아들에게 미안했던 일들은 앞서 엄마에게 이야기했던 부분이 있으니 읽어 보렴. 우리 아들! 아직 공부하는 학생이지만 하나만 부탁할게. 아빠는 아들을 믿으니까 아빠의 좌우명인 '해불양수'와

'내일은 없다. 왜? 언제 죽을지 모르기 때문에… 오늘 최선을 다하자.'라는 신념을 늘 생각하며 살았으면 좋겠어. 2017년 2월 어느 날 대학에 입학한 아들에게 써준 7장 분량의 아빠 편지가 있어. 아빠가 여행 간 다음 편지 다시 한번 읽어 봐줘. 아빠가 아들을 사랑하는 마음이 듬뿍 담겨 있다는 거 알 수 있을 거야.

아들! 아빠는 전직 소방관이었지만 우여곡절 끝에 아빠의 삶을 조명하는 인생 책인 수필집을 출간할 수 있게 되었어. 역사에 내 이름자와 책을 남길 수 있어서 모든 분들에게 감사를 해. 아들! 아빠가 떠난 다음, 사람들에게 "우리 아빠는 글 쓰는 삶을 사시다가 다시는 돌아오지 못할 머나먼 여행을 가셨어요."라고 이야기해 주렴.

아, 중요한 게 빠졌네. 아빠가 엄마와 함께 이루어 놓은 많지 않은 자산은 살고 있는 집 한 채와 조그만 임야와 밭 각각 1필지가 있고, 차량 2대 그게 전부네. 아 또 있네. 아빠 연금과 주식. 아빠 자산 부분은 엄마와 상의해 조치하면 될 것 같고, 아빠가 여행 떠난 다음 아빠의 몸은 깨끗이 불태워 바람에 날려 보내 주든지 아니면 나무 거름으로 사용해도 괜찮은지 모르겠네. 지구 환경 때문에 불가능하면 가능한 범위 내에서 장례를 치러 주렴.

여보! 당신 퇴직하고 크루즈 여행 가기로 했는데…

나 혼자 긴 여행을 가기 전에 가능할까 모르겠네.

크루즈 여행을 함께 못 가더라도 이해해 줘.

내 의지는 아니었으니까.

나 떠난 다음 사랑하는 아들과 함께 다녀와.

여보! 아들! 이제 떠날 시간이 된 것 같아.

나의 인생은 여보와 아들 때문에 행복했고

여보와 아들 때문에 의미가 있었고

여보와 아들 때문에 완벽하지는 않지만 완성되어 왔던 것 같아.

이제 새로운 세계로 떠나는 나의 여행을 즐거운 마음으로 설레는 마음으로 가려고 해. 그곳도 역시 현생과 마찬가지로 기쁨과 행복이 가득한 곳이겠지 뭐. 그러니 부디 나의 이 여행길을 축하해 주고 축복해 주면 고맙겠어. 여보! 아들! 그렇게 해 줄 수 있지. 내가 떠났다고 슬퍼하지 않을 거지. 인간은 자연에서 왔고 죽으면 자연으로 돌아가는 거 알지.

엔딩 노트는 생이 다하는 날까지 수정 · 보완해 갈 것이며, 인생 후반전이 좀 더 가치 있는 삶이 될 수 있도록 나는 오늘 지금 이 순간에 최선을 다할 것이다. 삶의 모든 순간은 기억과 사랑으로 엮여, 감사와 추억으로 완성된다.

필자의 한 문장 **삶의 모든 순간은 기억과 사랑으로 엮여, 감사와 추억으로 완성된다.**

당신의 한 문장은?

불꽃 속에서 문학을 피우다

07

왜 지금은 못 하는가

"당신이 할 수 없는 이유를 찾는 대신, 할 수 있는 방법을 찾으세요."

― 안젤라 다크워스

❯ 문제를 해결하려는 긍정적인 자세가 성공을 가져온다는 의미이다.

우리의 삶에는 많은 계획과 목표가 있다. 새로운 취미를 시작하거나, 자격증을 취득하거나, 더 나은 직장에 도전하는 등 다양한 목표가 있다. "언젠가는 해야지"라는 말을 자주 하지만, 현실은 자꾸만 미뤄지고 결국 시도조차 하지 않게 된다.

"왜 지금은 못 하는가?"라는 질문에 답을 찾는 과정은 그저 핑계를 찾기 위한 것이 아니다. 진정한 장애물을 파악하고 극복해 보고자 하는 것이다. 먼저 우리가 지금 못 하는 이유에 대해서 살펴보겠다.

첫 번째, 가장 명백한 이유는 시간의 한계다. 하루는 24시간으로 제한되어 있다. 그 안에서 잠을 자고, 밥을 먹고, 일하고, 가족과 시간을 보내고, 취미 생활을 즐기며, 친구들과 어울려야 한다. 이 모든 활동을 효율적으로 나누기란 쉽지 않다. 특히 현대 사회에서는 정보의 홍수 속에서 우리의 주의가 산만해지기 쉽다. 이로 인해 중요한 일에 집중할 시간이 부족해지거나, 새로운 일을 시작할 기회를 놓치게 되는 경우가 많다. 그래서 시간 관리가 필요한 것이다.

두 번째, 두려움이다. 우리는 실패에 대한 두려움을 가지고 있다. 새로운 도전이나 계획을 시작할 때, "만약 실패하면 어쩌지?"라는 생각이 먼저 떠오른다. 이 두려움은 우리를 정체시킨다. 특히, 자신에게 중요한 목표일수록 실패의 가능성이 더 크게 느껴진다. 이 두려움 때문에 지금 당장 행동하기보다는, 더 안전하게 느껴지는 '언젠가'로 미루게 된다.

세 번째, 완벽주의다. 많은 사람들은 완벽한 준비가 되어야만 어떤 일을 시작할 수 있다고 생각한다. 그러나 현실에서 완벽한 상황은 거의 존재하지 않는다. 종종 "지금은 아직 준비가 안 됐어.", "조금 더 준비한 다음에 시작해야지."라고 스스로를 설득한다. 하지만 이런 생각은 결국 시작을 계속 미루게 만든다. 완벽을 추구하는 것이 오히려 성장을 방해한다. 작은 실수나 불완전함에 대한 과도한 두려움은 결국 도전을 포기하게 만든다.

네 번째로, 바쁘다는 이유로 많은 것을 미루곤 한다. 현대 사회에서는 끊임없이 무언가를 해야 한다는 압박감이 크다. 일, 학업, 인간관계 등으로 일상이 채워지다 보면, 정말 하고 싶은 일이나 중요한 일은 우선순위에서 밀리기 쉽다. "지금은 너무 바빠서 할 수 없어."라는 변명을 자주 하게 되지만, 시간이 지나도 바쁜 일상은 계속된다. 결국, 진정으로 원하는 일은 시간이 없어서가 아니라, 우선순위에서 밀려나는 경우가 많다.

불꽃 속에서 문학을 피우다

다섯 번째로, 명확한 목표나 계획의 부재도 문제다. 어떤 일을 해야겠다고 막연히 생각하지만, 구체적으로 어떤 단계를 거쳐야 할지 모르는 경우가 많다. 이럴 때 그저 막연한 두려움이나 압박감에 사로잡혀 아무 것도 하지 못하게 된다. 명확한 계획 없이 큰 목표만을 바라보다 보면, 시작이 두렵고 어려워진다. 작은 단계로 나누어 실천할 수 있는 계획을 세우는 것이 중요한 이유다.

여섯 번째, 마지막으로, 환경의 영향을 무시할 수 없다. 우리의 주변 환경, 즉 사회적 기대, 가족이나 친구의 반응, 물리적 환경 등은 우리의 행동에 큰 영향을 미친다. "지금은 상황이 안 좋으니까 나중에 하자."라고 생각하는 경우도 많다. 환경이 중요한 요인이 될 수 있지만, 우리는 종종 그것을 핑계 삼아 스스로를 속인다. 환경은 변하지 않거나 더 나빠질 수도 있다. 그렇기에 지금 할 수 있는 최선의 방법을 찾아 작은 것부터 실천하는 것이 중요하다.

그렇다면, "왜 지금은 못 하는가?"라는 질문에 대한 답을 찾은 후, 어떻게 해야 할까?

첫 번째로, 시간을 효율적으로 관리해야 한다. 하루에 가장 중요한 일을 먼저 선택하고, 그 일에 집중해야 한다. 매일 계획을 세워 시간을 구체적으로 배분해야 한다. 디지털 기기의 방해를 최소화하고, 일정 시간 동안은 완전히 집중하는 시간을 만들어야 한다.

두 번째로, 두려움을 인정하고 받아들여야 한다. 실패는 과정의 일부이며, 두려움을 극복하는 것이 성공으로 가는 길이라는 점을 인식해야 한다.

세 번째로, 완벽을 추구하기보다는, 불완전함 속에서도 성장할 수 있음을 깨달아야 한다. 작은 실수와 실패가 결국 더 나은 결과로 이어질 수 있다.

네 번째로, 우선순위를 재정립하고 진정으로 중요한 일에 시간을 투자해야 한다. 자신의 시간과 에너지를 가장 중요한 일에 집중해야 한다는 것이다.

다섯 번째로, 명확한 목표와 실현 가능한 계획을 세우고, 작은 단계부터 실천에 옮겨야 한다. 큰 목표를 작은 단계로 나누어 차근차근 실천함으로써 성공적인 결과를 얻을 수 있다는 것이다.

여섯 번째로, 환경이 주는 제약을 극복하고, 현재의 상황에서 최선을 다하는 자세를 가져야 한다. 외부 환경이나 상황의 제약을 인식하고 그것을 극복하려는 노력이 필요하다는 것이다.

나는 지금 못 하는 게 하나 있다. 얼마 전부터 스스로에게 입으로만 내뱉어 온 계획이 있다. 지금 살고 있는 주택을 북 카페로 만드는 거였다. 아직 생각만 하고 있고 명확한 계획을 세우지 못했다. 북 카페를 하려는 이유는 돈 벌려고 하는 목적이 아니다. 책과 글쓰기를 좋아하는 사람들과의 만남의 장소 정도로 생각하면 될 것 같다. 바로 이 책 출간에 즈음하여 북 카페를 심도 있게 고민해 보겠다.

결론적으로, 지금 할 수 있는 일들을 미루지 않는 것이 중요하다. 완벽한 순간을 기다리기보다는, 지금 이 순간을 활용하는 것이 성공과 성장을 위한 최선의 길이다. "지금은 왜 못 하는가?"라는 질문에 대해 스스로 솔직하게 답해보고, 그 답을 바탕으로 작은 변화부터 시작해야 한다. 그

불꽃 속에서 문학을 피우다

작은 변화들이 모여 더 나은 미래를 만들어갈 것이다.

> **필자의 한 문장** 완벽한 순간보다 지금을 활용하는 것이 성공의 길이다.
>
> 당신의 한 문장은?

08

거울을 보면 나를 알 수 있다

"거울 속의 자신을 사랑하지 않는다면, 어디서도 사랑받을 수 없다."

— 버지니아 울프

❯ 자신을 사랑하지 않으면, 타인에게도 진정한 사랑을 줄 수 없다.

나는 매일 거울을 본다. 아침에 세수할 때나 외출 준비할 때, 거울은 늘 우리 곁에 있다. 거울은 내 외모를 비추지만, 가끔은 그 이상을 보여준다. 거울을 통해 진정한 나를 볼 수 있다. 거울은 외모만 비추는 도구가 아니다. 감정과 내면까지도 담아낸다. 피곤한 얼굴은 지친 하루를, 웃는 얼굴은 현재의 행복을 보여준다. 거울은 외적, 내적 상태를 반영한다. 때로는 거울을 보는 것이 불편할 수 있다. 내 모습에 실망할 때도 있지만, 그 불편함 속에서 나를 더 깊이 이해하게 된다. 거울은 '현재의 나'를 직시할 용기를 주며, 있는 그대로의 자신을 받아들이고 진정한 나를 발견하는 과정이 된다.

거울 속 나와의 대화를 해보자. 거울 속 자신과 대화를 해본 적 있는

　　　　　　　　　　　　　불꽃 속에서 문학을 피우다

가? 외모 점검이 아닌, 자신에게 질문을 던지는 것이다. "나는 행복한가?", "내가 잘하는 게 있는가?", "내가 원하는 게 뭘까?" 이와 같은 질문은 의미가 있다. 이런 질문은 매일 나를 돌아보는 기회를 준다. 거울을 통해 감정과 상태도 인식할 수 있다. 피로한 얼굴은 나의 힘듦을, 밝은 표정은 자신감을 보여준다. 이 자아 인식의 과정이 거울의 특별한 힘이다.

진정한 자신을 직시하는 용기가 있어야 한다. 거울을 통해 내면의 나와 마주할 수 있다. 때로는 거울 속의 내가 기대와 다를 수 있다. 이상적인 외모가 아니거나 목표에 미치지 못한 모습일 수 있다. 그러나 중요한 것은 그 모습을 받아들이는 것이다. 진정한 나를 직시하는 용기는 성장을 이끈다. 많은 이들이 외모로 자신을 평가하며 자신감을 잃곤 한다. 그러나 거울 속의 내가 이상적이지 않더라도, 그것은 현재의 나를 그대로 비추는 모습일 뿐이다. 그 모습을 받아들일 때, 비로소 진정한 나를 알게 된다.

또한, 우리는 거울을 통해 내면의 변화를 읽을 수 있다. 거울은 내면의 변화를 외적으로 드러낸다. 스트레스, 피로, 행복 등 모든 감정이 얼굴에 반영된다. 표정, 눈빛, 피부 상태까지 우리의 감정과 상태를 보여준다. 따라서 거울을 통해 외모뿐 아니라 내면도 점검할 수 있다. 이 과정은 자신을 깊이 이해하는 데 도움이 된다. 감정을 인식하고 상태를 점검하는 일은 더 나은 결정을 돕는다. 스트레스의 원인을 찾아 해결하고, 행복은 더욱 즐길 수 있다.

거울은 자신과의 화해다. 거울을 통해 자신을 이해하는 핵심은 자기와 화해하는 일이다. 완벽할 수 없고, 결점도 있지만 이를 부정하지 않고 받아들이는 것이 성장의 시작이다. 자신과 화해하지 않으면 계속해서 자책하며 괴로워한다. 거울 속 나와의 화해는 외모뿐 아니라 성격, 감정, 과거의 실수와 맞서는 용기를 요구한다. 불완전함 속에서 더 나은 나를 찾는 것이 인생이다. 있는 그대로 자신을 받아들일 때 진정한 변화와 성장이 가능하다.

거울 속에서 발견하는 나의 가치. 거울은 우리의 진짜 모습을 보여준다. 단순한 외모가 아닌 내면의 상태, 감정, 태도까지 담고 있다. 거울 속 나에게 귀 기울여 보자. 내가 무엇을 말하고, 어떤 변화를 원하는지 느껴보자. 거울은 단순한 도구가 아니다. 자신을 이해하고 화해하며 더 나은 내가 되기 위한 시작점이다. 거울 속 나를 통해 매일 조금씩 성장한다.

나는 매일 아침 5시에 일어나 미라클 모닝을 실천한다. 가장 먼저 세면장 거울 앞에 서서 내 모습을 바라본다. 이 순간은 오감을 깨우는 특별한 시간이다. 신체와 정신이 멀쩡함을 느끼며 살아 있음을 실감한다. 이 습관은 뇌출혈 사고로 죽음을 경험한 이후부터다. 내면의 신에게 감사의 마음을 전하는 것은 나에게 중요하다. 이 시간을 통해 삶의 가치를 재확인한다.

다음은 수영 강사 아르바이트를 나가는 아들을 깨운다. 그 후 과일 스무디 세 잔을 만들어 각자 섭취한다. 수분이 풍부한 과일은 야채와 함께 최고의 식품이다. 이 아침의 시작은 우리 가족에게 중요한 의식이 된다.

이후 나는 독서와 블로그를 하고, X · 인스타그램 · 스레드 · 브런치에 내 생각과 경험을 기록한다. 글쓰기는 감정을 표현하고 다른 사람들과 연결하는 중요한 활동이다. 이 과정을 통해 나 자신을 돌아보며 성장한다.

거울을 보며 다짐하고 동기부여를 얻는 과정은 특별하다. 거울 속 모습을 통해 나를 알 수 있다는 사실을 깨닫는다. 거울은 단순한 외모 비추는 도구가 아니라 내면과 마주하는 공간이다.

> **필자의 한 문장** 거울은 단순한 외모 비추는 도구가 아니라 내면과 마주하는 공간이다.
>
> 당신의 한 문장은?

09

당신은 어떤 아버지인가

"아버지는 아들에게 어떻게 사는지 말하지 않는다. 그는 그저 살아가는 모습을 보여줄 뿐이다."

— 클라렌스 버딕스

❯ 아버지는 삶의 진리를 말로 설명하기보다, 그 자체로 보여주는 것이 더 중요하다.

누구나 아버지가 다 있다. 아버지 없이 이 세상에 태어날 수 있겠는가? 필자도 아버지가 있었다. 솔직하게 이야기한다. 필자의 아버지는 그리 현명하지 못했다. 가난하게 살았기 때문이다. 원인은 무엇이었을까? 아버지의 아버지도 가난하게 살았다. 나에게는 할아버지인 것이다. 아버지들을 원망하고자 하는 것은 아니다. 가난이 죄인가? 남들은 부자로 사는데 왜 나의 아버지는 가난하게 살았을까? 현자들은 비교하지 않는 삶을 살라고 한다. 그러면 가난하게 살아도 괜찮다는 건가? "싫습니다. 싫었습니다. 싫어요." 결코 누구를 탓하고자 하는 것은 아니다.

나는 이렇게 살았다. 36년 전 박봉의 소방공무원이 되었다. 첫 봉급이 아련하게 기억이 난다. 25만 원 언저리인 것 같다. 꿈이 있어서 공무원이 된 것은 아니다. 이곳저곳 막노동 현장을 전전하다가 멋있는 제복을 입고 소방관으로 살게 되었다. 타인(국민)을 위한 삶, 소중함을 처음에는 잘 몰랐다. 새내기 소방관일 때는 오로지 먹고살기 위해서 집과 직장을 오갔다. 결혼도 해야 되고, 집도 사야 되고, 차도 사야 되고 말이다. 가난에서 벗어나고 싶었다.

아내를 만나 결혼을 하고 13평 아파트에서 시작했다. 그것도 은행 대출을 내서 말이다. 그렇게 필자의 인생 2막(31~60세)은 시작되었다.

1988년 새내기 소방관으로 시작한 이후 15년 만에 소방간부 공무원(소방위 / 6급)이 되었다. 2003년 초임 근무지인 강원도 태백에서 영월 소방서로 발령이 났다. 이 무렵 아버지는 어떤 삶을 살아야 하는지 알게 되었다. 2004년 아들 6살 때의 일이다.

직장에서 나는 우연한 기회로 아버지 학교를 다니게 되었다. 좋은 아버지 재단이 운영하는 아버지 학교였다. 2주 동안 강의를 받고 아버지가 자녀에게 쓰는 편지로 마무리가 되었다. 당시 편지는 어디로 갔는지 분실하고 말았다. 그리 뭐 대단한 것은 아니지만 말이다. 아버지 학교를 졸업하면서 아버지 면허증을 받았다. 면허증의 내용은 다음과 같다.

이제 아버지로서의 자격을 유지하기 위하여 다음의 사항을 명심하여 지키겠습니다.
① '자살'도 '살자'로 읽는 눈을 갖겠습니다.
② 신은 두 손으로 때리지 않는다는 말처럼 머리를 쓰다듬기 위해 언제든

지 한 손을 남겨두겠습니다.

③ 어떤 장애물도 걸림돌이 아닌 디딤돌로 삼는 발로 모범이 되겠습니다.

④ 현관문을 들어설 때는 짜증을 털고 고통을 벗어 미소 띤 얼굴로 다가

　가겠습니다.

⑤ 자녀들에게 날마다 귀로 먹는 보약(칭찬과 격려)을 달여 먹이겠습니다.

⑥ 가정 행복은 시간으로 쌓아 올려지는 성(城)인 것을 잊지 않고 시간을

　나누어 주겠습니다.

⑦ 아버지가 자녀들에게 줄 수 있는 최고의 선물은 그 아이들의 어머니를

　사랑해 주는 것임을 믿으며 부부 사랑을 실천하겠습니다.

그런데 말이다. 나는 아버지 면허증대로 살아오지 못했다. 아들이 한창 성장 시기인 초등학교 시절을 함께 하지 못했다. 후회를 가장 많이 한 시기이다.

소방간부가 되면서 영월 소방서 근무 중 2005년 9월경 상급 부서인 강원도 소방본부로 발탁이 되었다. 1600만 원을 호주머니에 넣고 고향인 태백을 떠나 강원도 수부 도시인 춘천으로 이사를 하게 되었다. 16평 공무원 임대 아파트에서 새로운 삶이 시작되었다. 당시 아들은 초등학교 1학년이었다.

일과 술에 묻혀 살았다. 빨리 성장하기 위해서는 승진을 해야 되기 때문에 열심히 일했다. 주말도 없었고 평일에는 밤 12시가 넘은 날이 비일비재했다. 하물며 밤을 꼬박 새워 일을 한 적도 있었다.

일이 조금 한가할 때는 동료와 타 부서 직원들과의 술자리가 많아졌

다. 핑계 같지만 당시 나는 사람 관계를 잘 해야 성공할 수 있다고 믿었다. 이 때문에 사람과의 소통 방법을 술로 해결했던 것이다. 그러다 보니 집은 하숙집처럼 되어 버렸다. 아들 잠잘 때 출근하고 퇴근했다. 아들이 초등학교 6년 동안 어떻게 성장했는지 잘 모를 정도로 말이다. 아들 케어는 오로지 아내 몫이었다. 아내와 아들에게 늘 죄를 지은 마음으로 살고 있다. 지나간 세월 돌이킬 수는 없지만, 남은 삶은 아내와 아들을 위해 집중하려고 한다.

당신은 어떤 아버지로 살고 있는가? 아버지의 의미에 대해서 생각해 보았다. 아버지는 자녀의 유전자를 절반 제공하는 부모 중 한 명이다. 또 아버지는 가족 내에서 여러 가지 역할을 한다. 가족의 보호자, 생계 책임자, 자녀의 교육과 훈육 담당자로서의 역할을 하게 된다. 심리적으로 아버지는 자녀에게 정서적 지지이자 모델이다. 아버지와의 상호 작용은 자녀의 자아 존중감, 사회적 기술, 정서적 안정성 등에 큰 영향을 끼친다.

우리가 어떤 아버지로 살아야 하는지에 대해서는 정답이 없다. 그러나 아버지로서 마땅히 지켜야 하는 삶의 몇 가지 원칙은 있다.

첫 번째, 자녀와 열린 마음으로 소통하는 게 중요할 것 같다. 자녀의 생각과 감정을 존중하고 항상 자녀의 이야기를 들어 주는 자세가 필요하지 않을까 생각한다.

두 번째, 자녀에게 긍정적인 모델이 되는 것이 중요하겠다. 행동과 말로서 도덕적 가치와 책임감을 보여주는 것이다.

세 번째, 자녀에게 적절한 사랑과 지지를 표현해야 한다. 자녀가 안전하다고, 사랑받는다고 느낄 수 있도록 정서적 지지를 아끼지 말아야 한다.

네 번째, 자녀의 독립성을 존중해 줘야 한다. 과잉보호나 통제보다는 자녀가 스스로 선택하고 성장할 수 있는 기회를 주는 것이 중요하다.

다섯 번째, 부모는 스스로의 건강과 행복을 챙겨야 한다. 건강한 부모가 건강한 자녀를 기를 수 있기에, 부모 자신의 삶도 균형 있게 관리해야 한다.

결론적으로, 좋은 아버지는 소통하고, 본보기가 되며, 사랑을 실천하는 사람이다. 당신은 좋은 아버지가 되기 위해 고민 한번 해 본 적이 있는가?

필자의 한 문장 좋은 아버지는 소통하고, 본보기가 되며, 사랑을 실천하는 사람이다.

당신의 한 문장은?

10

긴 여행을 떠난 엄마와의 기억

"어머니는 우리가 세상에서 처음 만나는 천사이다."　　　– 도로시

❯ 어머니는 우리가 첫 걸음을 내딛는 순간부터 사랑과 보호를 주는 존재
　이다.

　11년 전인 2013년 11월, 엄마는 한 요양원에서 생을 마감하셨다. 엄마 나이 72세, 반평생 갓 넘은 나이에 불과했는데 하늘나라에서 데려가셨다. 아직 긴 여행을 떠나실 나이는 아니었는데 말이다. 자식들은 엄마를 여행 보낼 준비가 안 되었는데 질병이란 놈이 엄마와 영영 이별하게 만들었다. 고혈압과 당뇨 합병증 등이 원인이었다.

　나의 집은 조상 대대로 척박한 농토를 일궈 풀칠로 연명하여 왔다. 가난은 그렇게 대물림되었고, 나의 부모님은 힘든 삶의 무게를 버텨 왔다. 오로지 가족의 생계유지를 위해서 말이다. 모든 사람들의 삶이 제각각 다를 수밖에 없지만 요즘 말하는 금수저가 될 수 없었던 부모님은 흙수저일 뿐이었다. 내가 어렸을 적 아버지는 방황을 많이 하였다. 일은 잘 하지 않

고 늘 술에 절어 힘든 나날을 살아오셨다. 그러다 보니 가족의 생계를 책임지는 것은 엄마였다. 그렇게 엄마는 생존을 위해 옥수수와 무·배추를 심어 리어카에 싣고 10리나 되는 재래시장에 내다 팔아야 했다.

10리 길(4km)을 걸어서 국민학교(5학년) 다닐 때의 일로 기억한다. 엄마가 이른 아침에 밭에 심었던 무를 수확해서 흙을 털어내고 리어카에 가득 싣고 재래시장으로 팔러 간다기에 따라간 적이 있었다. 일요일 쉬는 날이었던 것 같다. 조금이나마 엄마를 돕고 싶었다. 엄마가 재래시장에서 무를 다 팔고 나서 뭔가를 사준 것 같은데 기억이 잘 나지 않는다. 맛있게 먹었다는 것만이 엄마를 기억하게 한다.

리어카는 엄마를 그리워하는 기억이기도 하지만, 리어카에 대한 안 좋은 기억도 있다. 이전에 "여동생이 있었습니다."라는 글을 블로그에 쓴 적이 있었다. 집 앞 통나무 다리가 부러져 연탄을 실은 리어카에 깔려 여동생이 "엄마, 나 아파!"라고 한 마디만 하고 엄마보다 먼저 하늘나라로 갔다.

그걸 생각하면 야속한 리어카이기도 하다. 농작물을 팔러 다니는 것은 늘 엄마의 몫이었다. 아버지는 뭐 하고 있었을까? 상상에 맡겨 본다. 아버지도 엄마 만나러 2018년 2월 긴 여행을 떠나셨다.

생전 부모님을 원망하지 않는다. 그때 그 시절 나름의 사정이 있었겠지. 부모님께서는 삶의 성실함만큼은 내게 물려주신 듯하다. 내가 금수저는 못 되었지만 흙수저는 벗어 날 수 있었다. 열심히 살았다. 남한테 피해 주지 않았다. 아내의 수고가 많았다.

나는 고등학교 때까지 쌀밥을 마음 놓고 먹어 본 적이 없었다. 조상들

제삿날이나 명절이 되어야 쌀밥을 먹을 수 있었다. 그때는 마음속으로 명절이 기다려지곤 했다. 왜냐고? 쌀밥도 먹고 다른 맛있는 음식도 먹을 수 있으니까 말이다. 일석이조였던 것이다.

고등학교 2학년 때를 회고해 본다. 당시 옥수수밥을 도시락으로 싸 가지고 다닌 기억이 있다. 옆 짝꿍은 쌀밥 도시락에 계란프라이, 소시지까지… 너무 부러웠다. 어느 날은 짝꿍이 도시락을 바꿔 먹자고 하였다. 너무 맛있었다. 고등학교 졸업 후 한 번도 못 만났는데 언젠가 그 고마운 친구를 만나보고 싶다.

아리스토텔레스에 의하면, 인간의 자산은 세 등급으로 나눌 수 있다고 한다. 가장 높은 등급을 차지하는 자산은 아름다움과 도덕성, 건강과 같은 인격 그 자체다. 두 번째는 인간이 지니고 있는 재산과 소유물이고, 마지막으로는 명예와 명성처럼 남에게 주는 인상이다. 이 세 가지의 자산이 어느 하나가 과하거나 모자람이 없이 골고루 갖춰졌을 때, 인간은 가장 건강하고 행복한 삶을 살아갈 수 있게 된다고 한다.

하지만 가난한 삶과 부자인 사람의 격차가 그러하고 사람의 앉아 있는 자세나 운동하는 자세가 그러한 것처럼, 이러한 자산들도 그것들 사이의 대칭이나 균형이 과하게 맞지 않으면 반드시 크고 작은 문제가 발생하기 마련이다.

누군가는 '돈은 많으면 많을수록 좋다.'라고 열변을 토하는 세상이지만 사실 먹고 살 만큼을 까마득히 넘어선 필요 이상의 부는 우리의 만족감과 행복에 아주 미미한 수준으로 작용할 뿐이다. 오히려 너무 많은 재산을 유지하기 위해 반드시 따라오는 걱정과 불안 때문에 행복에 방해를 받는다.

매일같이 사람들의 입에 오르내리고 더러운 사건에 연루되곤 하는 재벌들의 삶을 보면 쉽게 알 수 있다. 돈이 정말로 많으면 많을수록 좋은 것이라면, 왜 그들은 단 한 번도 세상을 다 가진 것처럼 활짝 웃지 않는 것인가?

현실적으로 만족할 수 있는 부의 수준을 스스로가 정해 두어야 한다. 너무 어마어마하지는 않게 말이다. 열심히 노력하여 해당 수준의 부를 축적했다면, 그 이후로는 건강과 능력 개발에 집중하는 것이 궁극적인 행복을 쌓아가는 유일한 방법이 된다.

― 쇼펜하우어, 『쇼펜하우어의 인생수업』, 메이트북스, 2023.

가난은 누구 책임인가? 조상님 탓인가? 부모님 탓인가? 아니면 네 탓인가? 혹자는 말한다. 생존이 우선인 서민들이 책 읽을 시간이 어디 있냐고. 당신이 내 위치라면 신문 볼 시간이 있다고 생각하는지. 경제 뉴스가 눈에 들어오겠냐고. 또 주식에 투자할 돈이 어디 있냐고. 삼시 세끼 다 챙겨 먹고 언제 돈 버냐고. 운동할 시간 아껴서 돈 벌어야지. 그런 말들을 한다. 공감하고 이해는 할 수 있을 것 같다. 방황하던 20대 초반 시절, 막노동하고 집에 들어오면 녹초가 됐다. 책이 눈에 들어올 리가 없었다.

그러나 부자가 태어날 때부터 부자는 아니었을 것이다. 예외는 있겠지만 말이다. 부자는 피나는 노력으로 부자가 되었을 것이다. 그렇다면 우리 가난한 사람들도 지레 포기하지 말았어야 하는 것이 아닌가 생각해 본다. 정주영 전 회장님의 어록이 생각난다. "이봐, 해봤어?"에 답이 있을 것 같다. 죽을 각오로 한번 해 봤냐고 말이다.

필자의 한 문장 부자는 피나는 노력으로 부자가 되었을 것이다.

··

당신의 한 문장은?

11

미래는 현재의 습관이 만든다

"습관은 인간 행동의 95%를 차지한다." — 맥스웰 몰츠

❯ 일상에서 대부분의 행동이 습관으로 이루어진다는 의미이다.

우리가 매일 사는 순간은 단순한 반복이 아니다. 현재의 작은 선택들이 모여 미래를 결정짓는 큰 흐름을 만든다. 그래서 현재의 습관에 더욱 신경 써야 한다. 습관은 행동의 연속성이며, 우리의 삶을 형성하는 기초가 된다. 오늘의 작은 실천이 내일의 나를 만든다는 것을 기억해야 한다.

우리는 종종 미래에 대한 막연한 희망을 품는다. "언젠가는 건강해질 거야." 또는 "원하는 직업을 가질 수 있을 거야."라고 생각한다. 하지만 그런 희망은 현재의 행동과 습관이 없다면 단지 공허한 꿈일 뿐이다. 예를 들어, 건강한 삶을 원하면 매일 조금씩 운동하거나 균형 잡힌 식사를 해야 한다. 이러한 습관은 나의 건강을 지키고 삶의 질을 향상시키는 기반이 된다.

직업 목표를 이루려면 현재의 노력과 습관이 필요하다. 매일 독서나

불꽃 속에서 문학을 피우다

공부를 통해 지식을 쌓고 경험을 쌓는 것이 중요하다. 이 과정은 자신감을 주고, 원하는 직업을 갖는 데 도움이 된다. 목표 달성을 위해 작은 일부터 시작하는 것이 좋다. 예를 들어, 하루에 10페이지 책을 읽는 것으로 시작할 수 있다. 지속하면 지식이 넓어지고 더 큰 목표로 나아갈 발판이 된다.

습관 형성의 핵심은 지속성이다. 사람들은 처음에는 열정을 가지고 시작하지만, 시간이 흐르면서 동기가 약해지기 마련이다. 이런 순간일수록 왜 이 습관을 기르고 싶은지 다시 한번 생각해보아야 한다. 작은 목표를 설정하고 하나씩 달성할 때마다 스스로를 격려하는 것이 습관을 지속할 힘을 주는 좋은 방법이다.

주변 사람들의 영향을 받기에, 긍정적인 사람들과의 관계는 습관 형성에 큰 자극이 된다. 그들의 열정과 노력을 보며 나도 더 나아가고 싶어진다. 서로의 목표를 응원하고 격려하는 환경을 만드는 것이 중요하다. 함께 운동하거나 독서 모임을 통해 서로에게 좋은 영향을 주고받을 수 있다.

정년퇴직 즈음에 인생의 전환점을 맞이하였다.

31세부터 시작된 인생 2막은 국가와 국민을 위해 헌신해온 시간이었다. 소방관으로서의 36년은 중요한 삶의 일부였다. 수많은 사람들의 안전을 지키며 보람을 느꼈다. 그러나 이제 새로운 인생 3막을 맞이하며 가족과 나 자신을 위한 삶을 살아가고 있다. 타인을 위해 헌신한 나에게 이제는 내면을 돌아보고 가족과 함께 진정한 행복을 찾는 시간이 필요하다고 느꼈다. 나 자신이 행복해야 다른 이들에게 긍정적인 영향을 미칠 수 있다는 믿음 속에서, 의미 있는 삶을 위해 나를 돌보고 있다.

새로운 여정은 독서와 글쓰기를 통해 이루어지고 있다. 퇴직 2년 전부터 독서와 글쓰기를 시작하며 경험과 지혜를 나누고자 하는 열망이 커졌다. 이미 전자책 3권과 종이책 한 권을 출간했으며, 지금 이 책이 바로 두 번째다. 이 책은 새로운 삶을 향한 자양분이 될 것이다. 독서와 글쓰기는 새로운 통찰과 자아 발견의 기회를 제공하고 있다.

이제 새로운 삶의 문을 열고, 그 안에서 나와 가족을 위한 행복을 찾고 있다. 인생 3막을 시작했으며, 과거의 경험을 바탕으로 미래 비전을 그려나갈 것이다. 가족과 나를 위한 성장은 소중한 사람들에게 큰 행복을 가져다줄 것이다.

미래는 현재의 작은 습관들이 엮어 만드는 길이다. 하루하루가 소중하며, 이 순간들이 우리의 미래를 결정한다. 작은 변화가 큰 결실로 이어짐을 믿고, 한 걸음씩 내디뎌 보자. 변화는 항상 지금 이 순간부터 시작된다.

필자의 한 문장 **미래는 현재의 작은 습관들이 엮어 만드는 길이다.**

....

당신의 한 문장은?

불꽃 속에서 문학을 피우다

12

퇴직은 또 다른 시작이다

"끝은 새로운 시작의 시작이다."

— 윈스턴 처칠

❯ 끝은 다음 단계로 나아가는 출발점이다.

인생의 전환점은 항상 복잡한 감정을 일으킨다. 특히 퇴직을 앞두고 그 감정은 기쁨과 아쉬움만으로 설명되지 않는다. 36년 동안 한 직장에서 일하며 익숙한 패턴 속에서 자리를 찾았다. 이제 그 직장을 떠나면, 내 존재는 무엇일까? 무엇을 해야 할까? 라는 질문이 머리를 떠나지 않았다.

퇴직을 앞둔 사람들은 '찾는 이 없다.'라는 감정을 자주 겪는다. 우리는 회사에서 존재감을 확인했지만, 퇴직 후에는 그 기회가 사라진다. 출근길 동료들, 회의 중 대화, 성과 인정의 순간들이 사라진다. 그로 인해 자신이 사회에서 얼마나 중요한 존재인지를 실감하기 어렵게 된다.

퇴직을 앞두고 이제 더 이상 나를 찾는 사람이 없을 것이라는 두려움이 생기는 것은 자연스러운 것이다. 일터에서 인정받고 안정감을 느꼈던 시절이 사라져 불안한 것이다. 그러나 이런 불안은 우리가 외부에서 가치를 찾기 때문일 수 있다. 다른 사람들이 나를 어떻게 대하느냐, 성과에 따라 내 가치를 판단해왔기 때문이다. 하지만 퇴직 후에도 나의 가치는 여전히 나 자신에게 있음을 깨닫는 것이 중요하다.

퇴직 후에는 새로운 삶을 시작할 기회가 된다. 더 이상 회사라는 틀에 갇히지 않고 나만의 방식을 추구할 수 있는 기회가 주어진다. '찾는 이 없다.'라는 감정은 점점 사라지고, 나 자신을 찾는 기회로 변할 수 있다. 사회에서의 역할이 끝났다고 해서 나의 존재 가치까지 끝나는 것은 아니다. 잃어버린 나의 본래 모습을 다시 발견할 수 있는 시간이 된다.

퇴직 후의 삶은 새로운 도전이다. 이전엔 주어진 일을 하며 살았다면, 이제는 내가 원하는 삶을 찾아가는 시간이다. 이 시간은 다른 사람의 평가가 아닌, 나 자신의 기준으로 채워진다.

이제는 나만의 이야기를 쓸 수 있어 감사하다. 퇴직 후엔 나에게 집중하고, 놓친 꿈과 희망을 되찾는다. 나는 양구소방서장으로 재직하다가 지난 2024년 12월 31일, 36년의 소방관 생활을 마무리하며 정년퇴직을 했다. 인생 2막(31~60세)을 소방관으로 보내며 많은 경험과 생명의 소중함을 배웠다. 직장 동료들에게서 온 연락은 마지막 재산 등록 공지뿐이었다.

현직에선 존재감이 있었지만, 퇴직 후 나의 존재는 의미 없어 보였다. 그래도 독서와 글쓰기를 배운 덕분에 다행이라고 생각한다. 나는 앞으로 그동안의 경험을 나눔 할 것이다. 인생 후반전은 전반전보다 더 멋있는 삶으로 채워 나갈 것이다.

불꽃 속에서 문학을 피우다

퇴직은 끝이 아닌 새로운 시작이다. 그 시작은 나에게 주어진 기회다. '찾는 이 없다.'라는 생각은 내려놓고, 나를 찾는 여정으로 나아가야 한다. 삶은 끝이 아니며, 끝에서 새로운 시작이 있다.

> **필자의 한 문장**　**퇴직은 끝이 아닌 새로운 시작이다.**
>
> ....
>
> 당신의 한 문장은?

5장

다섯 걸음,
내면의 길을
찾아라

나는 누구인가?
남들이 만들어 놓은 기준에 맞추려 하지 말고
스스로 정한 삶의 방향성 안에서 소신껏 행동하고
묵묵히 최선을 다하는 게 바로 나다.

나는 어떻게 살 것인가?
내가 원하는 삶이 무엇인지 알아야 한다.
바로 나답게 사는 것이다.

나는 어떻게 죽을 것인가?
인간이라면 누구나 반드시 죽는다.

언젠가 다가올 그 날을 대비해
버킷리스트를 작성해서
하나하나 실천해 나가야 한다.

01

흘러가는 시간, 누가 붙잡을 수 있나

지난 2024년 12월 31일, '인생무상'이라는 사자성어가 떠올랐다. 인생 전반전을 마무리하는 정년퇴직을 했다. 서울 올림픽이 열리던 해인 1988년 9월 1일 새내기 소방관으로 공직에 입문한 지 36년 4개월이 흘렀다. 돌이켜 보면, 그동안 굴곡도 참 많았다. 여러 선·후배, 동료 직원들과 부딪히면서 즐거움도 있었지만, 때로는 아픔도 많이 겪었다. 왜? 각종 재난 현장에서 국민들의 생명을 구하고 하늘나라로 가신 동료 소방관들을 많이 봐 왔기 때문이다.

개인적으로는 연탄가스 중독 사고, 빗길 차량 20m 계곡 추락 사고, 뇌출혈 사고 등 세 번의 큰 사고로 죽음의 문턱까지 갔다 왔다. 그동안 가족과 동료 직원, 또 지인 여러분의 격려와 정성 어린 배려로 무사히 공직을 마무리할 수 있었고 지금까지 살아 있음에 감사함을 느낀다.

지난 2023년 12월 22일 마지막 근무처인 양구소방서 대회의실에서 직원분들이 퇴임식을 준비해 주었다. 행사 전 축하 공연으로 양구소방서

전두봉 반장님의 라이브 축하 노래가 있었다. 이후 약력 소개가 있었다.

<약력 소개>

「주진복 서장님의 약력을 소개해 올리겠습니다. 서장님께서는 1988년 9월 1일 임용된 이후 태백소방서 화재진압대원을 시작으로 횡성소방서 방호 구조 과장, 강원소방본부 상황 분석 담당과 기획 예산 담당, 소방 행정 담당을 거쳐 삼척소방서장, 강원 소방 본부 방호 구조 과장과 소방 행정 과장, 강원소방 본부장 직무대리, 춘천소방서장 등 주요 요직을 역임하셨으며, 금년 7월 양구 소방서장으로 부임하신 후 36년 4월 기간의 공직 여정을 마무리하셨습니다. 재임하시는 동안 재난 현장과 소방행정의 선제적 리더로서 기본과 원칙에 충실하고, 조직 구성원을 가족과 같이 여기며, 도민들로부터 신뢰받는 소방상을 정립하는 데 전력을 다해오셨습니다. 최근에는 정년퇴직 1년여를 앞두고 2022년『나의 인생책 한 권을 소개합니다』,『놓치고 싶지 않은 나의 꿈』이라는 2권의 책을 공저로 참여하셨고, 2023년에는『죽음의 문턱을 세 번씩 넘나든 현직 소방서장의 메시지』라는 수필집을 출간하셨습니다. 블로그와 인스타그램으로 세상과 소통하고 브런치 작가로도 활동 중이시며, 좀 더 성장하는 삶을 위해 책 읽기와 글쓰기로 인생 후반전을 준비하고 계시는 서장님의 찬란한 인생 후반전을 응원합니다.」

　다음으로 감사장과 공로패 등을 받았고 후배 직원의 송별사가 있었다.

<송별사>

「안녕하십니까? 재난 현장을 다스리던 베테랑 소방관의 행복한 마지막 인사를 전할 수 있는 영광을 가지게 된 후배 홍석산입니다. 한 사람의 인생에서 36년이라는 시간은 일생의 중요한 가치를 추구하는 너무나도 귀중한 시간입니다. 서장님께서는 그 소중한 시간을 국민의 안전을 지키는 소명의식과 책임감으로 보내셨음을 잘 알기에 존경과 감사의 인사를 드립니다. 따가운 햇살을 맞이하며 서장님을 처음 뵈었는데 어느덧 옷깃을 여미는 계절이 되어 서장님을 떠나보내게 되었습니다. 비록 함께한 시간이 길지는 않았지만 공감을 느끼는 것이 시간의 양으로 재단되지 않는 것처럼 짧지만 소통하는 즐거운 시간이었습니다.

진정한 나로 거듭나기 위해서는 남들이 만들어 놓은 기준에 맞추려 하지 말고 스스로 정한 삶은 방향성 안에서 소신껏 행동하라는 서장님께서 집필하신 책의 글귀처럼 후배들도 자신만의 의지로 행동하고 행복을 추구하며 살겠습니다. 더불어, 서장님께서 평소에 좌우명으로 삼으시고 가르쳐 주신 "바다는 어떠한 물도 사양하지 않는다. 모든 사람을 차별하지 않고 포용한다."라는 "해불양수"의 마음도 가슴에 새기고 지키며 또한 나누며 살아가는 후배가 되겠습니다.

이제 소방관이라는 소명을 받고 살아오신 인생의 전반기를 떠나보내며 독서와 집필로 더없이 행복하게 펼쳐질 서장님의 인생 후반전을 후배들이 열렬히 응원하겠습니다. 항상 건강하시고 그동안 고생 많으셨습니다. 감사합니다.」

마지막으로 36년의 소방관 생활을 마무리하는 퇴임사를 했다.

<퇴임사>

「사랑하는 양구소방서 직원 여러분, 양구의용소방대 연합회장님을 비롯한 각 대 대장님과 대원 여러분! 저는 이제 공로연수 1년을 포함하면 36년 4개월이라는 기나긴 소방관 생활을 뒤로 하고 인생 후반전을 시작하게 됩니다. 지난 2005년 9월 강원도 소방부에 발탁되면서 춘천에 터를 잡은 지가 18년이 되었습니다. 소방생활 36년 중 절반을 춘천에서, 또 소방본부에서 13년을 근무하였습니다. 돌이켜보면, 소방관 생활 중 굴곡이 참 많았습니다. 여러 선후배, 동료 직원들과 부딪히면서 즐거움도 있었고 때로는 아픔도 많이 있었습니다.

퇴직하는 선배로서 주제넘게 한 말씀만 당부드리겠습니다. 사람들은 누구나 아무런 대가 없이 타인으로부터 존중받으며, 배려받고, 대접받기를 원합니다. 반대로, 내가 타인을 진심으로 존중하고 배려하며 대하고 있는지 스스로 돌아볼 필요가 있습니다. 타인에게 바라는 행동을 '나' 스스로 행하지 못하는 경우가 아주 많습니다. 상대방을 존중하고 배려하는 마음은 나 자신을 위한 자양분이며, 스스로의 가치를 올릴 수 있는 중요한 수단이라고 합니다.

우리 인간관계를 만들어 주는 가장 기본적인 말 세 가지만 기억했으면 합니다. '안녕하세요. 감사합니다. 죄송합니다.' 이 세 가지를 상시 적절하게 사용하십시오. 그러다 보면 어느 순간에 타인을 포용할 수 있는 마

불꽃 속에서 문학을 피우다

음이 내 몸에 체득이 될 것입니다.

저의 인생 후반전은 책 읽기와 글쓰기로 채워질 것입니다. 제가 살고 있는 춘천과 또 저의 마지막 근무처인 이곳 청춘 양구를 오가며 직원 여러분의 안녕과 발전을 위해 많이 응원하겠습니다. 혹여 저의 작은 힘이 필요해서 연락 주시면 언제든지 달려가겠습니다.

그동안 베풀어 주셨던 직원 여러분의 사랑을 다시 한번 가슴 깊이 새기며 바쁘신 중에도 퇴임식에 참석하여 주신 모든 분들께 진심으로 감사의 인사를 올리면서 퇴임사에 갈음합니다. 감사합니다. 2023년 12월 22일, 양구소방서장 주진복」

송별사가 끝나고 양구소방서 전 직원과 함께 단체 기념사진을 찍고 이별의 배웅까지 받았다. 그동안 정들었던 35년 4개월(공로연수 포함 36년 4개월)의 마지막 근무처인 국토 정중앙 청춘 양구소방서를 떠나게 되었다. 100세 시대, 인생 후반전을 위해 준비한 것들이 있다.

〈SNS〉

blog.naver.com/jjb5502

www.instagram.com/jjb5502

www.twitter.com/jjb550322

www.threads.net/@jjb5502

brunch.co.kr/@jjb5502

〈도서〉

주진복, 『죽음의 문턱을 세 번씩 넘나든 현직 소방서장의 메시지』, 지식과감
성, 2023.

주진복, 『죽음의 문턱을 3번씩 넘나든 소방서장 성장기』, 2023.

주진복 외 14인, 『놓치고 싶지 않은 나의 꿈』, 유페이퍼, 2022.

주진복 외 9인, 『나의 인생책 한 권을 소개합니다』, 유페이퍼, 2022.

저자 이력

〈신인문학상〉 2025.4. 수필가 등단

　인생 전반전에서 세 번씩이나 죽음의 문턱을 넘나들며, "이 세상에 죽
음보다 무서운 게 뭐 있겠는가. 죽기 전에 어떻게 살아야 하는지."를 깨
달았다. 그 깨달음은 "내일은 없다."라는 것이다.

　그래서 "오늘 최선을 다하는 삶을 살아야 한다."라고 나 스스로에게 선언
하였다. 또한 나의 인생 후반전은 "자연식 위주의 식단과 운동을 일상화" 하
고, "책 읽기와 글쓰기" 등으로 세상과 소통하며 살고자 다짐하게 되었다.

필자의 한 문장 이 세상에 죽음보다 못할 게 뭐 있겠는가.

··

당신의 한 문장은?

02

인문학에서 던지는 3가지 질문에 답했다

당신은 삶에 대해서 진지하게 고민해 본 적이 있는가? 나는 세 번의 죽음을 경험하면서 인문학에서 던지는 3가지 질문에 대해서 나름의 답을 해 보았다. 정답은 없겠지만 말이다. 먼저 인문학이란 무엇인지 알아본다. 인문학이란 인간의 사상과 문화를 연구하는 학문이라고 한다. 말 그대로 사람을 탐구하는 것이다. 인문학은 고대 그리스, 로마 시대부터 시작이 됐다고 한다. "Who am i(나는 누구인가), How to live(어떻게 살 것인가), How to die(어떻게 죽을 것인가)" 이 세 가지가 인문학에서 늘 던지는 질문이라고 한다. 공자, 맹자 등 성인들의 가르침에 의하면, '나는 누구인가?'와 '어떻게 죽을 것인가?'의 해답 기준은 '어떻게 살 것인가?'에 있다고 한다.

나 스스로에게 세 가지 질문을 던져 보았다.

첫 번째, 나는 누구인가? 세상엔 정말 다양한 사람들이 존재한다. 성격도 제각각이고 관심사도 다르다. 내향적인 사람들은 주로 혼자만의 시간을 보내며 사색하기를 좋아하고 외향적인 사람들은 활동적이며 사교성이 좋다. 또한 목표 지향적인 사람들은 자기 계발 및 업무 효율성을 중요시하며 과정 중심적인 사람들은 타인과의 관계 형성 및 정서적 교감을 중요시한다. 이렇듯 사람들은 모두 다른 성향을 가지고 있으며 각자 추구하는 삶의 가치관도 다르다.

상대를 이해하려면 먼저 나 자신을 아는 것이 필수이다. 인간관계의 근원은 결국 '나'이기 때문이다. 하지만 우리는 바쁜 일상 속에서 자신에 대해 깊이 생각할 여유조차 없이 살아왔다. 왜일까? 아마도 내면을 바라보는 습관이 부족했기 때문이다. 진정한 자아는 단순한 감정이나 생각을 넘어, 신체적 · 정신적 · 사회적 역할을 모두 아우르는 존재이다. 다시 말해, 모든 상황에서 삶의 주체로서 나를 자각하는 것이 중요하다.

진정한 나로 거듭나기 위해서는 남들이 만들어 놓은 기준에 맞추려 하지 말고 스스로 정한 삶의 방향성 안에서 소신껏 행동하고 묵묵히 최선을 다해 사는 것이 '나는 누구인가?'에 대한 해답이 아닐까 생각한다.

두 번째, '나는 누구인가?'라는 질문에 대해서 진단을 해 보고 '나'라는 존재를 알았다. 그러면 '나는 어떻게 살 것인가?'라는 질문에는 어떻게 답할 것인가? 누구나 막막함을 느낄 것이다. 답을 찾기 위해서는 먼저 내가 원하는 삶이 무엇인지 알아야 하는데 이것조차 쉽지 않다. 기나긴 인생이라는 길 위에서 어디로 가야 할지 몰라 사람들은 방황한다. 물론 그런 순간순간마다 현명한 선택을 통해 올바른 방향으로 나아갈 수도 있겠지만, 가끔은 잘못된 선택으로 인해 후회하는 경우도 있을 것이다.

그렇다면 이러한 상황 속에서 어떠한 태도를 가져야 할까? 만약에 자신만의 확고한 철학이 있다면 분명 위기 상황에서도 흔들리지 않고 의연하게 대처할 수 있을 텐데 말이다. 여기서 말하는 철학이란 무엇일까? 바로 나답게 사는 거다. 세상 사람 모두 각자 다른 방식으로 살아가고 있다. 그렇기에 모든 사람에게는 각기 다른 삶의 가치관이 존재한다.

하지만 대다수의 사람들은 그저 남들이 하는 대로 혹은 사회 통념상 옳다고 여겨지는 기준대로 살아간다. 순리자(順理者)라 할 수 있다. 하지만 그러다 보니 본인 스스로 만족하지 못하는 경우가 많다. 따라서 진정 행복한 삶을 살기 위해서는 타인의 시선보다는 자기 자신의 내면의 소리에 귀 기울여 보는 게 좋다. 그러면 보다 주체적인 삶을 살아갈 수 있지 않을까 생각한다.

세 번째, '나는 어떻게 죽을 것인가?'라는 물음은 삶을 온전히 이해하기 위한 핵심이다. 죽음을 스스로 직면하고 준비할 수 있다면, 삶 전체를 주도적으로 살아갈 수 있기 때문이다. 그러므로 죽음을 두려워하거나 피하지 말고, 담담히 마주해야 한다. 누구에게나 죽음은 예외 없이 다가오며, 그렇기에 우리는 그 순간을 준비하는 태도로 오늘을 살아가야 한다.

요즘은 100세 시대라고 한다. 오래 산다는 건 분명 축복받을 일이지만, 준비되지 않은 장수는 오히려 재앙일 수 있다는 것을 또한 명심해야 한다. 언젠가는 나도 아프고 병들어 고통스럽게 죽어갈 수도 있다. 따라서 만약 자신이 그런 상황에 처했을 때 후회하지 않을 선택을 할 수 있도록 사전에 철저하게 준비해 두어야 한다. 그것이 바로 웰다잉이고 진정한 의미의 웰빙 라이프라고 말할 수 있다. 아울러 언젠가 다가올 그날을 대비해 버킷리스트를 작성해서 하나하나 실천해 나간다면 남은 인생을 후회 없이 보낼 수 있지 않을까 생각한다. 그러기 위해서는 하루하루 최선을 다하며 살아야 할 것이다.

죽기 전에 꼭 해보고 싶은 나의 Bucket List를 작성해 본다.

첫 번째, 걱정 없이 사는 마음 자세를 갖자. (스트레스는 만병의 근원)

두 번째, 도전적으로 한번 살아 보자. (북 카페 창업)

세 번째, 온전히 나의 삶을 살자. (타인과 비교하지 않는 삶)

네 번째, 어떤 하나에 몰입하여 성과를 내어 보자. (독서와 종이책 집필)

다섯 번째, 타인에게 감정 표현을 하자. (긍정, 존중, 칭찬, 웃음, 용서 등)

여섯 번째, 가족들에게 사랑 표현을 자주 하자. (아내와 자녀 등)

위 Bucket List는 대강의 참고 사항으로, 각 항목마다 세부 내용을 추가해서 작성하면 훌륭한   Bucket List가 탄생할 수 있다. 이 글을 읽는 당신도 나이 한 살이라도 더 젊을 때 Bucket List를 작성해 보기를 권한다.

필자의 한 문장 세 번의 죽음 속에서 인문학의 질문에 대한 답을 찾았다.
....
당신의 한 문장은?

불꽃 속에서 문학을 피우다

03

남이 아닌 나의 삶에 집중하자

세상은 엄청 빠르게 변하고 있다. 그 변화 속에서 남과 비교하며 자신을 평가하기 쉽다. 그러나 남이 아닌 나의 삶에 집중하는 것이 진정한 행복과 성장을 가져다준다. 알고는 있는데, 잘 안 되는 게 사람의 심리인 것 같다.

나는 88서울올림픽이 열리던 해인 1988년 9월 1일 자로 소방관이 되었다. 소방공무원 입사 동기는 40명이었다. 소방장(7급) 계급에서 소방위(6급) 계급으로 시험을 보고 승진하는 과정에서 동기 중 4명만 먼저 합격을 하였다. 나는 4명에 포함되지 못하였다. 내심 부러웠다. 비교가 되는 거였다. 나 자신이 공부를 못 해서 시험 승진에서 떨어졌으니 창피했다. 이후부터는 더 열심히 일하고 더 열심히 승진 시험 공부를 했다. 먼저 승진한 4명의 동기보다는 늦었지만, 나머지 동기 35명보다는 먼저 승진할 수 있었다.

때로는 남들과의 비교는 자극이 될 수도 있다. 하지만 대부분의 경우, 비교를 하다 보면 나 자신이 불안해지고 자존감이 낮아진다는 걸 알게 된다. 그렇기에 남의 삶이 아닌 나의 삶에 집중하는 것이 중요하다고 할 수 있다. 우리가 남과 비교하면서 사는 삶에는 어떤 것들이 있을까? 한 번쯤 생각해 보았는가?

첫 번째, 학업 성취도 비교이다. 학생들이 친구들의 성적이나 학업 성취와 자신의 성적을 비교하면서 스트레스를 받는다. 부모가 자녀의 성적을 다른 아이들과 비교하며 압박을 가한다.

두 번째, 직업적 성공에 대한 비교다. 직장인들이 동료나 친구들의 승진, 연봉, 직업적 성취를 보고 자신의 경력을 비교하며 불안해한다. 다른 사람의 직업적 성과를 보고 자신이 뒤처진다고 느끼며 만족감을 잃는다.

세 번째, 사회적 지위에 대한 비교다. 사람들이 자신의 사회적 지위나 명성을 다른 사람과 비교하면서 자부심을 느끼거나 열등감을 느낀다. 사회적 모임에서 다른 사람의 성공이나 성취를 듣고 자신의 성과와 비교한다.

네 번째, 재정 상태에 대한 비교다. 사람들 사이에서 재산, 연봉, 생활 수준 등을 비교하면서 경제적 스트레스를 느낀다. 다른 사람이 더 좋은 집이나 차를 가졌을 때 자신의 경제적 상태를 비관한다.

다섯 번째, 외모와 스타일에 대한 비교다. 사람들이 자신의 외모, 옷차림, 체형을 다른 사람들과 비교하며 자존감을 낮추게 된다. 미디어에서 이상적인 외모나 스타일을 보며 자신이 부족하다고 느낀다.

여섯 번째, 라이프 스타일에 대한 비교다. 사람들이 소셜 미디어에서 다른 사람들의 라이프 스타일, 여행, 취미 활동 등을 보고 자신의 생활과 비교한다. 다른 사람이 더 즐거운 삶을 살고 있다고 느끼며 현재의 삶에 불만족한다.

일곱 번째, 가족 관계에 대한 비교다. 사람들이 다른 가족의 관계나 모습을 보며 자신의 가족과 비교한다. 다른 가족이 더 화목해 보이는 모습을 보고, 또 성공적인 자녀를 둔 모습을 보고 자신의 가족을 부족하게 느낀다.

비교는 종종 불필요한 스트레스와 불행을 가져온다. 그럼에도 불구하고 사람들은 무의식적으로 비교 속에서 살아간다. 나 역시 그런 삶을 살아왔다.

그러니 비교하지 않는 삶을 살기 위해서는 어떻게 해야 하는지 함께 고민해 보자.

첫 번째, 남과 비교하지 말아야 하는 이유는 각자의 삶이 다르기 때문이다. 모두 저마다 다른 배경, 경험, 환경 속에서 살아가고 있다. 같은 목표를 가지고 있다 해도 그 목표를 이루기까지의 과정은 전혀 다를 수 있다. 따라서 남의 성공이나 실패를 기준으로 자신을 평가하는 것은 무의미하다. 오히려 자신만의 길을 찾고, 그 길을 따라가는 것이 중요하다.

두 번째, 나의 삶에 집중하는 것은 자신을 더욱 잘 이해하게 한다. 자신의 강점과 약점을 파악하고, 이를 바탕으로 자신만의 목표를 설정할 수 있다. 남들과 비교하면서 느끼는 불안감 대신, 자신이 세운 목표를 향해 나아가는 과정에서 성취감을 느낄 수 있다. 이 과정에서 자존감도 자연스럽게 높아진다.

세 번째, 남의 삶에 집중하면 내가 정말 원하는 것을 놓치기 쉽다. 남들이 바라는 삶이나 성공을 따라가다 보면, 정작 내가 원하는 것이 무엇인지 혼란스러워질 수 있다. 그러나 나의 삶에 집중하면 내가 무엇을 원하는지, 무엇을 중요하게 여기는지 명확해진다. 이는 결국 더 나은 결정을 내리는 데 도움이 된다.

네 번째, 자신의 삶에 집중하는 것은 결국 자기 계발로 이어진다. 자신의 목표와 꿈을 이루기 위해 필요한 지식과 기술을 습득하게 되고, 이는 더 나은 나를 만들어간다. 남의 성공을 부러워하며 시간을 보내는 대신, 그 시간에 나를 발전시키는 데 사용하면 더 큰 성과를 얻을 수 있다.

다섯 번째, 남들과의 관계는 중요하다. 다른 사람들과의 교류를 통해 배울 수 있는 점도 많고, 서로 도우며 성장할 수도 있다. 그러나 그 과정에서도 나의 삶에 대한 주도권을 잃지 않는 것이 중요하다. 다른 사람들의 의견이나 조언을 참고하되, 최종적인 결정은 내가 내려야 한다.

결론적으로, 남이 아닌 내 삶에 집중하는 것은 행복과 발전을 위해 꼭 필요하다. 남들과 비교하지 않고 나만의 길을 걷는 것이 진정한 성취이다. 자신의 강점과 약점을 파악하고, 진정으로 바라는 것을 추구해야 한다. 지속적인 자기 개선이 내 삶을 풍성하게 만든다. 내 삶에 집중할 때, 진정한 자신을 발견할 수 있다.

필자의 한 문장 비교를 멈추고 나만의 길을 걸을 때, 진정한 행복과 성장이 찾아온다.

당신의 한 문장은?

불꽃 속에서 문학을 피우다

04

자신과 함께 사는 법을 배우자

　현대 사회는 끊임없는 경쟁과 빠른 변화 속에서 우리를 살아가게 한다. 이러한 환경에서 종종 자신을 잃고, 타인의 기대와 사회적 기준에 휘둘리기 쉽다. 그러나 누구보다도 오랫동안 함께 살아가야 할 존재는 바로 '나 자신'이다.

　웨인 다이어의 『우리는 모두 죽는다는 것을 기억하라』를 보면 사람은 언제 외로움을 느끼는가에 대한 답이 나와 있다. 그것은 혼자 있을 때? 아니다. 같이 있는 사람(내면의 나)이 싫을 때 외로움을 느낀다. 사람들은 혼자 있는 경우가 없다. 언제나 적어도 자기 자신과는 같이 있기 때문이다. 같이 있는 자신이 마음에 들면 혼자 있어도 결코 외로움이 문제가 되지 않는다. 따라서 외로움을 느낀다는 건, 자신을 받아들이기 힘들다는 신호다. 그 허전함을 채우기 위해 끊임없이 다른 대상이나 사람을 찾아다녀도, 외로움은 해결되지 않는다. 자기 자신과 대화하는 법을 배워야 한다. 말을 건네고 안부를 묻고 따뜻하게 돌봐주는 관계를 자기 자신과 맺을 줄 알아야 한다. 자신과 함께 사는 법을 배우고, 자신을 행복하게 만들 줄 아는 사람만이 타인과 좋은 삶을 공유할 수 있다.

나 자신과 함께 사는 방법에 대해 이야기해 보고자 한다. 사람들은 모두 각자의 인생을 살아가며 다양한 경험과 감정을 마주하게 된다. 그 과정에서 자신을 이해하고 받아들이는 것은 매우 중요하다.

첫 번째, 자기 인식을 높이는 것이 중요하다. 자신의 감정, 생각, 행동 패턴을 인식하고 이해하는 것은 나 자신을 더 잘 알게 하는 첫걸음이다. 일기를 쓰거나 명상을 통해 하루를 돌아보는 습관을 가지면 도움이 된다.

두 번째, 자신을 있는 그대로 받아들이는 것이 필요하다. 누구나 완벽하지 않으며, 실수와 결점을 가지고 있다. 이를 인정하고 받아들이는 태도는 자기 수용(Self-acceptance)을 키워준다. 긍정적인 자기 대화를 통해 자신을 친절하게 대하는 연습을 해야 한다.

세 번째, 자신에게 적절한 휴식을 주는 것이 중요하다. 현대 사회는 바쁘고 스트레스를 많이 주기 때문에, 때로는 모든 일에서 벗어나 휴식을 취하는 것이 필요하다. 휴식은 신체적, 정신적 회복을 도와주며, 이를 통해 더 나은 결정을 내릴 수 있게 해 준다.

네 번째, 자신이 좋아하는 일을 찾고, 이를 꾸준히 실천하는 것이 좋다. 취미나 관심사를 통해 자신을 표현하고 즐거움을 찾는 것은 삶의 질을 높여준다. 이는 또한 자존감을 높이는 데도 큰 도움이 된다.

다섯 번째, 자신에게 목표를 설정하고, 이를 달성하기 위해 노력하는 것이 필요하다. 작은 목표부터 시작해 점차 큰 목표로 나아가는 과정을 통해 성취감을 느낄 수 있다. 이는 자기 효능감(Self-efficacy)을 키우는 데

불꽃 속에서 문학을 피우다

도 도움이 된다.

여섯 번째, 자신을 타인과 비교하지 않는 것이 중요하다. 우리는 각자 고유한 길을 걷고 있으며, 다른 사람과 자신을 비교하는 것은 불필요한 스트레스를 줄 뿐이다. 대신 자신의 발전과 성장을 중시하고, 자신의 속도로 나아가는 것이 중요하다.

일곱 번째, 자신을 사랑하는 법을 배워야 한다. 자존감은 건강한 자기 관계의 기초이며, 자신을 사랑하는 마음은 다른 사람과의 관계에서도 긍정적인 영향을 미친다. 자신을 돌보고, 스스로에게 칭찬과 격려를 아끼지 않는 태도가 필요하다.

지난 2024년 12월 31일, 36년의 세월을 함께했던 직장과 영영 이별하는 정년퇴직을 했다. 그 이전 1년간은 공로 연수로 재택근무를 하였다. 공로연수 제도는 퇴직을 앞둔 공무원에게 사회 적응 준비를 위해 도입되었다. 이 기간 중에는 사회 적응에 도움이 되는 강의나 세미나, 재취업과 노후설계 준비를 할 수 있다. 아내는 매일 직장으로 출근하고 아들은 대학으로 수업받으러 가고 장모님은 노치원으로 등원하였다.

오롯이 나 자신과 둘이 있는 시간은 아침 9시부터 저녁 5시까지다. 24시간 중 8시간을 나 자신과 대화를 하면서 잘 지내야 했다. 직장을 떠나면 시간이 많아 가끔 외로울 수도 있겠다 싶었는데 나에게는 아니었다. 나 같은 경우에는 외로울 시간이 없을 정도로 바쁜 생활로 일상을 보냈다. 무슨 일을 하길래 그렇게 바쁜가? 뭐, 특별한 일을 하고 있는 건 아니다. 나는 개인 주택에 살고 있으며 조그마한 농장에 먹거리들을 심어서 자급자족하고 있다.

평일엔 주택 내 텃밭 관리, 잡풀과 거미줄 제거 등이 기본 일상이다. 주말에는 농장으로 가서 재배하고 있는 먹거리들이 잘 성장하고 있는지 살펴본다. 이 시간만큼은 무성한 잡풀과의 전쟁을 치르는 등 농부로 변신하여 노동을 하게 된다.

진정한 나 자신과의 대화의 시간은 평일 오전 2시간, 오후 3시간 해서 총 5시간 정도가 된다. 집안일 하는 시간을 제외하고 말이다. 이 시간에는 책 읽고 블로그 글쓰기, 인스타그램과 X, 스레드 플랫폼에 게시물 올리기 등을 하고 있다. 또 한 가지 하고 있는 것이 있다. 새벽 5시 미라클 모닝으로 기상해서 거울을 보고 오감을 느껴보고 살아 있음에 늘 감사를 한다. 거울에 비춰봐야 할 것은 나의 겉모습이 아니라 내면의 진정한 '자아'인 것이다.

이러한 방법들이 나 자신과 함께 사는 법이다. 결론적으로 자기 인식과 수용, 휴식, 목표 설정, 자기 사랑이 나 자신과 함께 사는 비결이다.

> **필자의 한 문장** 나를 이해하고 받아들이며 성장시키는 것이 행복의 비결이다.
>
> 당신의 한 문장은?

05

나의 정체성을 파헤쳐 보자

　전문가들은 말한다. 성공하고 싶다면 자신의 정체성을 알아야 한다는 것이다. 말하자면 자기 자신이 누구인지, 어떤 생각을 하고 있는지, 어떤 꿈을 꾸고 있는지, 무엇에 관심이 있는지, 무엇을 좋아하는지… 등등 무수한 질문들이 있다. 이에 대한 질문에 답을 해 보는 것이 자신의 정체성을 파악하는 데 도움이 될 것이다. 대부분의 사람들은 자기 자신에 대해서 대략적으로 알고 있다고 생각하는데 글로 표현해 보면 쉽지는 않다. 나의 정체성을 찾기 위한 질문을 세 가지로 구분해서 구체적으로 던져 본다.

　첫 번째, 나 개인의 삶에 대한 질문이다. ①반평생을 살았는데 가족에게 보인 가장으로서의 삶을 평가한다면? ②36년의 소방 공직생활 기간 중 직장 동료들에게 비친 선배·직장 상사로서의 삶을 평가한다면? ③퇴직한 동료 중 재취업한 사람도 있는데, 앞으로 본인의 계획은? 재취업할 건가? 안 할 건가? ④이제 퇴직했는데 남은 소중한 시간들을 어떻게 잘 분배해서 사용할 계획인지? ⑤내가 좋아하는 취미는 뭐지? 아내가 퇴직하면 함께 할 수 있는 취미는 또 뭐지? ⑥나이 들수록 운동이 중요한데 매일 습관화할 수 있는 방법은 뭘까? ⑦내가 좋아하는 음식은 뭐지? 또 먹지 말아야 할 음식은 뭘까? ⑧과자 간식을 좋아하는데 이를 줄일 수 있는 방법은? ⑨SNS(블로그, 인스타그램, 스레드, X, 브런치)를 너무 많이 하지 않나? ⑩앞으로 책을 계속 쓸 건지? 무슨 목적으로 쓰는지? 돈 벌기 위해서? 아니면 이웃에게 나눔 하기 위해서? ⑪퇴직 후 책 읽기와 글쓰기의 삶을 산다고 했는데 계속할 건지? 언제까지? ⑫주말농장까지 거리(30분 소요)가 좀 있다. 앞으로 계속 유지할 건지 아니면 매도할 건지? ⑬국내 주식(2차 전지)과 미국 주식(배당주)을 하는데 어떤 방법으로 투자 관리해 나갈 건지? ⑭전원주택을 활용해서 북 카페를 계획하고 있었는데 실제 행동할 건지? 행동한다면 언제 할 건지?

두 번째, 가족과의 삶에 대한 질문이다. ①반평생 동안 가족(부모님, 아들, 장인·장모님, 친척 등)에게 잘한 거는 뭐라고 생각하는지? 또 못한 거는 뭔가? ②결혼 후 젊은 시절 음주로 늦게 귀가하여 아내를 힘들게 했던 기억이 있는데, 늦었지만 무릎 꿇고 반성할 용의는 있는지? ③직장 일 핑계로 아들과의 시간을 많이 보내지 못했는데, 늦었지만 대신 아들에게 해 줄 수 있는 게 뭐가 있을까? ④아들이 현재 대학 4학년인데 앞으로의 진로에 대해 어떤 조언을 줄 수 있는지? 또 도와줄 수 있는 방법은 뭔지? ⑤아들이 성인이 되다 보니까 각자만의 삶이 있어 아빠와의 대화가 점점 줄어드는데 이를 회복할 수 있는 방법은 뭔지? ⑥많지 않은 재산 아들에게 물려줄 용의는 있는지? 아니면 자립을 위해 엄마·아빠 재산 꿈도 꾸지 마 할 건지? ⑦아들이 취업하고 결혼해서 자녀를 낳게 되면 돌봐 줄 용의는 있는지? 아니야 너희들끼리 알아서 해 할 건지? ⑧아내 퇴직이 5년이 남았는데, 직장에 전념할 수 있도록 주방 일 등 가정을 책임지고 적극적으로 할 용의는 있는지? ⑨건강 관리를 위해 식단 조절, 운동 등 아내와 함께 할 수 있는 구체적인 방법을 찾아볼 건지? ⑩아내도 블로그를 열심히 하고 있는데 이후 책 출간 등 아내 자기 계발을 위해 도와줄 수 있는지? ⑪나중에 아들 결혼하고 독립하면, 아내 퇴직 후 함께 어떤 삶을 꿈꾸고 있는지? ⑫아내 퇴직 후 크루즈 여행 이야기를 한 적 있는데, 구체적으로 언제 계획을 세울 건지? ⑬91세인 장모님과 함께 살고 있는데 앞으로 어떤 마음과 자세로 보살필 건지?

세 번째, 사회 공동체의 삶에 관한 질문이다. ①퇴직을 하고 나니 찾는 이가 별로 없다. 내가 스스로 찾아 나서야 하는 건지? ②학교 친구들이 있는 곳은 3시간 거리에 있어 만나기가 쉽지 않다. 가끔씩 찾아갈 건지? ③과거에는 술친구들이 많았는데 이제 술을 안 마시다 보니까 친구나 지인 등과의 만남이 썩 내키지 않는다. 왜? ④노년에는 친구밖에 없다고들 이야기하는데, 친구가 꼭 필요한지? 아내를 친구로 삼아도 되지 않을까 싶은데? ⑤온·오프라인에서 공동체의 삶에 참여하고 있는 게 뭐가 있는지 구체적으로 이야기한다면? ⑥책 읽고 글쓰기를 많이 하고 있는데 앞으로 공동체의 삶에 참여하여 강연을 다닐 생각은 있는지? ⑦대한민국 사회의 발전을 위해 좀 더 공부할 수 있는 분야가 있다면?

다음은 자신의 정체성을 찾는 5가지 방법을 소개하겠다.

첫 번째, 한 문장으로 나를 설명할 수 있어야 한다. 나 자신을 표현할 때는 타인에게 가치를 제공하는 동사를 사용해야 한다.

예시) "내일은 없다. 언제 죽을지 모르기 때문에…. 나는 오늘 최선을 다한다."

두 번째, 나를 가로막는 것이 무엇인지 알아야 한다. 대부분의 장애물은 내 안에서 비롯된다. 완벽을 추구하거나, 자신을 드러내지 않으려 하거나, 실패를 두려워하는 마음이 나를 멈추게 한다. 또한 정체성은 타인의 피드백과 함께 형성된다. 내 생각만으로 완성되지 않으며, 사람들의 인식 속에서 나의 모습이 만들어진다.

예시) "자신의 생각을 숨기고 진심을 담아 글을 쓸 수 있을까? 가능하다. 하지만 그 글이 세상과 소통하지 않는다면, 결국 개인적인 기록에 불과할 것이다."

세 번째, 결핍을 원동력으로 삼을 줄 알아야 한다. 과거의 결핍을 떠올려 보자. 결핍은 단순한 부족함이 아니라, 내가 진정으로 원하는 것이 무엇인지를 알려주는 신호다. 그렇기에 결핍을 자각하면 그것을 성장의 자양분으로 바꿀 수 있다.

예시) "지금 나에게 부족한 것들은 독서, 글쓰기, 운동, 시간 관리 등 많다. 그러나 부족함을 인식하고 매일 작은 실천을 통해 습관으로 만들기 위해 노력하고 있다. 모든 이가 결핍을 안고 살아간다. 중요한 것은 그 결핍을 그대로 두지 않고, 변화를 향한 용기와 도전의 자세를 갖는 것이다."

네 번째, 미래의 나를 향해 나아가야 한다. 정체성을 과거에서만 찾으려 하면 안 된다. 중요한 것은 과거가 아니라, 현재 최선을 다하며 미래의 방향을 정하는 것이다. '미래에 성공한 나'를 기준으로 삼으면, 자연스럽게 그에 걸맞은 행동과 말을 하게 된다.

예시) "나는 앞으로 베스트셀러 작가가 될 것이다. 그렇기에 오늘도 한 문장씩 써 내려가며, 내 글을 더욱 깊이 있게 다듬고 있다. 미래는 내가 걸어온 길이 아니라, 앞으로 열어갈 길이다."

다섯 번째, 나도 몰랐던 강점에서 정체성을 찾아야 한다. 새벽 기상, 끈기, 배려, 열정과 같은 특성은 나를 이루는 중요한 요소들이다. 그러나 종종 이를 당연하게 여겨 스스로 인식하지 못하는 경우가 많다. 남들이 부러워하는 내 습관과 태도 속에서 나만의 정체성을 발견할 수 있다.

예시) "나는 매일 새벽 5시에 기상해 독서하고 글을 쓴다. 남들은 대단하다고 하지만, 나에게는 자연스러운 일상이다. 무심코 해온 작은 습관들이 결국 나를 만들어간다."

정체성을 찾는 과정은 더 나은 삶을 향한 여정이며, 진정한 성공을 위한 시작점이다. 나를 발견하려면 자신을 사랑하고, 꿈을 향해 한 걸음씩 나아가야 한다. 새로운 도전을 두려워하지 않고 과감히 나설 때, 성장할 수 있다.

필자의 한 문장 정체성을 찾는 것은 더 나은 삶을 살기 위한 과정이다.

....

당신의 한 문장은?

06

내가 진실로 사랑한 것은 무엇인가

    학교 다닐 때에는 학교 공부 외에는 독서 같은 것을 제대로 해 보지 않았다. 직장을 잡으면서도 승진 시험공부 외에는 자기계발서 같은 책을 읽어 본 적이 거의 없었다. 지난 2024년 12월 말, 36년의 소방관 생활을 마무리하며 정년퇴직을 했다. 언젠가는 국민들의 안전한 삶을 위해 소명의식을 가지고 근무했던 소방본부와 소방서 생활이 그리워질 것이다.

    "내가 진실로 사랑한 게 뭐였을까?"라고 질문을 던져 본다. 가족 아니 국민들, 그렇다. 나의 삶 전반기에는 가족은 늘 뒷전이었다. 일부러 그런 사람이 있겠는가. 직업 정신이 나를 그렇게 만들었다. 소방관이라는 멍에 때문이었다. 아내와 아들은 늘 찬밥 신세였다. 지금 과거로 돌아간다면 그렇게 가족을 홀대하지는 않을 것이다. 소방관과 소방관 가족이 존재해야 국민들의 안전도 보장할 수 있다. 소방관이 죽으면 국민들의 안전은 누가 지키겠는가 말이다. 나와 함께 근무하다 다시는 돌아오지 못할 하늘나라로 긴 여행을 떠난 동료들이 갑자기 생각난다. 나도 언젠가는 먼저 여행을 떠난 동료들 곁으로 가기 위해 엔딩 노트를 써서 수정해 가고 있다.

글쓰기를 시작하게 된 계기는 2가지로 이야기할 수 있겠다. 하나는 지난 2022년 1월 초 춘천 소방서장에 부임하여 직원들과 소통하기 위해 직장 내 메신저로 공감 글을 쓰던 것이었다. 두 번째는 인생 전반기 동안 세 번 죽음의 문턱까지 갔다 온 것이다. 연탄가스 중독과 빗길 차량 20m 계곡 추락 사고, 가장 심각했던 뇌출혈과 선천성 뇌혈관 기형 등으로 머리를 열고 수술했던 경험이다. 이 세 번의 사고를 겪으며 죽음에 대해 생각을 하게 되었다. 우리가 죽고 나면 다 필요 없는데 아옹다옹 살 필요가 있겠는가 말이다.

그래서 이전에 시그니처로 썼던 "내일은 필요 없다. 왜? 언제 죽을지 모르기 때문에… 오늘 최선을 다하자."라는 것이 두 번째 글을 쓸 수 있는 동력이었다. 이때 내 나이 58세였다. 당신은 몇 세에 글쓰기를 시작하였는가? 아직 시작하지 않았으면 지금 바로 시작하기 바란다. 절대 늦지 않았다. 늦었다고 생각할 때가 가장 빠르다.

이후 블로그를 개설하면서 일주일에 2~3회 정도 글을 써서 블로그에 포스팅하였다. 헉! 겸직 허가를 받지 않고 블로그 활동하던 것이 직장에 알려져 징계받을 뻔했다. 애드포스트 광고 수익 때문이었다. 수익이 얼마 되지는 않지만 규정상 겸직 허가를 받아야 했다. 다행히 사후 겸직 허가 승인을 받고 안정적으로 글을 쓸 수 있었다.

퇴직을 2년 앞두고 자서전을 한번 써 보고자 하는 고민에 빠졌다. 여러 권의 기존 자서전을 읽어 보았지만 용기가 나지 않았다. 결국은 퇴직 후

내가 살아가야 할 방향은 독서와 글쓰기였다. "그래, 배우자. 배우면 할 수 있겠지."라는 심정으로 온라인에 문을 두드렸다. 한 글쓰기 작가 분을 온라인 오픈 채팅방에서 만났다. 그 작가분이 주도하는 공저 전자책 쓰기에 참여하여 출간까지 이르게 되었다. 10여 명의 일반인들이 A4 용지 3~4장 쓰고 초보 작가가 된 것이다.

이어서 한 대학생이 온라인에서 개인 전자책 쓰기 클래스를 열었다. 여기에 나도 참여하여 4주 동안 강의를 들으며 전자책을 쓰기 시작했다. 전자책을 쓰는 내내 상세페이지 작성, 목차와 표지 만들기, 내용까지도 피드백을 받았다. 그리하여 거의 한 달 만에 개인 전자책이 완성되어 출판사에 승인 신청을 하게 되었다. 첫 번째 비승인 통보를 받았으나 다시 수정 보완해서 재승인 요청한 바, 결국 승인을 받게 되었다.

이후 개인 전자책을 수정·보완해서 역사에 기록될 나의 인생 책인 수필집을 쓰게 되었다. 지난 2023년 8월 18일 한 출판사와 계약을 해서 출판을 하게 되었다. 베스트셀러는 못 되었지만 역사에 내 이름자와 내 책이 영원히 기록된다는 것에 의미를 두려고 한다. 결국은 내가 진실로 사랑한 것은 책 읽기와 글쓰기였다.

> **필자의 한 문장** 내가 진실로 사랑한 것은 책 읽기와 글쓰기였다.
>
> ....
>
> 당신의 한 문장은?

불꽃 속에서 문학을 피우다

07

당신이 가장 존경하는 사람은 누구인가

　살아가면서 많은 사람들은 롤 모델을 찾는다. 어린 시절, 대부분은 이순신 장군이나 세종대왕처럼 위대한 인물들을 롤 모델로 삼았을 것이다. 그러나 나는 어릴 때 존경하는 인물이 없었다. 대신 가장 선명하게 떠오르는 것은 가난한 환경이었다. 그때는 내가 어떤 인물을 존경해야 할지 고민할 여유도 없었던 것 같다. 시간이 지나면서 나이를 먹고, 롤 모델이 바뀌기도 하고, 아예 바뀌지 않기도 한다. 나 역시 그런 과정을 거치며 특별히 존경할 인물을 찾지 못했다.

　그러다 어느 순간, 나는 나 자신을 돌아보게 되었다. 내가 존경할 인물은 바로 '58세의 나'라는 결론에 도달했다. 그때 나는 소방공무원으로서 34년의 공직 생활을 마무리하고 있었다. 34년 동안 수많은 재난 현장에서 삶과 죽음을 넘나들며 많은 경험을 쌓았다. 이 모든 경험들은 나를 깊이 성찰하게 만들었고, 특히 내가 맞닥뜨린 죽음의 순간들은 내 삶의 방향을 다시 묻게 했다.

젊은 시절부터 여러 차례 죽음의 문턱을 넘었다. 첫 번째 소방공무원 시험에 합격하고 임용 대기 중 연탄가스 중독 사고를 겪었고, 두 번째 신임 소방공무원 교육 중에는 빗길에서 발생한 차량 추락 사고로 큰 위험에 처하기도 했다. 더불어 6년 전에는 뇌출혈과 선천적인 뇌혈관 기형으로 뇌수술을 받으며, 세 번째 위기를 맞이했다. 죽음의 위기를 여러 번 경험하면서, 더욱더 내 삶을 돌아보게 되었다.

'58세의 나'는 죽음을 경험한 뒤, 물질적 성취나 외적 성공을 좇기보다 내면의 성찰과 삶의 의미를 찾는 데 집중하게 되었다. 삶의 끝자락에서 무엇을 남길 수 있을지 고민하며, 걸어온 길을 차분히 돌아보았다. 그때, 독서와 글쓰기를 새로운 길로 삼게 되었다. 소방서장으로서 직원들과의 소통을 위해 글을 쓰고, 블로그를 개설하여 내가 느낀 점들을 나누었다. 내 이름이 기록될 수 있는 기회를 얻기 위해 전자책 3권과 종이책 1권을 출간하게 되었다.

이러한 경험들이 중요한 가르침을 주었다. 살아온 삶을 되돌아보며, 죽음을 맞이할 때까지 내 자신을 어떻게 마무리할지에 대한 고민을 시작한 것이다. 만약 내가 죽음을 경험하지 않았다면, 삶을 되돌아보고 반성하는 기회를 얻지 못했을 것이다. 죽음이 가까이 다가오지 않았다면, 여전히 일상에 치여 살아가며, 나 자신에게 진지한 질문을 던지지 못했을 것이다.

내가 '58세의 나'를 존경하는 이유는, 죽음을 마주한 뒤 삶의 방향을 바꾸었기 때문이다. 그 경험은 외적인 성공보다 내면의 만족을 추구하는 삶으로 나를 이끌었다. 지금 나는 무엇을 남기고, 무엇을 놓아야 할지 깊이 고민했다. 이름이 역사에 남지 않더라도, 내가 살아낸 흔적만은 진하게 남길 것이다.

> **필자의 한 문장** '58세의 나'를 존경하는 이유는, 죽음을 마주한 뒤 삶의 방향을 바꾸었기 때문이다.
> ....
> 당신의 한 문장은?

에필로그

　36년의 시간을 지나며, 내 삶은 불꽃과도 같았다. 위험 속에서도 누군 가의 생명을 지키는 일은 나에게 가장 큰 보람이자 사명감이었다. 하지 만 그 모든 순간이 항상 치열하기만 했던 것은 아니다. 때로는 작은 웃음 이, 때로는 동료와의 눈빛이 마음을 채워주었다.

　지금 소방관이라는 이름표를 내려놓고, 새로운 이름을 준비하고 있다. 작가로서의 삶이다. 과거는 내게 책임과 열정을 가르쳤다면, 앞으로의 시간은 나를 더욱 자유롭고 창의적으로 만들어 줄 것이다. 이제는 삶의 이야기를 글로 엮어, 더 많은 사람들과 나누고 싶다.

　이 책은 내게 길을 찾는 등불이었다. 지나온 삶을 되돌아보며, 배운 교 훈들을 한 줄 한 줄 적어 내려갈 때마다 마음속 깊은 곳에서 뭔가가 치유 되는 것을 느꼈다. 내가 걸어온 길이 누군가에게 작은 위로가 되고, 새로 운 시작의 계기가 되기를 바란다.

　이제는 소방차의 사이렌 대신 펜의 소리를 들으며 살아간다. 그 소리 가 내 삶에 또 다른 불꽃을 피워 올릴 것을 믿는다.

첫 번째, 이 책은 퇴직을 앞둔 50대와 60대 중장년층에게 드리는 이야기다.

1. 지나온 삶을 돌아보라

퇴직은 끝이 아니라 새로운 시작이다. 이제까지의 경로를 천천히 돌아보며 자신이 이뤄온 것들을 기록해보라. 크고 작은 성공, 실패조차도 현재의 나를 만든 중요한 조각이다. 이를 통해 당신의 강점과 약점을 더 명확히 이해하게 될 것이다.

2. 새로운 정체성을 만들어라

퇴직 후 가장 흔히 겪는 혼란은 "나는 누구인가?"라는 질문이다. 지금까지 직업이 당신의 정체성을 대표했다면, 이제는 스스로 원하는 삶의 주제가 무엇인지 고민해야 한다. 작가, 농부, 여행가, 멘토 등 꿈꾸던 모습으로 다시 태어날 수 있다.

3. 배움의 끈을 놓지 마라

세상은 빠르게 변하고 있다. 퇴직 후에도 꾸준히 배우는 자세가 필요하다. 새로운 기술을 익히거나 흥미로운 분야를 탐구하며 지적 도전을 지속하라. 배움은 삶을 활기차게 만드는 원천이다.

4. 경험을 나누고 연결하라

당신의 삶 속에는 많은 교훈이 담겨 있다. 후배나 지역 사회와 경험을 나누며 새로운 인간관계를 만들어라. 나눔은 당신을 더 깊고 의미 있게 만들어준다.

5. 작은 행복에 집중하라

퇴직 후에는 거창한 목표보다는 일상의 소소한 기쁨을 발견하는 것이 중요하다. 가족과의 대화, 아침 햇살, 취미 생활에서 얻는 만족감이 삶을 채워준다.

6. 건강은 최고의 자산이다

체력이 곧 경쟁력이다. 규칙적인 운동과 건강한 식습관은 새로운 삶을 즐길 수 있는 기본이다. 신체의 건강이 정신적 안정으로 이어진다.

7. 퇴직을 두려워하지 마라

퇴직은 삶의 종착지가 아니다. 오히려 당신이 진정으로 원하는 방향으로 걸어갈 수 있는 기회이다. 변화를 두려워하기보다는, 이를 통해 성장하고 새로운 자신을 발견하겠다는 마음가짐이 중요하다.

퇴직 후의 삶은 당신이 얼마나 주도적으로 설계하느냐에 따라 결정된다. 남은 시간을 더 풍요롭게 만들기 위해, 지금 당신의 다음 발걸음을 그려보라. 새로운 이야기는 이제 시작이다.

두 번째, 이 책은 20대와 30대 독자들에게 전하는 이야기다.

1. 실패를 두려워하지 마라

20대와 30대는 실수와 실패를 통해 배우는 시기이다. 잘못된 선택이 두려워 도전을 망설인다면, 성장의 기회 또한 놓치게 된다. 실패는 성공으로 가는 과정의 일부라는 사실을 기억하라.

불꽃 속에서 문학을 피우다

2. 시간은 최고의 자산이다

당장은 시간이 무한해 보일지 모르지만, 가장 빠르게 흘러가는 것이 바로 시간이다. 시간을 낭비하는 대신 자기 계발, 경험, 관계에 투자하라. 지금의 선택이 미래를 결정짓는다.

3. 자신만의 기준을 세워라

사회적 기준이나 타인의 기대에 휘둘리기 쉬운 나이이다. 하지만 자신만의 가치와 목표를 명확히 세운다면 흔들리지 않고 자신의 길을 갈 수 있다. 삶의 방향은 스스로 정해야 한다.

4. 배움을 멈추지 마라

공부는 학교에서 끝나는 것이 아니다. 독서, 여행, 새로운 기술 습득을 통해 지속적으로 배워라. 배움은 당신을 더 깊이 있는 사람으로 만들어준다.

5. 인간관계는 자산이다

주변 사람들과의 관계는 삶에서 가장 중요한 자산이다. 얇고 넓은 관계보다는 진실하고 깊은 관계를 쌓아라. 진정성을 바탕으로 한 관계는 힘든 시기에 큰 힘이 된다.

6. 자기 자신을 사랑하라

타인을 위해 희생하는 것도 중요하지만, 자신을 소중히 여기는 것이 먼저이다. 자신의 가치를 인정하고, 몸과 마음을 돌보는 것이 행복의 시작이다.

7. 지금을 즐겨라

과거에 얽매이거나 미래만 바라보며 사는 것은 삶의 진정한 행복을 놓치는 것이다. 지금 주어진 시간과 순간에 감사하고, 작은 것에서 기쁨을 찾아라.

20대와 30대는 도전과 성장의 시기이다. 자신의 가능성을 믿고, 스스로의 삶을 주도적으로 만들어가라. 당신의 내일은 지금 여기에서 시작된다.

세 번째, 이 책은 모든 세대를 아우르는 교훈이다.

1. 변화는 피할 수 없으니 받아들여라

세상은 끊임없이 변화한다. 20대와 30대에게는 도전의 기회가, 50대와 60대에게는 새로운 시작이 될 수 있다. 변화는 두려움이 아닌 성장의 원동력이다.

2. 건강이 최우선이다

젊을 때는 건강을 당연히 여기기 쉽고, 중장년층은 건강을 잃고 나서야 중요성을 깨닫는다. 몸과 마음을 돌보는 것은 모든 세대에게 가장 중요한 투자이다.

3. 작은 습관이 큰 변화를 만든다

작은 행동이 장기적으로 인생의 방향을 결정짓는다. 꾸준한 독서, 규칙적인 운동, 긍정적인 생각과 같은 습관이 삶을 더 나아지게 한다.

4. 실패는 배움의 기회다

실패는 나이에 상관없이 누구에게나 찾아온다. 중요한 것은 그것을 통해 무엇을 배우고 어떻게 성장할 것인지이다.

불꽃 속에서 문학을 피우다

5. 사람은 관계 속에서 성장한다

진실한 인간관계는 삶의 힘이 된다. 나이에 상관없이 좋은 관계를 맺고, 주위 사람들에게 진심을 다하라.

6. 자신의 이야기를 만들어라

모든 사람의 삶은 고유하다. 남과 비교하기보다는 자신의 길을 찾고, 자신의 이야기를 써 내려 가는 데 집중하라.

7. 감사하는 태도를 잊지 마라

20대든 60대든 감사는 삶을 의미 있게 만든다. 오늘의 작은 것에도 감사하는 마음이 행복으로 이어진다.

나이는 숫자에 불과하다. 삶을 대하는 태도와 노력에 따라 누구나 자신의 최선의 인생을 만들 수 있다.

네 번째, 40대는 왜 언급을 안 했을까? 나의 의도는 다음과 같다.

1. 전환기의 특성 때문이다

40대는 일반적으로 20대와 30대, 50대와 60대 사이에서 연결고리 역할을 하는 전환기의 시기이다. 이 시기의 사람들은 이미 20대와 30대에 겪은 도전과 성장을 어느 정도 정리하고, 50대와 60대의 새로운 시작을 준비하며 가교 역할을 한다. 따라서 별도로 언급하기보다 앞뒤 세대의 교훈이 40대에게도 자연스럽게 적용될 수 있다.

2. 생애 주기의 중간점이다

40대는 대부분 안정된 직장 생활이나 가족 관계를 기반으로 자신을 재

점검하고, 다음 단계를 준비하는 중간 지점에 위치한다. 이 시기에는 20대와 30대의 교훈(도전과 성장)과 50대와 60대의 교훈(새로운 시작과 나눔)이 모두 중요한 시기로 여겨진다.

3. 교훈의 보편성 의도가 있다

이 글은 특정 나이에 국한되지 않고, 세대 전체에 적용되는 교훈을 전달하려는 의도가 있다. 따라서 40대를 별도로 언급하지 않더라도, 모든 세대에 해당하는 내용으로 메시지가 전달된다.

4. 40대의 다양성 때문이다

40대는 개인에 따라 삶의 모습과 목표가 크게 다를 수 있는 시기이다. 일부는 20대와 30대처럼 새로운 도전을 추구하는 반면, 일부는 50대와 60대처럼 안정과 나눔을 중시하기도 한다. 이러한 다양성을 한 가지로 정의하기 어렵기에 따로 분리하지 않았다.

지금 심는 희망의 씨앗이
내일의 숲을 만든다.

불꽃 속에서 문학을 피우다